孤单的蓝鹭

A Solitary Blue

[美] 辛西娅·沃格 著
马爱农 译

中信出版集团 | 北京

图书在版编目（CIP）数据

孤单的蓝鹭 /（美）辛西娅·沃格著；马爱农译
. -- 北京：中信出版社, 2021.1 (2022.7 重印)
书名原文: A Solitary Blue
ISBN 978-7-5217-2207-9

Ⅰ. ①孤… Ⅱ. ①辛… ②马… Ⅲ. ①儿童小说－长篇小说－美国－现代 Ⅳ. ①I712.84

中国版本图书馆CIP数据核字（2020）第221354号

孤单的蓝鹭

著　　者：[美] 辛西娅 · 沃格
译　　者：马爱农
出版发行：中信出版集团股份有限公司
（北京市朝阳区惠新东街甲4号富盛大厦2座　邮编　100029）
承 印 者：北京中科印刷有限公司

开　　本：880mm × 1230mm　1/32　　印　　张：8.75　　字　　数：175千字
版　　次：2021年1月第1版　　印　　次：2022年7月第3次印刷
京权图字：01-2020-6446
书　　号：ISBN 978-7-5217-2207-9
定　　价：38.00 元

第一部

第一章

那年杰夫·格林七岁半，上二年级。三月初的一个星期二下午，他放学回家，发现母亲留给他一张字条，上面说她走了，再也不会回来了。

他当时已经能自己把字条读下来。

亲爱的杰飞[①]：

你知道我最爱你，胜过一切。你躺在床上时我喜欢走进你的房间，给你读《老雷斯》，然后在你睡觉前亲吻你的两只灰色大眼睛。我要走了，但我不会真的离开你。我会把你藏在心里，你也会把我藏在心里，那样我们之间的距离就不会很远，是不是？

冰箱里有一些热狗。如果你不记得怎么把它们做成三明治，就只能等教授回家后问他要钱，去买一些面包

① 杰飞：这是梅洛迪对杰夫的昵称。

卷吃。但你不能为一些不重要的小事去打扰他，这点千万记住。你是我的小帮手，是我最得力的助手，你什么都记得住。你不需要问的，是不是？

我今晚会想你的，想你吃热狗三明治的样子，我会很难过，会非常思念你。但是你现在已经大了，而世界上还有人需要我，还有像你这样的小男孩每天晚上空着肚子睡觉。想象一下吧，杰飞。你知道我对此是什么感觉。有些孩子根本没有父母照顾，有些大人无力自救，有些小动物被猎杀和消灭，空气和水被污染弄脏。我必须帮助那些需要我的人。我必须努力改善你和所有小孩子的生活。你已经大了，能够理解这些。工作十分艰巨，所以我不能回来看你，不得不跟你告别。再见了，儿子，我亲爱的杰飞。

你伤心的 M.

M 代表妈妈，也代表她自己的名字——梅洛迪。杰夫把字条读了两遍。他确实能理解妈妈做的所有工作，因为她向他解释过人类怎样破坏了整个地球，伤害了大自然，而现在是改善环境的最后机会，不然像杰夫这样的小孩子长大以后就没有家园了。杰夫知道，妈妈每次想到河流，想到关在动物园笼子里的狮子，想到那些脏兮兮的人行道和小街巷，都感到十分难过。他还知道，除非妈妈能做一些事情去改善环境，不然她不可能开心——她是这么说的。

可是，他不明白妈妈为什么要离开这里去做那些事，而且一去就再也不回来了。一种冰冷、恐惧的感觉，像湿漉漉的毯子一样裹住了他，他哭了起来。他用双臂抱住自己，伤心地哭着。

杰夫知道自己不应该哭，知道自己必须停下来。教授，他的父亲，不喜欢见到人哭。他希望所有的事情都一板一眼，很有规律。他每天早餐吃一个煮鸡蛋，平时在书房里不希望有人打扰他。他把所有的课都安排在下午，这样上午就可以待在家里做研究。吃过晚饭，他回到书房继续做研究。梅洛迪曾经向杰夫解释过，所以杰夫知道怎样让家里静悄悄的——像父亲想要的那样，梅洛迪就一直保持着这种安静。

在杰夫年纪太小、还不能上学的时候，父亲每天早上都带他去日托中心。梅洛迪下午有空的时候去接他。那通常是她回家吃晚饭的日子。有时，如果天气好，她会很早就有空，两人一起去动物园、博物馆或者去购物。如果日托中心休息，妈妈会带着杰夫去上班。妈妈坐在桌旁跟人讲话，他拿纸在桌上涂颜色。他开始上学后，就整天待在学校里了。他甚至上了两个学前班，上午班和下午班。

梅洛迪大部分时间都没空，因为她在致力于改善世界。随着杰夫年龄的增长，她向杰夫解释了人们是怎样破坏环境的。工厂把垃圾倒入水中，倒入河流和切萨皮克湾。那些垃圾使水变脏，人们无法游泳，鱼不能在水里生存，吃鱼的动物也死了。人们把肮脏的烟雾排向空中。政客和国家忙着打仗，用炸弹、烈火，甚至是毒气去残害生命。并不是每个人都像杰夫这样幸运，并不是每个人都有妈妈和爸爸，并不是每个人都能吃饱肚子，并不是每个人都有自己的房间，每年夏天能去大洋城度假一个星期——但是梅洛迪可以帮助那些不幸的人。她的工作是帮助改善环境，如果她不这样做的话，情况可能还会变得更糟呢。

多么令人忧伤和恐惧啊。杰夫在半夜醒来时，脑海中就浮现出世界越来越糟糕的画面，他拼命不让自己去想这些。夜里，杰夫有时候想溜进梅洛迪的房间，只想听到她的呼吸声，只想看到她。可是梅洛迪向他解释说，教授不喜欢睡觉的时候被打扰，所以杰夫不能进去。

梅洛迪和教授说话的语气跟她与杰夫说话的语气不一样，她基本不怎么跟教授说话。当她想说话时，教授会问她一些问题，她闷闷不乐地做出回答，最后教授会说一句："事情没那么简单。"

杰夫还在哭，他现在想起了父亲。他不确定父亲喜欢什么。他倒是知道梅洛迪喜欢什么，她喜欢很多人和她一起开会，她喜欢让杰夫去了解世界上发生的事情，她喜欢在狮子笼外面握住他的手，告诉他这头狮子曾经过着怎样的生活。她不管杰夫是悲伤还是哭泣，反正她都会紧紧拥抱他。她喜欢新朋友和新想法，有时她为杰夫感到担忧，因为他太像教授了，不管杰夫怎么努力都不能改变。

杰夫只知道教授喜欢一切都一板一眼，有规律，不喜欢多愁善感，不喜欢哭泣。梅洛迪说教授不是一个称职的父亲，此刻——杰夫独自悄悄哭泣——父亲成了杰夫的全部。杰夫必须停止哭泣。

他在教授五点到家之前止住了哭泣。他喝了一杯牛奶，透过水槽上方的窗户望着外面冰冷的雨，望着屋后的一排排房子，它们像参差不齐的牙齿一样插入灰色的天空。雨点打在后门廊的铁皮屋顶上。当教授走进厨房，把他的旧公文包放在桌子上时，杰夫转过身，冰冷的手里拿着冰冷的空杯子。他看着父亲打开梅洛迪写给他的信，读了一遍那张短短的字条。他看着父亲把字条和信封揉成一团，扔进了黄色的塑料垃圾桶。父亲看起来并不惊讶，并不难过，也并不担心。父亲脸上什么表情也没有。

"她也给你留了字条吗？"教授对杰夫说。

杰夫点点头，说："你想看吗？"

教授很快地摇摇头："晚餐有东西吃吗？"

杰夫点点头。

"六点半开饭可以吗？"

教授离开了厨房，但他忘了拿公文包。他没有回来取。杰夫听见他走进了他的书房，那原来是客厅，在房子前部的走廊尽头。以前的餐厅现在成了客厅。他们吃饭都是在厨房里的福米卡塑料贴面餐桌上。杰夫做功课也在这张桌上，因为房子后部屋檐下他的小卧室里放不下一张书桌。

那天晚上父亲离开后，杰夫开始做家庭作业。他做了一页混合加减法运算题。他在法语笔记本上抄写句子，尽可能把字写得工整。他把十个英语句子里的动词都标上方框，然后找出主语，一一写上字母“S”。他写了科学课布置的一篇关于蜥蜴的文章。他在社会学的地图上填写了美国最初十三个殖民地的名字，并把它们记在心里。他做功课十分认真，因为老师喜欢整洁、细致的作业。做完作业后，他把书本摞成一堆，放在冰箱旁边的柜台上，准备明天早晨带去上学。他看了看表——六点。

杰夫知道怎么摆餐桌，怎么给自己和父亲做一顿热狗晚餐，因为梅洛迪经常不能回家吃饭，她要开会，她要和委员会一起做许多工作，她要筹划一场演讲。杰夫和教授早就习惯了给自己做热狗晚餐。杰夫摆好桌子，开始切莴苣和西红柿做沙拉。他把热狗分开，把面包片堆在烤面包机旁边。他把一瓶沙拉酱放在桌上，把芥末酱、果酱和其他调味品都摆出来。他让自己忙这忙那，最后还剩几分钟无事可做，只有等待。在这几分钟里，他站在水槽旁，望着窗外渐渐暗下来的下着雨的天空。在他们方形水泥院子的对面，街上那排房屋的厨房里透出一缕缕橙黄色的灯光。大学人文学院的那座大楼黑乎乎地高耸着，模模糊糊的轮廓在雨中与云层融在一起。“但是我该怎么办呢？”杰夫在脑海里问自己。

他知道，如果一直站在那里望着外面，脑海里的问题越积越多，他可能又会哭起来。于是，他拿起一块海绵，用温水蘸着洗涤剂擦洗水槽边的沥水板。他已经失去母亲，不想再冒险失去父亲了。

晚餐摆上桌子后，杰夫顺着走廊过去敲父亲的门，说晚餐准备好了。他回来坐下。教授总是立刻就来了，先从冰箱的玻璃酒瓶里给自己倒一杯红酒，然后坐下来吃饭。教授尝过酒之后，举起叉子，吃了一口沙拉。这是让杰夫开始吃饭的信号。梅洛迪在家的时候，杰夫是等她的叉子发出信号。

他们吃饭时不说话。教授吃完后，烧了些水，然后拿出了小型凯梅克斯咖啡壶。梅洛迪曾劝他不要喝咖啡，还跟他讲了许多关于咖啡因和癌症的知识，甚至让他尝了尝她自己喝的一些草药茶，但他不肯改变。“喝咖啡会上瘾的。”她警告他。

“任何东西过量都会上瘾。”教授回答说，“关键是要避免过量。不是吗？”

“我没法跟你说话。”梅洛迪说，“就你什么都懂。”不过听上去她似乎并不认可自己说的这句话。“我可从来没有这么说过。”教授说。梅洛迪没有回答，只是坐在那里怔怔地盯着她的茶杯，但杰夫看到她的眼睛里涌出了泪水，于是走过去拥抱她。

但是今天晚上她不在了。杰夫把餐桌收拾干净，又坐下来，看着父亲用大杯子喝咖啡。厨房的灯泡散发着明亮的白光，照在教授头顶的花白头发上，并在他大大的方镜片上反着光。父亲看上去就是教授的样子，杰夫想，尽管他知道每个教授的样子都不一样。杰夫的父亲高个子、宽肩膀，不管吃多少，体重从不增加。他有一双淡蓝色的眼睛，嘴唇薄薄的。白色的眉毛几乎是一条直线，鼻子从脸上呈钩形突出来。他已经摘下领带，衬衫领口的纽扣也解开了。他脸色安宁，静静地坐着，动作慢吞吞的，似乎什么也不会扰乱他的心绪。杰夫知道父亲想说一些关于梅洛迪的话，于是他等待着。

“她不会再回来了。”教授终于说道。

“我知道。”

“我们能过得很好的。”教授说，“虽然会有一些变化。”

杰夫有些惊慌。梅洛迪说过，父亲不喜欢变化，父亲不可能有变化。“什么变化？”

“我们得找个人住在家里，请一个学生过来，给他提供食宿，让他帮我们做家务并照看你。我们雇不起女佣，可你年纪这么小，总得有人照顾。我把我的书搬到楼上的卧室里去，给他腾出住的地方。”教授呷了一口咖啡，“我想，我们不会觉得有多大变化的。大多数事情都没有变。我看看能不能找到一个男生，他们更可靠些。”

杰夫松了口气。教授总是说事情没有多大变化，不会有多大变化。当梅洛迪谈论妇女权利、签署反战请愿书或保护濒危物种时，他都是这么说的。“你不关心吗？”梅洛迪会大声问他，灰色的大眼睛里感情充沛。她比丈夫小十五岁，有一头浓密的黑发，披散着一直垂到腰上。“核战争呢？”

“那倒是会有所影响。”教授表示赞同，声音和神情都没有任何变化。他用温和的蓝眼睛看着妻子。

“哦，我的上帝。”梅洛迪说，不耐烦地转过身去。黑色的秀发在她的后背泛起波浪。拼布裙子在她修长的双腿周围打着旋儿。每当她这样不高兴的时候，杰夫都不知道该怎么安慰她。

杰夫上的是大学附属小学，教授的孩子在这里上学是免费的，其他家庭的孩子就必须很有钱才行。他的二年级班上有十六个孩子，六个男孩和十个女孩。其中一个女孩的母亲在大学里教数学，另外两个男孩——肖恩和贾森，他们的父亲也在大学里工作。肖恩的父母亲都是教师，分别教物理和英语。贾森的父亲也教历史，只是贾森的父亲教美国历史，而教授教的是欧洲历史。几个男孩不是朋友，因为他们的父母不是朋友。贾森的父亲想当系主任，但教授得到了那个职务，因为他年纪大一些。贾森的父亲写文章发表在历史杂志上，他还为巴尔的摩的报纸撰写历史书籍的书评，有时也为《华盛顿邮报》写稿，贾森曾把那些文章带到学校来做展示和介绍。贾森的父亲说，系里是个烂摊子，所以吸引不来好学生。贾森的父亲说，课程表从一九五八年起就没有改变过，早就过时了。贾森的父亲说，没有在自己的领域发表过文章的人，根本没资格在自己的系里当领导。梅洛迪同意贾森父亲的看法，但是教授不予理会。“这不会有什么变化。”他说，然后继续做他的工作。

梅洛迪的离开对杰夫上学没有任何影响。每天早晨父亲陪他走到学校，下午他自己走回家。他没有跟学校里的孩子交朋友。镇上的孩子也从来不跟大学附属小学里的孩子一起玩，因为教授家的孩子们比较穷，买不起好玩具，而且还是班上的学霸。可杰夫并不是学霸，他不会提很多问题，他的作业写得很工整，还按时交，他总是安安静静地坐在课桌旁。杰夫从来不是老师偏爱的学生，也不受那些担任助教的教育系大学生的青睐，尽管如此，镇上的孩子们也不喜欢他，因为他是大学附属小学里的孩子。杰夫安静地坐着，尽量一丝不苟地完成老师交代的每一件事情。他的作业总是无可挑剔。

有时候杰夫感到纳闷，怎么大家一下子就能看出你是个什么样的孩子。学生们都穿着校服。男孩子穿灰色法兰绒长裤、白衬衫、蓝色外套，系红蓝条纹领带。女孩子穿灰色百褶裙、白衬衣和蓝毛衣。每个人的样子都很像，但大家还是能看出其中的差别。

那年春天，梅洛迪离开后，教授找了个学生和他们住在一起，那是一个名叫杰克逊的年轻人。杰克逊搬进了教授以前的书房。第一个月，他出门采购，用吸尘器打扫房间，洗衣服，做饭。杰克逊很瘦，长长的头发像乔治·华盛顿的一样扎在脖子后面，脸上有难看的青春痘，试图用一缕浅黄色的胡须来掩饰。除了上课，他几乎从不外出。他一直埋头学习，因为他想以最优等的成绩毕业，然后不用选拔就直接进入研究生院。到了五月初，他对杰夫说他要考试，还有一大堆论文要交，于是杰夫接过了打扫卫生和买东西的任务，并尽量减少要洗的衣服的数量。杰夫个子不够高，不能操作自助洗衣店里的机器，所以杰克逊还得继续洗衣服，以及做饭。杰克逊经常炖几大锅菜，可以连续吃上两三天，或者做意大利面酱和焖烧肉，热一热就能吃。教授似乎并不介意，杰夫也不在乎。但是在杰克逊离开后，教授对杰夫说，秋天他们要挑一个更好的人。

“可以请一个女生来。”杰夫轻声地建议。他想，女生至少会像梅洛迪一样能做饭，而且会把房子打扫得窗明几净。

“女生往往不可靠。”教授回答。

那年夏天，教授专心研究，杰夫自己跟自己玩。“幸好你能自娱自乐。”教授经常这么说。杰夫想，他们可能不会像以前那样去海边玩一星期了，因为梅洛迪不在，但没想到还是去了。在一个星期六的早晨，他们开车去了大洋城，住在离海边一个街区的一居室公寓里。杰夫在海滩上玩耍，挖沙，搭沙堡，观察游人。海浪在他身后汹涌而来，拍碎在岸上。每天早晨，教授都带着他穿过公路到海滩，把他留在那里，自己去散步。“在我回来之前，你不许下水。”教授对杰夫说。

“好的。”杰夫保证道。他目送着父亲顺着海滩渐渐走远，父亲走到靠近水边的地方，那里没有那么多游人的腿需要跨过。父亲即使在海边也穿着长长的卡其裤和棉布衬衫，因为炎热，他卷起了衬衫的袖子，脱掉鞋袜，光着脚走。

教授回来时，杰夫远远就认出了他，因为没有别人穿长裤，或沿着被水浸湿的沙子走得这么缓慢。杰夫总是希望第一眼就能看到教授，因为他总是担心他有可能不回来。“他根本不知道怎么做父亲。”梅洛迪曾经对他说，“所以你不能对他期望太高，杰飞。”

他们吃了杰夫做的三明治，然后他在水里一直玩到下午三点钟左右，才回到公寓里纳凉。教授在房间里写了些笔记。

他们俩总在饭店吃晚饭——蟹肉饼、焗蟹斗和清蒸蟹，有一次还吃了清蒸龙虾。两人都被晒伤了，但不严重。有一天晚上，他们去了木板路①，杰夫坐了过山车和火箭船，但杰夫已经觉得不好玩了，于是他们直接返回了公寓。有梅洛迪坐在他身边时就不一样了，他又害怕又兴奋，当车滑下一道斜坡时，梅洛迪紧紧地抱着他，他放声大笑。每天晚上，杰夫都沉溺在看电视的乐趣中，因为公寓里配有一台电视机。一个星期结束后，他们收拾好行李，返回巴尔的摩。“回去工作真好啊，是不是？”教授问杰夫。杰夫说是的。

* * *

杰夫上三年级的那年，他们的管家叫托尼，是社会学专

---

① 木板路：大洋城的景点之一，海边的木栈道，道路两边有很多商店和游乐设施。

业的学生，喜欢周围有噪声。他做家务时喜欢听收音机，一起坐下来吃饭时，他喜欢告诉教授学校里出了什么问题。他喜欢做饭。他叫杰夫帮他打下手，还教了杰夫一些美味食谱。那一年，杰夫吃过晚饭后就做家庭作业，因为，就像托尼说的，家里没有电视，他没有别的事情可做。教授像往常一样，晚饭前和晚饭后都在工作。

"我没想到他们工作这么辛苦。"托尼对杰夫说，"我一直以为教授的生活很轻松呢。可你老爸并不如此。他从不发表文章，对吗？我觉得生活肯定不止工作。还有，你妈妈呢？"

"我不知道。"杰夫说。

"我大二的时候见过她几次。在集会上，房间里人很多。她长得很漂亮，看上去很真诚。尝尝这个意大利面酱，告诉我还需要加什么，好吗，小鬼？"

托尼忘了带杰夫去理发店把头发剪短，就此改变了杰夫的发型。在这之前，他的头发总是剪得又短又直，就像被割过的庄稼地一样，头发慢慢长出来后，盖住头顶，就像马勃菌似的，这时教授就会说："是不是该给他剪头发了？"但托尼没带他去剪，杰夫的头发就继续长啊长，成了一头平塌塌的长发，像教授的那样。但杰夫的头发颜色深，几乎是黑色的，跟梅洛迪的一样。

杰夫四年级的时候，一个叫安德鲁的男孩给他们管家，他不得不打这份工，不然就上不起大学。安德鲁其实是想住在联谊会里的，他想参加朋友们的聚会，想参加所有的足球赛、篮球赛和棒球赛。他在杰夫家里做什么事都带着一股怨气，他看到吸尘器时脸上就气呼呼的，洗碗时也生着闷气，双手乱搅一气。那一年，教授开始每星期四晚上都出去，在外面吃饭，然后打惠斯特牌。如果安德鲁星期四晚上有事要做，就让杰夫一个人待着，因为他年纪已经不小了。安德鲁没有把他出门的事告诉教授，只告诉了杰夫。杰夫也没有告诉教授，因为他不想打乱教授的规律。当他晚上独自在家时，就拿着一本书走进自己的房间，坐在床上看书，直至听见有人进来。然后他关上灯，睡觉。

杰夫上五年级的那年，他们请来一个物理系的研究生，叫伊恩，他留着浓密的胡子，一般要在实验室里待很长时间，写他的论文。每个星期开始时，伊恩都会把自己在家的时间段列出来。星期五和星期六晚上他都请假去见女朋友。他打算在六月结婚。“其实我不明白这年头为什么还有人结婚。看看离婚的统计数字吧。你老爸是怎么回事？”他问杰夫。他陪着杰夫坐在桌前，做实验或解难题，杰夫在做家庭作业。杰夫抬头看着伊恩。如果他是在开玩笑，杰夫准备表示他听懂了这个笑话。但他似乎不是在开玩笑，于是杰夫显出一副严肃的样子。“就拿你父亲来说吧，他倒是很容易相处。也许他只是太老了，不适合你母亲。你觉得呢？”

“我不清楚。”杰夫说，其实他觉得自己可能知道。不管怎么说，他是了解梅洛迪的那些抱怨的。他不清楚父亲是怎么回事，父亲从来也不说什么。

“你不想弄清楚吗？”伊恩问道。

杰夫摇了摇头。只要教授过着适合自己的生活，就有可能会留下来。“他害怕改变。”梅洛迪曾经告诉杰夫，“他总是按部就班。他不知道这对别人来说有多难熬。”但是对杰夫来说并不难熬。如果教授决定一走了之，那才是真的难熬呢。所以杰夫不想去弄清楚，他只想确定教授的生活就是教授想要的。

六年级之前的那个夏天，他们开车从大洋城回来，杰夫坐在父亲身后，问父亲那一年谁来给他们管家。“没有人。”教授说，“你现在已经大了，不是吗？”

杰夫听得出来，父亲希望他不再是小孩子。“是的。”他附和道。他看着父亲。教授的脖子后面被晒伤了，握着方向盘的手也被晒伤了。他们遭遇了两次堵车，因为上桥过河时道路变窄。

但教授并不在意。他转身对杰夫说：“我们什么时候到并没有什么区别，是不是？”

“是的。”杰夫附和道。

那年秋天，教授的一个惠斯特牌友成了他的朋友。这位朋友到他们家来拜访，和教授一起学希腊文，杰夫就认识了他。他四十多岁，比教授年轻，在大学里教神学。他是天主教修士，唤作托马斯兄弟[①]。“我是怀疑派托马斯。”他来到杰夫家的第一个晚上，这样向杰夫介绍自己。杰夫想知道这是什么意思，但没有问。那双棕色的眼睛审视着杰夫的脸。“我是在开玩笑。”托马斯兄弟说，杰夫笑了。“我不知道你有个儿子，霍勒斯。好吧，似乎听人们传说你有儿子，但我忘了。”

杰夫跟这个男人握手，打量着他。他又矮又胖，圆圆的脑袋秃了顶，只剩下周围的一圈浅白色的头发。他像教授一样戴着大大的方框眼镜。他穿着黑西服，黑衬衫的正上方露出白色的圆领。“你这么大岁数了，儿子可真够小的，怎么回事，霍勒斯？”

“我结婚晚。”教授回答。

“哦。”托马斯兄弟说。他带来了一瓶红酒。他坚持让教授给杰夫尝一尝。杰夫安静地坐在桌前，思索着他们希望他如何表现。他观察他们的眼神，仔细听他们谈话。托马斯兄弟的目光经常停留在杰夫身上，但并没有问杰夫任何问题，杰夫也就没有主动说什么。教授非常注意托马斯兄弟说的话，杰夫因此推断父亲觉得这个人很有意思，并希望他在这里感到愉快。杰夫准备晚餐的时候格外用心，哪怕只是面包做的汉堡包，也要让这位兄弟吃得满意。他把面包烤好，涂上黄

---

① 兄弟：天主教教徒之间一般称呼兄弟姐妹。

油。他频频翻动汉堡包，让它们熟透，但又不至于有太厚的硬皮。他把洋葱和芹菜切碎，拌在沙拉里。

“像你这种品位的人应该有一套像样的酒杯。”托马斯兄弟举着酒杯说道。晚饭后，他们都围坐在厨房桌旁。教授已经把他的书房搬回到楼下，经过这三年，客厅里堆满了成箱的书、成箱的文件和成箱的旧衣服。房子里没有别的地方可坐了。

“我没钱迁就自己的品位。”教授说。

“你可以罢课要求加薪嘛。”托马斯兄弟建议，“举着标语牌，故意教一些假知识，或者来一次静坐罢工？”杰夫从未听人以托马斯兄弟这样轻松、随意的语气跟父亲说话。教授看来并没有生气。

杰夫从托马斯兄弟那里得知，有些人认为教授在大学里干得很出色。托马斯兄弟说：“你认为你父亲怎么样啊？他组建了巴尔的摩，甚至整个马里兰州最优秀的历史系。”

“我认为很不错。”杰夫说，托马斯兄弟冲他眨眨眼。

教授却否认了：“根本不算一流。”

“学术名声需要一段时间的传播，有五到十年的滞后期。你知道，或者你应该知道，你是历史学家。”托马斯兄弟的语气很笃定。“你看着吧，霍勒斯，你的名声会在后面赶上来的。你梦寐以求的学生正在你的周围等着呢。”

教授张了张嘴，似乎想说什么，但只是摇了摇头。杰夫喝了一口酒。他觉得这酒里没有什么水果味，但很烈，微微有点儿苦涩。他不让自己脸上露出任何表情。

“看看你课程的报名情况吧。”托马斯兄弟坚持说，“霍勒斯，你可以加两名学生，再加两名。说句实话，杰夫，你父亲这个人啊……”他说，但口气很亲热，似乎教授把他逗乐了。

杰夫看着父亲。他不知道教授是否喜欢别人这样跟他说话，他只知道自己是不会那样说话的。

“时间会证明的。”教授只说了这么一句。

“时间正在证明。”托马斯兄弟纠正他道，“你系里的其他人已经不再想着把你赶走了。”

“是吗？谢天谢地。”教授说。

托马斯兄弟轻声笑了：“必须承认，我想知道你是不是故意用那种方式处理了他们的叛乱。”

“我根本没有处理过。我知道不管他们说什么都不会有任何改变。”

不过教授的口吻显得很高兴。杰夫听出来了，他又递给托马斯兄弟一个汉堡包。

杰夫等了两星期，才向父亲打听托马斯兄弟的事：“他是谁？”

“一位修士。一位天主教的修士，那是一个教职。”教授说，“他来自天主教大学，在我们学校教一门圣经课。”

“那不是在你们系。你是怎么认识他的？”

“他和我们一起玩牌，然后我想学习希腊文，他也想重温一下。”

杰夫坐在那里，惊讶地沉默着。他不知道父亲为什么要学希腊文，也不知道他们的友谊维持了多久。他正纳闷的时候，父亲从桌子旁站起来，返回了他的书房。杰夫没有介意。只要教授在做自己想做的事，就会对杰夫感到满意。难就难在得弄清楚他想要什么，因为他很少提出要求。杰夫把盘子冲洗干净，放在架子上沥干。他拿出扫帚，把地板扫了一遍。教授喜欢整洁。他们把多余的东西都收起来，放进了那间闲置的起居室，让房子的其他地方保持整洁。经过了这四年之后，杰夫很善于通过观察教授的反应来判断教授想要什么。这其实简单，因为教授认为大多数事情都是无可无不可的。他经常这么说。对于老师，杰夫同样也可以给他们想要的东西，他不仅认真听讲，而且密切留意老师的反应。

那年秋天，托马斯兄弟偶尔会来他们家吃晚饭。他总是带一瓶红酒。早些时候，他拿来了四个酒杯，高高的水晶玻璃高脚杯，是他所说的闪光玻璃材料，即一层透明玻璃上覆盖一层彩色玻璃。彩色外层上雕刻着复杂的图案，因此酒杯像珠宝一样闪闪发光。酒杯一个是红色，一个是蓝色，一个是黄色，一个是绿色，杰夫摆桌子时，两个男人会说出自己想要的颜色。托马斯兄弟是个美食家，杰夫就按托尼留下的食谱做了几道菜，比如把两个刺穿的柠檬塞进一只鸡肚子里，这样烤熟了的鸡肉会有一股淡淡的柠檬味，汤汁可以用来拌米饭。“这孩子做这个很拿手。”托马斯兄弟对教授说，“你怎么运气这么好？他肯定不是从你这儿学到的，他母亲的厨艺很高明吧？”

杰夫的眼睛盯着自己的盘子，不动声色地听父亲回答。

“不，她讨厌任何一种家务活。”

谁都没有再说什么。杰夫在手里晃动着红酒杯。

“我们把咖啡端进去，开始工作吧。”教授建议道。

“非常乐意。不过我要先给厨师敬个酒。”托马斯兄弟向杰夫举起酒杯，教授也这么做了。杰夫想对托马斯兄弟报以微笑，但发现那人正用棕色的眼睛打量着他，他纳闷那人心里在想什么。杰夫知道托马斯兄弟什么也不会说。他已经得出结论，托马斯兄弟虽然有很多想法，但都把它们埋在心底。杰夫很愿意听听其中一些想法，但他没有开口。

冬季，流感在大学附属小学里蔓延，杰夫也染上了。他在床上躺了两天，吃不下饭，听着父亲打字机的声音在寂静的房子里回响，嗒嗒嗒，嗒嗒嗒。外面，巴尔的摩的雪一直下个不停。杰夫端详着房间的天花板，时刻保持警觉，留意着呕吐或腹泻的迹象，这样就可以及时冲进厕所。吃饭的时间到了，父亲来到门口，问他想吃什么。“不用了，谢谢。”杰夫说，虽然难受，但他竭力让声音显得正常，这样教授就不会被打扰。他已经很久没有生病，忘记了那感觉多么可怕。

第三天是星期五，他回学校上课，下午回到家，想爬楼梯上床睡觉时，觉得头晕得厉害，两条腿根本拖不动。他在楼梯上休息了一会儿，后来勉强走到厨房，在一张椅子上坐下来。他感到口渴得要命，就给自己倒了一杯冰水，大口大口地喝了下去。有那么几秒钟，他觉得很舒服。然后他开始咳嗽，剧烈地、撕心裂肺地咳嗽，他这一天的大部分时间都在压抑这种咳嗽。他又是咳嗽又是头晕，忍不住往水槽里呕吐，吐出的是刚喝进去的水，还有吃下的那一点点午餐。然后，他感觉好些了，就把水槽清洗干净。

杰夫做了晚饭的汤，还在烤炉里烤了奶酪三明治，他小心地不让自己吃太多，这样就能坚持到洗净盘子，返回自己的卧室，不引起父亲的注意。他尽量忍住咳嗽。他的耳朵嗡嗡作响，身体时而热得发烫，时而一阵阵发冷。他举起汤匙时，不知道自己的手是不是在抖，因为他感觉到手在抖，但是仔细端详，发现手并没有抖。到了床上，他连衣服都没脱就睡着了。

第二天早上，他无法起床。牙齿直打战，胸口疼痛，头发又冷又湿地贴在额头，贴在脖子上和脑袋周围。他强迫自己醒来，咳嗽了几声，然后又睡了过去。上午十点钟左右，教授到他的房间里看了看。他打开门时，杰夫从浅睡中被惊醒。杰夫想坐起来，却不愿意从枕头上抬起头，因为那样会感到头晕，而头晕时会感到恶心。

“我去找托马斯兄弟。”教授说道，“我不知道我们要花多久学习这段希腊文，语法比较奇怪。我们的牛奶和咖啡都快喝完了。”他说。准备离开时，他问道：“杰夫，你脸色苍白，是不是因为光线的关系？还是出了什么问题？”

杰夫不得不说了实话。于是，教授走进来，站在那里低头看着杰夫。他犹豫了一下，把手放在杰夫的额头上。杰夫感到他的手凉凉的，很干爽。“你的体温是多少？”教授问道，“我还以为你感冒好了呢。”

“对不起。”杰夫说。

“温度计在哪里？”

“家里没有温度计。对不起。”

教授离开了房间。门开着，杰夫听见他走下楼梯的声音，接着他又陷入了不踏实的睡眠中。

后来，他听到托马斯兄弟在叫醒他。他听话地睁开眼睛。托马斯兄弟将一支温度计放进他嘴里。教授穿着一件蓝色开衫毛衣站在托马斯兄弟身后，个子高高的。“他的医生是谁？”托马斯兄弟问。教授无奈地摇了摇头。杰夫想咳嗽，不得不把温度计从嘴里拿出来，咳完后又把它塞回嘴里。两个男人听着他咳嗽。“什么意思，你不知道？”托马斯兄弟问教授。听起来他很生气。杰夫不希望自己惹得托马斯兄弟对教授生气。“杰夫，你知道你医生的名字吗？”杰夫摇了摇头。

“你上一次见他是什么时候？”杰夫耸了耸肩。那是很久以前了，他感到真累啊。“学籍档案里会写着。”托马斯兄弟说。他忧虑的棕色眼睛紧紧地盯着杰夫。

“今天是星期六。”教授说，“学校不上课。”

“还有谁会记得医生？”

“他母亲也许记得。我想。”

“你能联系到她吗？”

“我已经四年没有她的消息了。”教授说道。

“没关系。”杰夫说。他又咳嗽了起来，然后接着说：“我这星期感冒了。现在只是复发。对不起。”

托马斯兄弟看了看温度计。“40℃。现在还是上午，霍勒斯。你有阿司匹林吗？”

教授看着杰夫。“在浴室里。”杰夫告诉他。

“他需要看医生。”托马斯兄弟说，“我们可以给他吃两片阿司匹林退烧，但他需要看医生。他的家庭医生可以上门出诊，我不想让杰夫在这样的天气里出门。”

“我可以给他母亲的家人打个电话，看他们是否知道她在哪里。”

“我认为你最好这样做。”托马斯兄弟说。他圆圆的脸严肃地对着教授，然后他匆匆离开，去给杰夫拿阿司匹林。教授再次把手放在杰夫的额头上试了试，便下楼去了。他们俩都走了之后，杰夫用双手揉了揉胸脯，因为他咳得胸口生疼。托马斯兄弟给他拿来两片阿司匹林和一杯水，他服下药后就睡着了。

当他再次醒来时，房间里有了第三个人，一个年轻的男人。“你还记得我吗？”杰夫摇了摇头。“嗯，我也认不出你了。你长大了。”他打开医药包，把温度计放到杰夫的嘴里，然后取出一个手电筒，检查杰夫的眼睛和耳朵。他看了看温度计，说了声“嗯”。他用听诊器听杰夫的胸部，前后都听了听。他还查看了杰夫的咽喉。

“我们一小时前给他服了两片阿司匹林。”托马斯兄弟说。

医生点了点头。他拿出一本便笺簿，在上面写了些什么，然后撕下那一页。他又在第二页写了些什么，把它也撕了下来。他把两张纸都交给教授。杰夫静静地看着。

“我叫贝克。”医生对杰夫说，他在杰夫的床沿坐下，“你病得很重，支气管肺炎，需要卧床至少三天，一星期不能上学。这会使你伤心吗？”他笑微微地看着杰夫。杰夫点点头，表示他听懂了。“希望你下星期五下午到我的办公室来找我。信不信由你，那时候你肯定会大有好转的。你还需要补打几针疫苗呢，小伙子。”

杰夫点了点头。三个男人离开了房间。他们还在楼梯上时，贝克医生就开始说话，语速很快，多半都是问句，但杰夫听不清具体在说什么。

那天杰夫基本上一直在睡觉。每隔两小时，教授或托马斯兄弟就会走进他的房间，喂他喝药，问他想不想喝茶或可乐。到了星期天下午，他真的感觉好些了。晚上，当窗外的天空一片漆黑时，托马斯兄弟端着一个托盘走进来，把托盘放在杰夫身边的桌子上。他叫杰夫坐起来，把他身后的枕头重新摆了摆。他把托盘放在杰夫的大腿上，自己在床边的一把椅子上坐下。那是教授早些时候从客厅里搬上来的，是一把摇椅。

托盘里有清鸡汤、一片没涂黄油的烤面包和一杯可乐。杰夫尝了尝鸡汤。他不饿，但感到肚里空空的。

“你这次生病，让你的父亲感到很震惊。”托马斯兄弟说。他棕色的眼睛注视着杰夫。杰夫赶紧把嘴里的东西咽下去，说出道歉的话。“这对他有好处。”托马斯兄弟说，“但确实令人震惊。我从没想过问问他有没有带你去体检。我敢说你也没有去看过牙医。”

“我不需要。”杰夫说。他又咳嗽起来，托马斯兄弟赶紧把托盘拿起来，等他咳完。

托马斯兄弟把盘子放回去时，嘴里啧啧感叹：“唉，你们俩真是傻人有傻福。你从来没有打听过你的母亲吗？”

杰夫摇了摇头。

“你了解她吗？我不认识她。”

“她叫梅洛迪，”杰夫说，“有一头长长的黑发，很漂亮。她的眼睛是灰色的。”

“她和她的家人住在南卡罗来纳州。我只知道这些。你父亲不愿意跟她说话。”杰夫不让自己显出任何表情。“他们离婚了吗？”托马斯兄弟又问。

“我不知道。”杰夫说。

“你应该让你父亲跟你讲讲你母亲的事。”托马斯兄弟建议，“这对他有好处，谁都能看得出来。”

杰夫知道不是这样，但他没有争辩。

杰夫在床上躺了四天，教授和托马斯兄弟轮流过来给他读《艾凡赫》。他们从图书馆借书回来给他看，当他能下楼的时候，托马斯兄弟送给他三本平装书《魔戒》。“你不能出门，这套书可以让你有点儿事情做。”托马斯兄弟说。那些漫长的独处时光确实过得很快，因为杰夫读到了另一个世界里的那些非凡英雄的故事，关于魔法与爱情，关于跟无尽的邪恶做斗争，关于漫长而艰辛的旅程，关于友谊与背叛的故事。

星期五，贝克医生给杰夫做了一次全面体检，打了两针疫苗，并问他的父亲有没有陪他一起来。

“没有，先生，他有课。”杰夫回答。

正在写病历的医生抬起头来，说道：“好吧，那么我希望你下次过生日的时候来体检。那是在九月，到时候你就十二岁了。”

“好的，先生。”

“你有什么问题要问吗？有什么烦心的事吗？”

“没有，先生。”

“好吧，如果想到什么就尽管问。你在学校里怎么样？”

“还好。”杰夫告诉他。他不想说自己的成绩一直在下降，老师说他“偷懒”“心不在焉”。

医生点了点头，合上了病历。“不要再从我眼前消失了，好吗？”杰夫点了点头。“在我看来，你就是一个正常的孩子，一切都好。没有问题。明年九月见，除非在这之前你需要来见我。”

“谢谢你。”杰夫说完就离开了。

回到家里，父亲正在等他。“没事吧？”教授问道。

杰夫点了点头。

“我真的很抱歉，杰夫。”教授说道，镜片后面那双温和的眼睛里含着歉意，“我不知道我是怎么搞的，竟然出了这样的事。”

“没关系，真的。这没有什么大不了，真的。而且我很喜欢看那些书。”杰夫告诉他。如果父亲开始为他担心，那就有了变化，而情况一旦有变，你就拿不准会发生什么事情了。

“我完全不知道体检的事。”教授说。他的语气很沮丧。杰夫感到惊慌。他想起父亲不喜欢道歉，不喜欢感到有歉意。他还记得教授每次惹梅洛迪不高兴或生气时，总是显出一副垂头丧气的样子。

“对不起，”那时教授只会说，“对不起。”

“不，你并没有觉得对不起，你甚至没有听懂我在说什么，你根本没有任何感觉。”梅洛迪回答，眼睛里噙满了泪水。

“对不起。”教授又说了一遍。

杰夫想让父亲放心：“这没有什么大不了的，不会有什么变化。”他希望真是这样。“医生说我是个很正常的孩子。

他就是这么说的。”

一个月后，整件事就被淡忘了。杰夫补上了落下的功课，他的咳嗽也消失了，一切都恢复了正常。只是托马斯兄弟来得比以前更频繁了，经常带着做晚餐的食材，他和杰夫一起动手做饭，而且每次来都会带一瓶红酒。当巴尔的摩短暂的春天渐渐转为初夏的炎热时，教授在书房里打字的时间变得格外地多，但这是唯一的变化，而且和托马斯兄弟的来访一样，没有造成什么实质的影响。杰夫放下心来，逐渐相信他这次生病并没有毁掉一切。

但是在五月，父亲吃着猪排配米饭的晚餐时告诉他，梅洛迪想让杰夫过去和她一起过暑假。

杰夫过了很长时间才问：“在哪里？”

“在南卡罗来纳州的查尔斯顿。”教授告诉他，同时把他第三块猪排骨头上的肉整齐地切下来。“她的家人住在那里。”他说。

杰夫拼命地想自己该说什么。

“你同意吗？”父亲一边给米饭撒盐，一边问道。

杰夫看着教授毫无表情的脸，不带任何表情地说了声“同意”，他希望自己的回答是正确的。

第二章

太阳即将落山时，杰夫在查尔斯顿下了飞机。从飞机上下来的人们步履匆匆，他由着自己被他们裹挟着往前。天气很热，因此他看到跑道外围的防风栅栏边的棕榈树并没有感到意外，身上的校服使他感觉更热，他还穿着灰色法兰绒长裤和蓝色运动夹克、白衬衫，打着条纹领带。他随着人群走向一栋粉红色的单层建筑，它的顶上带有一座玻璃塔，那就是机场航站楼。这片平坦的乡村上空布满了绚丽的晚霞，杰夫从人流中走出来，对着天空看了一会儿。

炽热的金红色晚霞在地平线上闪耀，并逐渐淡化为橙色和粉红色，弥漫在天穹的三分之一处。西边高大的棕榈树的花状树冠渲染出黑色的轮廓。零星的流云飘过西方的天际。

杰夫跟着人群，毫不费力地找到了行李提取处。与一个半小时航程外的北边的巴尔的摩机场不同，这个机场使人不那么容易迷失方向。“梅洛迪会来接你。”在等待杰夫的航班通知时，教授对他说。“你回来的时候告诉我一声，我去接你。”他这样说。回程机票就在杰夫运动夹克的内袋里——已付费，但尚未确定航班。他跟教授握了握手，走过通道去登机时没有回头看看教授是否在等他回头。而一旦上了飞机，就无法通过观察区的平板玻璃窗看是否有人在注视你了。

在行李提取处，杰夫挑出父亲的那只旧皮箱，走到等候区。这是一个很大的房间，两面长墙都是窗户，两面短墙是售票窗口。他坐在一张塑料椅上，把手提箱放在脚边。

窗外是飞机跑道，太阳已经落山，天空变得黑暗。在对面的窗外，一辆辆汽车停下来，车灯的亮光在灯火通明的落客区显得有些多余。在这个装有空调的大房间里，人群络绎不绝，有的到达，有的出发，有的见面，有的告别。空中传来通知航班起飞的声音。杰夫等待着。他口袋里有三十美元，其中二十元是父亲给的，十元是托马斯兄弟给的，托杰夫给他带一瓶当地的葡萄酒。杰夫留意着他的箱子和时钟。他不饿，也不累。他等待着。

等啊等啊。房间里的人渐渐少了，外面驶来的汽车也少了。空气渐渐安静下来，只偶尔传来低低的谈话声。杰夫一动不动地坐着，两腿并立，双手放在腿上，脑子里什么也没有想，只是等待着。

一股芳香的气息突然向他涌了过来，把他包围。一个低低的声音传来，半是欢笑，半是忧伤。“哦，杰飞，杰飞。”当他把脸颊靠在她的肩头，她的芳香气息在他身边流淌时，他闭上了眼睛。她用双臂抱住了他，他能感觉到她的双手抚摸着他的后背。他想一下子抓住所有的感觉，她说话的声音那么甜蜜柔美，把元音说得那么慵懒。“对不起，我来得太晚了，我……算了，我只是怕你对我失望，一气之下掉头回去，后来我就堵车了，再后来……哦，我的儿子！”她用双臂紧紧地搂着他，身上带着熟悉的香水味。他想起来了。

“让我好好地看看你。你不想亲亲我吗？你没有想我吗？你不想抱抱我吗，杰飞？你生气了吗？别生我的气。”

他抬起头，睁开眼睛。

她说：“你完全长大了。”一只手放在他肩膀上，另一只手抚摸他的脸颊，拂去他额头上的头发。这就像——就像早春的第一缕阳光。

“看看你，长大了，但是脸色苍白。哦，杰飞，你是不是很不开心啊？”泪水盈满她的眼眶，细细地顺着面颊流淌下来。“我见到你太高兴了。”她说，又摸了摸他的脸颊。

杰夫感到一阵心痛，但内心又充满了温暖和甜蜜。那温暖似乎在他的血液里流淌。他感到眼睛里满是泪水。她笑了：“说到底，你还没有完全长大，是不是？我真高兴。”她笑着直视他的眼睛。杰夫感到自己的嘴唇在颤抖。“可是你不想说点什么吗？你没有什么要说的吗？”她的嘴唇擦过他的脸颊，她柔软的手掌托着他的另一侧脸颊，他的心脏在胸膛里剧烈地跳动，他知道，如果他必须继续站着，双腿恐怕会软得撑不起身体。“说点什么吧。”她不依不饶地说。

杰夫的每一次心跳仿佛都在说话——妈妈，但是他说不出口。

“那至少坐回去，让我好好看看你吧。”她用双手握住他的双手，坐在那里盯着他。他也盯着她。“那么，你觉得我怎么样呢？”她最后问道。

“很漂亮。”杰夫说。他的声音有些嘶哑，于是他清了清嗓子，又说了一遍：“你真漂亮。”他觉得自己像一个在地牢里关了很多年的人，第一次走进了阳光里。他不可能说出自己的感受。她确实很漂亮，漂亮得令他喘不过气来。黑色的长发在面颊两侧弯成一个柔美的弧度，在脑后扎起，在头顶上盘成一个富有光泽的圆髻。她的眼睛——他已经忘记了她的灰眼睛的外圈有多黑，以及瞳孔周围的浅灰色有多亮。她的眼睛周围有一圈黑色的睫毛，弯弯的黑眉毛又形成另一个圆弧。她椭圆形的脸，她挺直的小鼻子，她微笑的嘴、高高的颧骨和晒黑的皮肤——“我忘了你有多漂亮。”他轻声说。

她笑了，声音像蜜糖，然后她站起来，仍然握着他的双手。他站在她面前，隐隐约约地注意到她穿着一条连衣裙，并清楚地注意到她的腰身是多么纤细，她那晒黑了的胳膊和腿是多么颀长。“哦，妈妈。”他说，伸出手去拥抱她，用胳膊搂住她的脖子，就像小时候在她离开之前做的那样，他现在想起来了。

她把他紧紧搂在怀里。他的头顶已经到她的耳朵。“你很高。”她说。

杰夫摇了摇头。“我认为你很矮。”他纠正她。

听了这话，她又笑了，接着后退了一步，但笑声仍在他耳边回荡。“拿上你的箱子，车子在外面，停在了禁停区。你没有我的照片吗？”杰夫用一只胳膊挎着手提箱。她把手伸到他的另一只胳膊下，眼睛一直看着他。“你父亲那儿肯定有几张照片，你没有问他吗？”

杰夫摇了摇头。

“你这小傻瓜。”她又对他露出阳光般的微笑。他一直担心她会生气。“你这傻傻的、傻傻的小傻瓜。我们必须给你一些照片，还要拍几张你的照片，我自己留着。我差点儿没有认出你。我不得不仔细打量了你一分钟，你的变化太大了。接着我看到了那个箱子。我还以为你会找我呢。”她说。

“对不起。”杰夫说，“我只是在等着。”

他让她伤心了，于是他赶紧补了一句：“没关系，我不介意。”

“现在一切都好了。”她说，“我在这里，你也在这里，我们又在一起了。我太高兴了。”她唱歌一般说着这些话，两人出门来到夜色中。

她让杰夫坐在后座上，那是一辆旧的四门轿车。“小孩子总是应该坐在后面。”她对他说，“系好安全带。小孩子身体那么轻，如果有车祸，他们会在车里乱飞。后座是最安全的地方。”他高兴地按她的要求做了。他坐在右边的角落里，她开车的时候他能够看见她。“我路上得停一停。”她说，把车开上了一条高速公路，“你介意吗？”

“不介意。”杰夫什么都不介意。

“你觉得查尔斯顿怎么样？”

“不知道，我还没怎么看它呢。”

她又笑了起来，好像他说了什么好玩的话。他想他应该问她一个问题，于是就问了：“这是你的车吗？”

“不，天哪，我可没有钱买车。我的一个朋友出城去了，把车借给我开。我买不起车险，连油钱也几乎出不起，但我不在乎。底特律[①]休想赚到我的钱，还有那些富得流油的石油公司——很少能从我身上赚钱。这也减少了我个人对环境的污染。”

随着时间一分分过去，杰夫想起了关于她的点点滴滴。他注视着她放在方向盘上的双手，琢磨着她戴的那些戒指。头顶上的灯光和经过的卡车灯光照在她手上，那些戒指发出紫色和黄色的光。几分钟后，她驶出了高速公路，拐了几个弯，把车停在一栋小小的平房前面，这样的房屋有一整排，每一座都围着一圈铁丝栅栏。她在座位上转过身问道：“你愿意在车里等着还是一起进去？”

“我等着。”杰夫做了决定。

“你最好进去，我们可能要待一阵呢。”她对他说。她打开矮门，他们走上通往小门廊的小径时，她又挽起了他的胳膊。门的上方亮着一盏黄色的灯，周围围着很多小虫子。

---

① 底特律：美国密歇根州最大城市，曾是世界传统汽车中心。

屋里，两个女人坐在厨房的桌子旁，把许多信折起来装进一堆信封。这个厨房占据了房屋的大部分空间，离火炉和水槽最远的墙边摆着一张沙发，咖啡桌上有一台小电视机。“梅尔，”女人们说，“我们正纳闷你去了哪儿呢。”

“我去接一个人。”杰夫的母亲说，“我生命中的男人。让我来介绍一下，这是杰斐逊·格林。这是菲比。”

“你好。”杰夫对一位年轻女子说，黑色的鬈发衬托着她的脸。菲比朝他点点头。

“还有薇拉。”杰夫跟薇拉打了个招呼，她棕色的头发像菲比的一样打着小卷儿。

“坐下吧，杰飞，我的宝贝。”母亲对他说。他顺从地坐进桌旁两张空椅子中的一张。她坐进了另一张。“我儿子。”她宣布道。

杰夫盯着她看。她说这句话时的语气那么骄傲和高兴。她的大眼睛轮流看着桌边的人，嘴角露出一丝笑意。

“我的天哪。”菲比说，“你一个字也没说过。”两个女人都盯着杰夫看。

“是那次婚姻的孩子？”薇拉说。

“哦，是的。”梅洛迪说，“我去机场接他，结果迟到了，担心得要命——真是没法说。”她用手按住自己的心口，“当时那个焦虑啊。”

杰夫注意到，梅洛迪没有戴结婚戒指，但是她的一只手上戴着两枚镶绿松石的银戒指，另一只手上有一枚嵌着深红色宝石的大戒指和一枚普通的珍珠戒指。她的手指很纤细。

“如果明天要寄信件的话，我们最好抓紧干活儿了。杰飞也会帮忙，是不是？这是妇女解放运动的资料。”她打趣道。

“没问题。”杰夫说，“对我来说没什么影响。”

梅洛迪的笑声在桌上飘过。“会有影响的，杰飞，会有的。你等着瞧吧。”

他们把信折起来塞进信封，才装好五分之二。“我们收集到了所有的事实和数据。”梅洛迪说，手里忙个不停。

“希望能派上用场。”菲比说，“天知道，有时候我觉得女人根本不在乎。”

“你能指望什么呢？”梅洛迪问道，“我们都是从小就被告知要结婚嫁人，让一个男人来养我们。”

“哼，那是他们活该。”薇拉说，“有时候我想，我干脆也走那条路算了，那肯定要轻松得多——省得还要自己挣钱、养家。特别是想到那些男人干活儿没有我辛苦，也没有我出色，却挣得比我多时。活该有一些女人像水蛭一样附在他们身上吸血。结果呢，他们还口口声声抱怨女人。”

“问题在于，”梅洛迪说，她的声音严肃而悲伤，“这对你来说不好。这样做对所有女人都没好处，伤害的是女人自己，因为这只会让这种状况长期存在。我们必须为我们的自尊而战，不是吗？”

另外两个女人点头表示同意。

“而且，如果我们不采取行动，”梅洛迪继续说，“如果我们这样的人不尝试着改变——那就等于是在助长它。仔细想想吧，就是这么回事。是啊，我绝不会只围着一个男人干活儿，哪怕给我——给我中国所有的茶叶。”

“是的，但你可以和家人住在一起。”薇拉对她说。

“还有一个前夫。”菲比说。

“天哪，你认为我会从他那里拿一分钱吗?！”杰夫的母亲生气地说，“我受到了侮辱。没错，你们抱着这样的想法，还和我一起为这项运动工作，这真是对我的侮辱。没错，我有自尊，不会要他的钱。你们也应该这样。”

她们向梅洛迪道了歉，几分钟后，梅洛迪的声音恢复了平常的语调，懒洋洋的，充满了柔和的笑意。杰夫放松下来。

他们离开时已经很晚了，街道上空荡荡的，大多数小房子里都黑着灯。车子回到高速公路上，开了好几英里。梅洛迪打着哈欠，问杰夫喜欢不喜欢那两个女人。杰夫说他很喜欢她们。“她们太年轻了，”她说，“两人都是二十出头。年轻女性如果不想被人利用，最好从一开始就学会进行必要的抗争。南方的情况更糟，糟糕得多。”

“我想是的。”杰夫附和道。

睡意压得杰夫睁不开眼睛，抬不起肩膀。他几乎没有注意到母亲把车停在一栋高高的房子前，他只注意到他们走向前门时，他深一脚浅一脚地踩着凹凸不平的砖头。进了房子里，她领着他走上宽阔的楼梯，把一根手指压在嘴唇上，为他打开了一扇门。“我们可不能把她们吵醒，她们睡眠很浅。”她说。“哦，杰飞，有你在我身边，我真高兴啊。好好睡一觉，睡到天亮。”她轻声说，然后在他额头上亲了一下。

杰夫脱掉衣服，扯开被单，只穿着内裤躺在了床上。他太累了，没有找出睡衣。他太累了，没有看清应该把自己的衣服放在哪里。他关掉了床头的灯，迷迷糊糊地躺在黑暗中，悄悄进入了梦乡。

他很早就醒了，并没有丝毫的陌生感。他的房间——他坐在床上，环顾四周——他的房间宽敞，通风。四个窗户都开着，轻薄的窗帘在静止的空气中一动不动。他听到在寂静的房屋之外，偶尔传来汽车声和鸟叫，但没有人的说话声。他必须上厕所——很急——但不知道厕所在哪里。他坐起来，把腿蜷在身体下面。

他的床有四根高高的柱子：四根带凹槽的、细长的柱子，每根柱子顶端都刻着一颗橡实。房间的墙壁是白色的，因年深日久而变成一种珍珠色，高高的天花板上贯穿着几道裂缝，地板是宽宽的木板。一个镶着镜子的梳妆台放在一面光秃秃的墙边，旁边是一个深色的木衣柜。一面墙的窗户下面放着一张小写字台，前面有一把椅子。杰夫的床在两个窗户之间。他只看见一扇门。他真的必须上厕所了。他登机之后还没有上过厕所。

杰夫下了床，打开行李箱，把裤子和衬衫小心地挂在衣柜里。他把内裤和T恤衫重新叠好，放进梳妆台的抽屉里，把牛仔裤和短裤摆放得整整齐齐。他把发刷和梳子放在梳妆台上，把牙膏和牙刷放在它们旁边。他选了一个抽屉放脏衣服，把昨天穿的衣服丢进去，穿上法兰绒长裤和一件衬衫。他想知道时间有多早，厕所在哪里。

他走到一扇窗前往外望去，看到在另外三座沉睡中的房屋的后面，有一个绚丽的小花园和一片翠绿的草坪。周围的空气潮湿、凉爽，吸入他的肺中后感觉甘甜而温馨。时间还很早，他想。其中两座房子是砖砌的，所有的房子都有二层阳台，他不知道是不是可以推开窗户，往窗外撒尿。他当然不能那样做，也不愿那样做，但这个想法使他忍不住露出微笑。

他强迫自己打开房间的门。他光着脚踩在光线昏暗的走廊的木地板上，没有发出一点儿声音。顺着一面长长的墙壁，有高高的、挂着花边窗帘的窗户，还有两扇通向阳台的挂着花边窗帘的落地玻璃门。他的房间在最远端。昨天夜里他们登上的那道宽大楼梯在房子中间，从那里拐个弯就通向另一道楼梯。他这半边走廊有两扇门，那一半也有两扇门。

其中一扇门后面肯定是厕所。杰夫站在那里，想判断是哪一扇门。他觉得他这一边的第二扇门跟远处另一边的第二扇门相比，离楼梯更近，因此他猜测这就是厕所。距离近可能意味着房间比较小。如果他猜错了，如果，比如说，那是他母亲的卧室，如果他打开门把她吵醒了，她会是什么感觉？或者，更糟糕，那是她家人的卧室，某个完全不认识的人。杰夫默默地和自己争辩，他想也许他根本不需要上厕所，但是他需要，而且很迫切。他打开他旁边的这扇门，轻轻地转动白瓷的门把手，轻轻地把沉重的门往里推开。没错——他顿时松了口气，泪水夺眶而出，他立刻被膀胱的巨大压力所控制——是厕所。

他在厕所里用细小的水流洗了洗脸。他本来想在长浴缸里洗个澡的，但想想还是算了。他用食指蘸着冷水擦牙齿，擦得吱吱作响，因为他忘了把牙刷和牙膏拿来。然后他回到自己的房间。

他在那里穿上袜子和鞋子，梳了头发，把床整理好，然后坐在上面。如果不是梳妆台上的东西，没有人会注意到他在屋里。他什么都没有弄乱。随着太阳慢慢升上天空，房间里的光线越来越亮，窗外的声音越来越响，越来越多。煎熏肉的香味从下面什么地方飘进他的房间。他听到楼梯上有脚步声。房间里的温度升高了。他双手放在腿上坐着。

过了一会儿，房门突然被打开。“你在做什么？”梅洛迪问他，“我们都吃过了，你怎么还不下去？”

杰夫看着她。她的头发编成了一条粗辫子，垂在背后，脚上穿着凉鞋，身上是一条粉红色的太阳裙。她的眼睛似乎在生气，粉红色的嘴唇没有笑意。“跟你的父亲一个样。下来吧，杰飞。甘博想见你，我们都在等你呢，真的，你这小傻瓜。”说着她对他笑了笑，伸出一只手来。杰夫抓住她的手。“没有人会吃你。”她笑微微地看着他的眼睛。她的香水味比早晨的空气还要清新、甜美。

他们走下宽阔的楼梯，她领着他进了餐厅，一个满头白发的女人从桌子那头盯着杰夫看，一双水汪汪的棕色眼睛，花边上衣的前襟上挂着一圈圈珍珠项链。她的两边分别坐着两个上了年纪的女人，她们也正盯着他。她们面前的早餐盘子上都沾着蛋黄。

梅洛迪把杰夫拖到桌子那头。“甘博，他醒着呢。衣服也穿好了。我猜他不知道该怎么办。这是我的儿子杰斐逊·格林。杰飞，这是甘博，我的外婆。你们俩终于见面了。”她说着，退后几步。

杰夫露出礼貌的微笑。“您好。”他说，“您让我过来拜访，真是太感谢了。”

老太太抬起头来看着他，他惊异地看到她的眼睛里充满了情意。“你可以吻我一下。”她说，于是杰夫俯身亲吻她的脸颊。“坐在那儿吧，”她挥挥手，示意他坐在她对面，“因为你是家里的男子汉。你一定饿了吧。”

杰夫坐了下来。梅洛迪离开房间去给他拿早餐。桌子上铺着一块白色的亚麻桌布。中间放着一个瓷碗，碗里漂浮着粉红色的山茶花。杰夫的座位前摆着一个高脚冰水杯和沉甸甸的银餐具。梅洛迪又进来了，给他端来一个盘子和一杯橙汁，还有一个迷你架子，上面竖着两片烤面包，好像在立正似的。她在第五张椅子上坐下，挨着两个老妇人中的一个，这个位置没有摆放银餐具和餐巾纸。“甘博是我母亲的母亲。”她对杰夫说，“快吃吧，趁鸡蛋还没凉。这位，”她指指身旁的女人，那人嘀嘀咕咕地说着杰夫听不清的话，但似乎在对他微笑，“是布蒂姨妈，那位，”对面的女人，紧张地低下头，“是多多姨妈。我们家的人都在这儿了。”

杰夫微笑着点点头，开始吃早饭。那么，甘博就是他的曾外祖母。她看上去没那么老，不像一个曾外祖母。她的头发看上去浓密而健康，皮肤有点皱，但不像两位姨妈的脸那样皱得厉害，她的眼睛凝视着他，眼神活泼又饶有兴趣。两位姨妈在温暖的房间里也穿着毛衣，她们透过镜片打量着他，好像即使戴着眼镜也看不清他似的。

他吃了两个煎鸡蛋、六片煎熏肉和一些炸土豆。梅洛迪伸手拿过一片烤面包，抹上黄油，放到他的盘子里。一个头发花白的黑女人走进房间，把咖啡倒入三个杯子里。他母亲站起来，跟着她走出房间，回来时端着自己的那杯咖啡。杰夫猜想梅洛迪已经在厨房里吃过早餐了。

他把叉子放在空盘子里，母亲问他：“吃饱了吗？”她一直看着他吃，仿佛她也在津津有味地品尝着每一口。

“你们两个孩子今天打算做什么呀？”甘博问道。

“我想带杰飞看看查尔斯顿。”梅洛迪回答说，“我也想重新认识一下这孩子。”

“好吧。”甘博说，“那我们以后再聊吧，杰斐逊。毕竟，我有这个权利，你是我们这个家族的最后一名成员，我想你对自己的家族了解很少吧。告诉我，是不是这样？”

她的声音轻柔、低沉，语速缓慢。杰夫点了点头。

“我很高兴终于看到你来我家了。”甘博说，“只是我不喜欢批评别人，尤其是在早餐桌上，但是作为一名绅士，”她从桌子那头严肃地看着他，“在方便完之后，总是会把马桶盖放下来的。”她加了一句，对着餐巾轻轻咳嗽了一声，没等杰夫来得及回答，她就从桌旁站了起来。

“真对不起。”当她走近时，他说。

“我们都会犯错。”她低头对他笑了笑，伸出一只手摸了摸他的头顶。那只手上戴着一个细细的结婚戒指和一枚大钻戒。她的手拂过杰夫的头发，像鸟儿的翅膀一样温柔。“我怀疑没有人教你变得更好。”她把手滑到杰夫的下巴下，托起他的脸端详着，“他是一个帅气的男孩子，梅洛迪，像布德劳家的人。”

“是的。”杰夫的母亲说，声音里透着骄傲。两个女人在杰夫的头顶上互相对视。杰夫知道自己有些事做对了，他为梅洛迪感到高兴。

“准备出去吗？”梅洛迪问他，“你不想看看我的家乡吗？”

杰夫从座位上跳起来，向大家告别，然后跟着母亲走到前门。母亲头上戴着一顶宽边草帽，帽子上的彩带是粉红色的，像她裙子上的花朵一样。她挽起杰夫的胳膊，两人一起走到外面。

空气潮湿而温暖，充满了阳光。梅洛迪领着他走过一条狭窄的砖巷，砖巷一边是甘博家的房子，另一边是一堵粉刷成白色的高墙。他们出了砖巷来到大街上，迎着太阳往前走。街上很安静，那些房屋——许多像甘博家的房子一样位于街道旁边——都很高大，草坪隐藏在墙后。但是大门是敞开的，杰夫瞥见一些高高的树，阔大的树叶亮晶晶的，还有杜鹃花树篱、玫瑰花花坛，以及白色的锻铁家具。他让脚步跟母亲的速度保持一致，两人在浓荫密布的人行道上慢慢走着。街道两边的草坪像教堂的庭院一样，有一些出人意料的拐出去的窄巷，房屋虽然年久失修，但依然很气派，空气里阳光普照——这条街道那么古老而神秘，对杰夫来说很陌生。他抬头看着一楼紧闭的窗户，对住在那些房子里的人心生好奇。

他们走到一片空地尽头一个开阔的公园里。这个公园被树木环绕，人行道贯穿其中，外围是一条四车道的马路。他们经过一个内战死难者纪念碑。“这是炮台公园。”梅洛迪告诉他，“这整片地区就叫炮台区，是城市的心脏。不过你从甘博那里可以了解到很多历史知识。”她笑了起来，笑容扑进了杰夫的眼睛里。他们沿着公园的一边往前走，穿过马路，走上一组水泥台阶，来到一条沿港口而建的高架人行道。“那是阿什利河的入口，”梅洛迪说，“那边，”她朝那个方向走去，“是库珀河。你可以看到萨姆特堡。”她站住了，用手指点着。杰夫顺从地看过去，只见地平线上隐约有一个黑色的轮廓。他们继续懒洋洋地往前走，梅洛迪的手放在他的小臂下面。走到人行道的尽头，他们靠在栏杆上眺望水面。一阵微风从河口的对岸吹来，使水面泛起涟漪。“你觉得怎么样？”梅洛迪问杰夫。

他看着她的侧影，说不出话来。

“你必须想出点儿话来说。”她追问道。她嘴角上扬，露出了笑容。

“漂亮。”杰夫说。他刚要说下去，她打断了他。

“布蒂姨妈的名字就是‘漂亮’的意思，更确切地说，她应该叫贝尔，我妈妈小时候叫她布蒂，这名字是从《美女与野兽》里来的，后来就一直这么叫了。这很荒唐，是不是？南方就是有一股荒唐劲儿，你知道的，是不是？”

“不。”杰夫说。

“一事无成的地方。”母亲说，“但我真想让你看看这里的河。”

杰夫低头眺望水面，河上仿佛停泊着一艘航空母舰。“那是航空母舰吗？”他问。

“男孩就是男孩。”梅洛迪叹了口气，“是的，那是一个大型海军基地，航母和核潜艇都从查尔斯顿出发。但愿你不会让我带你过去坐船，但愿你不要有那个期待。”

“没有。”杰夫说。他没有任何期待。

“我想让你看的是水——看到它有多绿吗？你明白这意味着什么。上游有制造厂和炼油厂，它们毁掉了这条河，毁掉了它。”她说了两遍。“过去，人们可以在这条河里钓鱼，水里有泥浆，所以河水是褐色的。乌龟把脑袋伸出来，因为数量多，所以看起来像一片草地。苍鹭住在沼泽地里，还有螃蟹和蛤蜊。现在再也没有了。”她说，“我不知道是该生气还是该哭泣。我还要告诉你一件事，切萨皮克湾的情况更糟。”她转过身来面对他。“你知道约翰·史密斯[①]船长是怎么说切萨皮克湾的吗？他说湾里有很多鱼，只要拿着剑走进水里，鱼就会跳到剑上来，他就能大吃一顿。你刚才看到了，你认为如何？”

杰夫想起了巴尔的摩的港口，码头上停着一排排的油轮，旁边是砖砌的高高的仓库。他还想起了雀点钢铁厂，因严重的工业污染而空气污浊。“那里气味比这里难闻多了。”他说。

“只是因为今天空气还不错。”梅洛迪告诉他，“当风从炼油厂和制造厂吹向下游时，就有一股臭味——真的是一股臭味。但是你说得对，这里情况稍好一些，你知道为什么吗？因为南方是一个贫穷的地方。贫穷可能反倒救了它——这很讽刺，你不觉得吗？唯一挽救了这里的生态的，是我们太贫穷了，无法发展。我想，如果我不了解因这种贫困而受害的人们，我可能还会为此心生感激呢。但我认为——从长远来看——什么都救不了我们。”她长长的黑辫子垂在后背上，在阳光下闪闪发亮。“我们坐到阴凉处去吧。”梅洛迪说。

---

① 约翰·史密斯（1580—1631）：英国早期探险家、作家、军人，在美国弗吉尼亚州建立了英国第一个殖民地。

她领着他走下台阶，横穿马路，走过公园，来到一条长凳前，长凳对面是一排正对着海港的房子。这些都是豪宅，三层楼都有阳台，有弧形的楼梯通向宽敞的前门。出入这种房子的多半会是穿箍裙的女人和穿高筒靴的绅士。房子周围的古树盘根错节，枝干宽阔，上面挂满了西班牙苔藓。

“我们可以好好谈谈。”梅洛迪说，“你还在大学附属小学读书吗？”她紧挨他坐着，拉起他的手。

“是的。我要上七年级了。”

“我本来打算今年让你离校的，因为没有女孩能上七年级——现在还是这样吗？六年级以后就没有女生了？”

杰夫感觉到她是想让他谈谈学校的事，但是他心中百感交集，没有办法聊天。他感觉自己以前似乎一直很冷，骨头都被冻僵了，寒意深入骨髓，突然之间，他躺在了暖融融的阳光下。在这份温暖中，他感觉到自己渐渐变得轻快、松弛。这感觉太美妙了，使他没有心思顾及其他。他之所以产生这种感觉，是因为母亲这样牵着他的手，走路时挽住他的胳膊，用她的目光抚摸着他。他的情感在隐约复苏，随着与她在一起的每一分钟，他的记忆越来越鲜明了。

“你在学校成绩怎么样啊？”

“还好。我拿到几个B，大多数都是C。”

“是用功了拿到B，还是不用功拿到B？”她问。

“用功了。”他说。绿松石的银戒指戴在她手上看起来不太合适，对她的手指来说太大、太笨重了。

“哦，亲爱的，你肯定是遗传了我的脑子，没有遗传你父亲的。”她说，“可怜的杰飞，你觉得难过吗？”

“不，”他说，“我不在乎。”

她笑了：“我自己脑子也不行，但他的聪明对他并没有多少好处，是不是？我还记得你第一天去上学的情景，你记得吗？”他摇了摇头。“你很安静，但并不害怕。毕竟，你在日托中心已经待了好几年。我甚至记得我第一次见到你的情景。在医院里——哦，杰飞，我之前连想都没想过生孩子会是什么样。他们会告诉你，但是你永远也不会体会到。我当时以为自己已经死了，去了地狱，那种疼痛——还有可怕的刺眼灯光，无菌的墙上装着机器，还有那些护士，她们根本不关心你正在经历什么。我有时候还会梦到那一幕。”

“对不起。”杰夫说。

“后来，他们把你抱给我——在我从麻药中苏醒过来之后——这个小宝宝，这么小，这么无助。你的眼睛睁着，但其实什么也看不清，我知道。你的手指都蜷缩着，然后我给你喂奶——”她抬头看着他，“这么说会让你感到尴尬吗？”

“不会。”杰夫没说实话。

“然后我觉得，只要痛苦的结果是能得到你，那些痛苦就都不重要了。那感觉就像同时过了十个圣诞节。我简直没法正常呼吸了。”她的声音里充满回忆。“我并不在乎疼痛，也不在乎流血。所有这些都丝毫不能破坏我的幸福感。有时候，我觉得那是我一生最幸福的时光。我总是尽量和你在一起，不管去哪儿我们都在一起。你总是用你的大眼睛看着我，永远只看着我一个人——你的眼睛变了。”她说。

杰夫不知道该说什么。

“很高兴又见到你了。”梅洛迪说，“你不知道我有多么想你。你想我了吗？你是不是觉得很难熬？现在还难熬吗？不，其实我并不想听你说这些，这只会让我感到更加内疚。而且，现在一切都过去了，不是吗？”

“是的。”杰夫只能这样说。

“走吧，我们为什么要坐在这里呢？我想带你去看看我的城市。你走上好几个小时都看不过来呢。快走吧，杰飞。”

他们走过街道，穿过教堂的墓地，然后走在一条商业街上，打量着古董店的橱窗。她带他看了这座城市最古老的部分，那里的房屋是革命时期建造的，如今正在翻新。最后，他们在一家小餐馆停下来喝点东西。

梅洛迪想坐在外面。玻璃台面的桌子很小，椅子放在高低不平的砖地上，头顶上架着粗糙的木格子，上面爬着葡萄藤。他们坐在斑驳的阳光下。桌上有一个小花瓶，里面插着新鲜的雏菊，餐巾是亚麻的，花园周围是一圈砖墙。梅洛迪在研究手写的菜单，杰夫在研究她。她从菜单前抬起头来调皮地看着他，问他是不是饿了，因为她饿了。他们点了三明治和冰茶，梅洛迪说这里的冰茶很好喝。“你喜欢吗？”杰夫吃三明治时，梅洛迪问他。

“好吃。”

“哦，你这个小傻瓜，我问的是餐馆。这绝对是我最爱的午餐。如果我能负担得起，我愿意每天在这里吃饭。你愿意吗？”

“非常愿意。”

“为什么？”她问他，灰色的眼睛在调侃，“好吧，杰飞，你话不多，我真希望听听你要说些什么。我不想刺探你的秘密想法，所以我就暗想——只要他愿意和我谈谈风景，我就能听到他的心里话了。”

杰夫这时觉得内心里所有的坚冰都融化了，他高兴地对她笑了笑。“我喜欢这家店——就像我喜欢甘博的房子，喜欢我们今天看到的一切，因为……看起来似乎有人煞费苦心地把它打理得这么美，而且它的历史这么久。它让我的眼睛感觉很舒服，因为——它就像你一样好看。”

“你是在夸我吗？那么，你对我没有感到失望？”

杰夫只是摇了摇头。

“但是，你没有什么问题吗？你应该有一大堆问题要问我，却一个也没有问过，一个也没有。”

她好像把问题召唤出来了，杰夫意识到他确实有一肚子的问题，迫切地想听到答案。“有的。”他说。

“那就问吧，看在上帝的分儿上——不然你以为我干吗在这儿呢？”

“你多大了？”他问。

“哦，天哪，这第一个问题最难回答。”她在桌子对面朝他微笑，“我三十二岁。你认为呢？”

“那么我出生的时候你才二十岁。是不是很年轻啊？”

她双手托着下巴，点了点头。杰夫似乎感觉她想笑话他，但即使她笑了，笑声也会是友好的。

“你有多高？”

“一米六八。”

“你去了哪儿？”

“回家了。这里。我直接来到这里，后来就一直在这里。我是在这里长大的，从我九岁开始，甘博把我养大。这里是我真正的家。”

“你的父母呢？”

“我父亲在第二次世界大战中阵亡了，几年后，我母亲再婚。那是个不错的男人，我想，但是他们搬到了明尼苏达州，我们都搬去了，我继父一直没交上什么好运。有一年夏天，那年我八岁，我来看望甘博——我感到高兴极了。不像在那边，整天为挣钱和保住工作而操心，更糟糕的是，我母亲在这期间生了几个孩子——唉，一言难尽。就像你说的那样，似乎有人煞费苦心地把事情美化。后来我就问甘博，我能不能和她一起生活。她不在乎花钱，因为她很有钱。我们相处得很融洽，她就像收养了我一样。我是她家里唯一的年轻人，所以总有一天责任都会落到我头上。”

“我记得你说过你母亲是她的女儿。”

“是啊。不然甘博怎么可能是我的外婆呢？”

“你不是说还有其他孩子吗？所以你还有弟弟妹妹什么的。”杰夫说。

梅洛迪耸了耸肩：“也许吧，我不清楚，跟他们没有联系——与他们根本不是同一类人。甘博从来都没见过他们。”

“为什么呢？”

“我母亲从来没带他们来过这里。老实说，她负担不起路费，那男人挣的钱太少了，所以对甘博来说，我是唯一的一个。还有其他问题吗？”

“你跟教授结婚的时候是多大？”

“十九岁——我辍学了。他当时教我们世界历史概况。这让我想起了往事，真的让我想起了往事。”

“你为什么要离开？”杰夫终于问了。

“哦，杰飞。”她伸过手，把手掌贴在他的脸颊上，“有很多很多原因。教授对你说了什么？”

杰夫没法回答。这使她不耐烦了，于是他赶紧说道：“我从没问过他。我们从来不谈你。”

听了这话，她又大笑起来，拍着双手。“他就是那个德行，不是吗？他就那样，一点儿不错。我本来以为我能救他，能叫醒他，但我永远不能。永远不会有人做到这点，这就是我现在的想法。听着，”她建议说，“你刚到这儿，还不了解我，你应该多了解了解我，再看看你怎么想，我和他在一起会不会幸福。好吗？”

“好的。”

“只有这些问题吗？分别了这么久，就这几个问题？”

“好吧——那些戒指是什么？”

她伸出右手。“这些，”她用指尖抚摸着绿松石，“是一个我正在交往的男人送给我的。你会喜欢他的。我希望你喜欢他。那辆车就是他的。这个，”那枚镶着红宝石的老式戒指，“是我在一家古董店发现的。我当时想，如果石头是红宝石的话，这戒指可能很值钱，而店主根本不识货——她就是一个什么都不懂的老太太，没有一点儿生意头脑，我非常同情她——所以我就投机买下了它。可是后来拿去估价……”她举起双手，“不过我只花三美元就买到了一百美元的戒指。”

“那个呢？”

她把双手张开放在桌面上。“珍珠戒指是甘博给我的十六岁生日礼物，是她自己的东西。”

杰夫看着她的双手，闪闪发光的指甲油，手指甲的形状，手腕处纤细的骨头。他探过身，把自己的手放在她的手上——他对自己的行为感到惊讶。“你的手真漂亮。”他对她说。

她理解他的感受，知道他其实想对她说什么。“我也爱你。”她回答道。

梅洛迪忘了带钱包，杰夫就用自己的二十美元付了餐费。账单总共是十二美元，梅洛迪坚持要他再加三美元小费。“你知道这种地方的服务员拿多少钱吗？每小时一美元五十美分，老板们要赖，因为饭店很小，不需要支付最低工资。所以服务员主要靠小费来保证收入。”

杰夫掏出钱包，从刚刚找回的零钱中拿出小费：“你当过服务员吗？”

“没有，但是我认识几个当过服务员的人。就因为她们是女性，老板就明目张胆地少付薪水，那些可怜的女人……只能忍气吞声。我不希望你那样，杰飞。”

杰夫点头表示同意。他会尽量这么做。他感到羞愧，以前他竟从未想到这点。

回到甘博家里，梅洛迪把他带到厨房，介绍给在那里干活儿的黑人妇女欧帕尔小姐。厨房位于房子后面，有一条短短的走廊与它相连，是一间天花板很低的黑屋子，温度甚至比外面还要高。欧帕尔小姐已经摆出两个托盘，是给两位老太太的，她说。她们想在自己的房间里喝下午茶，这样她们可以养足精神，晚上参加小杰斐逊的接风宴会。她说，有过几个电话找梅洛迪小姐，留言都写下来了。梅洛迪告诉杰夫，她的朋友们都不相信她有一个儿子，他们不相信她休息几天是为了陪他，她认为不用立刻回这些电话，因为她已经反复地告诉过他们，她这几天不能过去帮忙。她叫杰夫在那里等着，她上楼去拿她的吉他，然后他们坐在房子外面。“我唱小夜曲给你听。”

他们在外面坐定后，杰夫说：“我不知道你会弹吉他。”他看着她调琴弦。

“我刚开始学。”她告诉他。她盘腿坐着，双脚并拢藏在鲜艳的裙子下面，帽子放在身边的草地上。杰夫趴在地上，交叉起双臂，把下巴靠在上面，这样就可以看着她。她注视着自己的双手，边弹边唱。“你喜欢什么类型的歌？”她问他。

杰夫说不出来。她并不介意，只是弹了自己想弹的歌。她的歌大多是悲伤的。“花都去哪儿了？”一首歌里这么问，然后又问，“年轻人都去哪儿了？”他们都去打仗了，都牺牲了，于是歌里问道：“他们什么时候能懂得？”她又唱了一首歌，歌里说小牛犊被牵往集市，她的声音如同缥缈的风声。“小牛犊被轻易地捆绑和宰杀，永远不知道是为什么。”她唱道，“但是，凡是珍惜自由的人，都要像燕子一样学会飞翔。”

她还唱了一首他很喜欢的歌，是关于新斯科舍省的一个矿洞。她弹这首歌时，在吉他上拨动细细的琴弦，跟她弹别的歌曲时一样，但杰夫能从这首歌的旋律中听出吉他的声音是多么强劲和富有节奏感：“他们一辈子都在挖坟墓，两英里的土换来一块墓碑，两英里的土换来一块墓碑。”

吉他声听起来不是很悦耳，但梅洛迪的声音——低沉而甜美，音色饱满——使他陶醉。她唱得好像她相信其中的每一句歌词。她的眼睛里闪烁着真诚的光芒，她俯身弹琴，像一朵在风中弯折的花。

杰夫注视着，倾听着，沉浸在自己的情感之中：和母亲在一起，她用爱把他包围；他回家了——虽然感觉有点陌生——他在家里受到欢迎；他清醒地意识到，这个世界需要他的帮助来纠正一些错误；他躺在柔软的草地上，头顶上是几百年的老树，身边是他的祖先建造的城墙；他慵懒地享受着散发出芳香的酷暑。

那天晚上梅洛迪要去参加一个聚会。她把头发盘在头顶，穿上一件花边衬衫和一条拼布长裙，吻了吻杰夫，向他道晚安。“我得走了。”她说。他不介意，而且这么说了。“明天早上见。”她说，手在他的头顶摸了好一会儿，而在她出门后很久，杰夫的目光还依然注视着她站过的地方。

他和甘博及两位姨妈坐在一间客厅里，一台大彩色电视机占据了客厅的主要位置。甘博手里拿着遥控器，为了可以和杰夫说话，把声音调低了，杰夫和她并排坐在一张缎面双人沙发上。两位姨妈坐在靠近电视屏幕的直背椅子里。

“你是布德劳家的人，却不知道那意味着什么。”甘博说，“我有很多话要告诉你。”杰夫显出专心听的样子，努力不让自己的注意力被眼角余光瞥见的屏幕上的活动人影吸引过去。甘博将双手交叉放在腿上。她左手戴的大钻戒闪闪发光，右手上也戴着一个戒指，小钻石的中间镶着一块扁平的绿玉石。她的眼睛循着杰夫的目光看去。

“这是一件传家宝。”她伸出右手，让杰夫仔细看那枚戒指，“是我曾祖母的订婚戒指，就在查尔斯顿这里订制的。她特别喜欢玉。她收藏的玉器如今都存在银行里，保险费高得吓人，六十多件，每件都很精致。金匠把她姓名的首字母刻在戒指上，但你得用放大镜才能看到那个字母D。人们说那个金匠爱上了她。当然，每个人都爱她，她在那个时代是个大美人。我们以前有一张画像，但就像其他很多东西一样，已经失传了。我从未见过她。她很年轻就死了，难产，但这枚戒指我的祖母传给了我母亲，我母亲又传给了我。多洛雷斯，她叫多洛雷斯。这另一枚，”她举起左手，“是我的订婚戒指，我一直戴着。随着岁月的流逝，这枚戒指对我来说更加珍贵。你知道吗？我丈夫他在一战中阵亡了，只给我留下了回忆和唯一的孩子。就像梅洛迪可怜的父亲在二战中阵亡了一样。布德劳家的女人结婚都很早。她们的婚姻都很不幸，一点儿也不幸运。”她的声音干涩，像经过岁月磨损的精美瓷器一样有裂纹。

她继续往下说啊说，杰夫不由得产生一种感觉，似乎全家族的人都在他们周围不断地往外扩散，直到一小时后，甘博还沉浸在回忆中，杰夫才恍然明白，她提到的那些名字，她说起的那些人，多半都是早已死去的人。这家人不是在往四处扩散，而是退回到了过去。最后，甘博看着他说道：“我觉得——好像我可以把自己的一切，我学到的一切，我知道的一切，统统都倒给你，你会把它们带进你的生活。”说完她站起身，离开了房间。两位姨妈——其实她们不是姨妈，杰夫想起来了，只是来自家族里其他分支的亲戚——坐在椅子里没有动，眼睛盯着电视，像小鸟一样喃喃自语。杰夫也上楼睡觉去了。

到了房间里，他换上睡衣，把衣服整整齐齐地叠好，放进抽屉，把脏袜子和内衣收起来。他去了厕所，撒完尿，放下马桶盖，刷牙，还洗了洗脸，这是为了享受用柔软的厚毛巾把脸擦干的快乐。夜晚太暖和了，盖一条被单都觉得热。

不知怎的，这所房子和里面的几个女人使他感到满足，仿佛感到满足是一件真正能做到的事。他懒洋洋地想要把这件事琢磨明白，然后便躺在了柔软的床上，躺在黑暗的空气里。他一下子就睡着了。

最初的两天过后，杰夫就很少能见到母亲了，除非她带他去开会，或让他帮着塞信封、发海报。但是她的出现使他的这一天有了意义。不知怎的，她似乎知道他希望她做什么、说什么，她似乎能读懂他的思想，知道他的心情。倒不是说梅洛迪真的做了他希望的事，而是她所做的一切都让他感到那么美好，那么有爱。就好像她能用他的眼光去看一切，就好像他们十分亲密，而实际上他们并没有在一起。每当他们在一起时，她的眼睛里都充满了爱意和自豪。他知道，他正在为了她去做正确的事，了解歧视和污染，不给欧帕尔小姐添麻烦。欧帕尔小姐称赞他整洁卫生，胃口好，有绅士风度。甘博没完没了地跟他聊天，后来杰夫把那些名字和事件都对上了，便可以跟上她谈话的节奏，并问一些她愿意回答的问题。两位姨妈很少说话，但他意识到她们钦佩和赞赏的眼神。在这些日子里，他在这座城市的历史遗迹间徘徊，或者乘公共汽车到工业化市郊以外的风景区，去欣赏种植园和花园。在与梅洛迪相聚的最初几天里，他就花光了身上所有的钱，梅洛迪用托马斯兄弟的那十美元为他购买了当地最昂贵的红酒，还剩下四美元，现在连那四美元也用掉了。但是，他发现甘博非常愿意资助他出去探险。只要他在吃早餐时告诉甘博需要多少钱，她便会拿出她的黑色零钱包，把他要的钱给他。

杰夫学会了梅洛迪喜欢的歌曲，可以和她一起唱了，在她回家的黄昏或夜晚，两人就一起唱歌。她开始教他弹吉他，后来没有时间教他，就把自己用过的书给了他。他会花好几个小时练习，他拿着吉他时，意识到她也曾这样拿着。他把手放在她的手曾放过的地方，几乎能感觉到她留下的手印，在他的手下热乎乎的。他的满足感在持续，成为了每天的基调。他倾听，学习。

就连欧帕尔小姐也有故事要讲给他听，比如她在老城的成长经历，附近岛屿上黑人社区的生活。欧帕尔小姐现在和她的孙子威勒姆住在一个公房公寓里，威勒姆五岁时，父母都搬到北方去寻找更好的工作，欧帕尔就把他带在身边抚养。威勒姆在读高中，给他奶奶惹了不少麻烦。欧帕尔小姐并没有抱怨威勒姆。她似乎说，男人就是这个样儿，你必须给一个小伙子足够的自由。当“魔鬼”[①]缠上威勒姆的时候，她为

① 魔鬼：指带坏威勒姆的人。

他祈祷，嘲笑他惹出的那些麻烦，并保证让他受到惩罚。

欧帕尔小姐称他为杰斐逊，甘博和两位姨妈也这样叫他。母亲称他为杰飞。杰夫问该怎么称呼她，她说就叫她梅洛迪："我是你的母亲，但我真的想成为你的朋友。"她的名字，梅洛迪，在他体内唱歌，就像他有时可以在她的吉他上弹出的音乐一样。日子一天天慢慢过去。杰夫作为布德劳家的人，在自己的故乡过着日子。他们的历史也是他自己的历史，他自己小家的故事也是家族历史的一部分。他的祖先，所有布德劳家的人，曾经穿着长筒靴骑着高头大马，或许就踩在他此刻踩着的地方。

当七月变成八月，当漫长的八月一星期一星期地过去，杰夫知道他很快就要回巴尔的摩了，虽然回程的日子日益临近，他却无法想象。在最后一星期，他开始到离城市更远的地方旅行。他乘公共汽车环游约翰岛，有一次还一直乘到南海岸线的尽头。公共汽车停在十字路口的一家杂货店旁。杰夫下了车，往离开城市的方向走，周围是摇摇欲坠的煤渣房，晾的衣服在微风中飘动。然后他从长长的蔬菜田间走过，穿过一条由橡树枝叶在道路上方相连而形成的隧道，西班牙苔藓像毛茸茸的冰柱一样从树上挂下来。这些树不像北方的大橡树那样挺直高大，而是弯弯曲曲的。它们的叶子又小又厚。苔藓垂挂在这些树上，显得忧郁但并不沉重。

杰夫一直往前走啊走，最后来到一片宽阔的沼泽地，一条窄窄的小溪从那里流过。沼泽地对岸有一排低矮的树木，是棕榈树和松树，标出一座海岛的轮廓。

如果有一艘船，杰夫想，他真想到那座岛上去探险一番。海岛一直延伸到他视线所及的地方。它看上去属于另一个不同的世界，仿佛属于热带。

那天他回来的时候已是傍晚，但没有人询问他，没有人批评他腿上都是土，批评他无缘无故跑出去那么长时间。梅洛迪去参加一个鸡尾酒会了，要很晚才回来。他及时赶上了吃晚饭，所以甘博和两个姨妈的晚餐时间没有被迫推迟。她们甚至没有问他去了哪里，做了什么，好像他无论做了什么，去了哪里，都肯定是应该的——因为他属于他自己。

第二天，梅洛迪带他去坐长途汽车。她把他的机票换成了长途汽车票，说教授没有一点儿金钱意识，应该把钱用在刀刃上。杰夫的汽车于傍晚五点离开查尔斯顿，开到巴尔的摩需要十六个小时。他们站在灰狗公司的长途汽车旁边道别。杰夫深深地注视着母亲的脸。她握住他的双手，美丽的灰色眼睛里噙满泪水。“你还没见过马克斯呢，他很想认识你。”她说。杰夫不知道该说些什么。“我特别为你骄傲，杰飞。你过得很快乐，是不是？”

杰夫同意她的说法，尽管他不会选择“快乐”这个词来形容这个夏天的奇妙。司机弯下身来，催促杰夫上车。梅洛迪一把搂住他，亲吻他的头发。“你有钱吗？”她问他。

杰夫摇了摇头。

“我身上也没有一分钱。”她哀叫道，“哦，杰飞，我真是个坏妈妈。”

杰夫朝她笑了笑。“不，梅洛迪，你不是。”他说，“没关系，几小时之内我饿不死的。”

他爬上长途汽车，找到一个座位。等他靠窗坐下时，她已经走了。

杰夫一个人坐在汽车后面靠窗的座位上。车上的人很少。汽车在高速公路上往西驶出查尔斯顿，出城之后，穿过一片低矮的松树林，然后拐弯往北，在平原上行驶——平坦的田野，平坦的沼泽地，公路边平坦的小池塘。慢慢地，午后的光线渐渐暗下来，天空出现了金色的晚霞。

离开身后的查尔斯顿，前往等待着他的巴尔的摩，杰夫觉得他不是在旅行，而是独自占据着一个地方，位于另外两个地方之间。他望着窗外。

他不仅是在气候上从暖到冷，或者是从母亲到父亲，也是从一个自我到另一个自我。在查尔斯顿，他是杰夫·杰斐逊，梅洛迪的儿子，是布德劳家族的最后一个男人。在巴尔的摩，他是杰夫·格林，生活自理，沉默寡言，从来不惹麻烦，在世界上占据着他自己的一角。但是，他现在知道了被爱的感觉、幸福的感觉。

汽车轰隆隆地往前开。

有一个小池塘映入眼帘。一只孤独的蓝色苍鹭站在池塘边，在灰暗的沼泽草丛中半隐半现。苍鹭的两条腿像高跷一样，支撑起笨重的身体。灰扑扑的、没有梳理过的羽毛蓬乱地耷拉着。它一动不动，完全静止。长长的喙从既不高贵也不漂亮的脑袋上指着下方。它的喙对准了幽黑的平静水面。苍鹭以长腿静立的永恒的孤独，占据着风景中自己那微不足道的一角。

汽车从池塘边疾驰而过。片刻之后，太阳完全落山了，车窗外一片黑暗，偶尔有农舍的窗户，偶尔有十字路口，偶尔有招牌，偶尔有城镇，把这一片黑暗照亮。

在马达的隆隆声中，杰夫低声哼唱梅洛迪的歌。他想，也许有一天，他不得不在他的父亲母亲之间做出选择。想到这里，他的心在期待中痛苦地跳动：他知道他会选谁，也知道为什么，他说出了她的名字。

第三章

杰夫走下长途汽车的台阶。他没有看到教授。他拎着箱子，站在那里茫然地四处张望——突然捕捉到一个身穿黑西服的矮胖男人的目光，那人正在朝他挥手。他脖子上戴着一个白得发亮的罗马领，是托马斯兄弟。杰夫觉得手里的箱子很重。

“欢迎回来，欢迎回家。”托马斯兄弟说，“你父亲叫我来接你。你看起来比我记忆中高了一点儿，你长个子了吗？而且晒黑了。你玩得开心吗？车子就在外面，除非有人扎破了轮胎，或拆走了发动机。你怎么是坐长途汽车回来的？一路上怎么样？”

杰夫尽量用脸上的表情回答问题。他跟着这个矮男人穿过候车室，来到街上。一股热气袭来，犹豫了一下，他逼着自己继续往前走。托马斯兄弟把杰夫的箱子放在后备厢里，杰夫虚弱地瘫坐在前座上。他在半夜的某个时候便不再感到饥饿，但从那以后，他感觉自己的脸色越来越苍白。他知道只需要等到他们回家就能吃上饭了，但那个时间越是临近，他越觉得没有力气坚持那么久。他把头靠在座椅上。他闭上眼睛。而且他很口渴，感觉舌头比平时厚了一倍。

“我在长途汽车上也睡不着。”托马斯兄弟在他旁边说。杰夫睁开眼睛，转过头去。“在飞机上，我可以，火车和轿车也行，但长途汽车不行。我也不明白是怎么回事。你感觉还好吧？”

“就是饿了。”杰夫说。

“你早餐没吃饱吗？”

听了这话，杰夫笑了笑，摇了摇头。

“你吃早餐了吗？”杰夫摇了摇头。“为什么不吃？那么昨天晚上的晚餐呢，你吃晚餐了吗？”杰夫摇了摇头。“长途汽车肯定停下来过，一般都会停车的，你为什么不下车吃儿点东西？”

“我没有钱。”

托马斯兄弟张了张嘴，又闭上了。他让小汽车汇入了车流。杰夫又把眼睛合上了。天气热得像蒸笼，充满了汽车尾气的味道。车流声在他的耳边是那么聒噪。

托马斯兄弟把车停了下来，杰夫睁开眼睛。他们在一座小灰泥房子旁边的停车场里。杰夫想辩解说他其实想回家吃饭，然而他没有力气说话。“来吧。”托马斯兄弟催促他。杰夫照办了。

托马斯兄弟带他走进一家餐馆，他们坐在柜台前，给杰夫点了鸡蛋、香肠、炸土豆、烤面包、果汁和牛奶，托马斯兄弟点了一杯咖啡。杰夫灌下一杯水，又灌下一杯水。食物送上来了，他吃得不慌不忙，但全神贯注。吃完后，他能感觉到能量在他的血液中流动。他转向东道主，发现对方正盯着他看。“谢谢。”杰夫说，“真的。我没想到自己这么饿。”他拿起水杯，又一口气喝光了。

“真希望我可以放开了吃，又不增加体重。”托马斯兄弟说，“你脸色好一些了，不再像一根煮熟的烂面条。你玩得开心吗？”

“开心。我给你买了一瓶酒，在我的箱子里。我的母亲——”这个词和这份回忆，使他的心振奋起来，“帮我挑了这瓶酒。”

“可以走了吗？”托马斯兄弟在账单上放了一张五美元的钞票。

“我会让教授把钱还给你。对不起。”杰夫说。

“没什么对不起的。”托马斯兄弟说。两人又回到车上。“他真的很想见到你，你的父亲。其实，我们本来打算今晚在机场吃晚饭的，等你的飞机落地后，我们几个共进晚餐。机场外面有一家很不错的餐厅。但他今天上午要开个教员会议。”杰夫耸了耸肩。托马斯兄弟没有再说什么，他的脸因为太热而有些发红，秃脑袋顶上蒙着一层汗珠。“你母亲还和以前一样漂亮吗？”

“她确实很……”杰夫的话还没说完，就被一个突如其来的哈欠打断。

“今晚你可以把一切都告诉我们。”托马斯兄弟向他保证。他看着杰夫走进没上锁的家门，杰夫向他表示感谢时，他挥了挥手，驱车离开了。

杰夫走进狭窄的过道，然后走进自己的小房间，打开行李，他有一种奇怪的失望感。不是因为教授没有去接他，也许是因为夏天过去了，或者是因为家里是这样——又黑又小。杰夫穿着内衣倒在床上睡着了。热气像湿毛毯一样包裹着他。

他醒来时已是傍晚，全身是汗。他愣了很长时间，不知道自己身在何处。他睁开眼睛，看看天花板上开裂的、泛黄的油漆，狭窄的房间，软塌塌的窗帘，窗外的一片片屋顶和远处火柴盒般的建筑，硫黄色的天空——他从床上坐了起来。所有的东西都显得很脏，虽然看上去像是刚打扫过的。杰夫感到小房子那么逼仄，令他窒息。

他去冲了个澡。他听到楼下传来一些声音。冲澡时他用的是凉水，他集中意念，让记忆中夏天的满足感把自己紧紧包围，像盔甲一样，去抵御——他说不清是什么，但感觉到了威胁。他拼命回忆梅洛迪的样子，回忆她的声音。他唱了一首她的歌，关于小牛犊被牵去集市、燕子在天空飞翔的歌。

杰夫擦干身体，重新套上内裤，然后穿上一件衬衫和一条短裤。他对着镜子梳头。他往镜子里看了看，注意到自己的眼睛：灰色的，里面一圈是烟灰色，外圈是深灰色，从瞳孔放射出一道道细密的深灰色线条。眼睛周围是浓密的深色睫毛。眼睛很大，呈圆圆的杏仁状。他凝视着它们，目光从镜子里的一只眼睛移向另一只眼睛，他感到惊讶。

这是他母亲的眼睛。他的眉毛不像母亲的那样有弧度，而是直的。他的头发平贴在脑袋上，他的嘴比梅洛迪的要宽，嘴唇更薄。但是他的脸型——他几乎是用手指在镜子上描了一遍——挺直窄小的鼻子、下巴，跟她完全一样。他又看着自己的眼睛，那种灰色很深，从来不会改变颜色。它们就像她的眼睛，就是她的眼睛。他觉得几乎可以让自己相信，他正在看着梅洛迪，她此刻就跟他在一起。他把这个想法藏在心里，下楼去了。

教授坐在厨房里，托马斯兄弟站在水槽边削土豆皮。后门开着，两扇窗户都开着，他们想驱散从烤箱里散发出的热量。杰夫闻到了烤牛肉的味道。

教授用大眼镜片后面的淡蓝色眼睛打量了他一会儿。杰夫端详着父亲。最后杰夫说："真热。"

"是啊。"教授赞同道，他的脸涨得通红，没有被晒黑，"你夏天过得愉快吗？"

"愉快。"杰夫说，"你呢？"

"挺好。"教授说。杰夫坐下来。托马斯兄弟继续削土豆皮，然后把土豆放进锅里煮。他转身面对桌旁的两个人。

"你们只想说这个吗？"他问他们，"嗯，我有一大堆问题呢。你们两个可能天生缺乏好奇，但我不是。我们把杰夫带来的酒打开好吗？"

他们每人都用高脚酒杯倒了一些酒，托马斯兄弟提议举杯：“欢迎杰夫回来。”他认真地品了品葡萄酒。“你父亲过了一个安静的夏天。”他告诉杰夫，“工作，工作，工作。沉闷，沉闷，沉闷。忙碌，忙碌，忙碌。”他说话时看着教授，表情友好。

杰夫的父亲似乎并不介意他的取笑。“只会工作不会玩，聪明人也会变笨蛋。”他说。

托马斯兄弟笑了。“嗯，你们等于什么也没说。‘你过得愉快吗？愉快。你呢？挺好。’”他模仿他们，声音单调、呆板。“据他所知，你整个夏天都在蹲大狱呢。”

“什么罪名？”教授问道。

“我不知道，霍勒斯，煽动暴乱，危害公众，就是你平常受到的那些指控。或者谋杀和制造混乱。”

杰夫看着两个男人，感到惊讶、好笑。他们总是这样说话，但以前他都听不出其中暗藏的笑点。他改变了，他想，是梅洛迪改变了他。他能听出笑点是因为她，他能欣赏他们的谈话都是因为她。

“道德败坏。”教授提议道，“我一直很喜欢这一条，还有背信弃义。”

杰夫尝了一口自己的酒，突然想起了什么。“我把买酒后找的钱花了，但我会还给你的。”他对托马斯兄弟说。

“别担心。你把钱花在什么地方了？还有，你觉得南方怎么样？”

“我很喜欢，”杰夫说，“甘博的房子——又旧又大。”他环顾自己家的厨房：厨房很小，炉子和水槽的白瓷砖剥落处露出了黑色，墙壁和橱柜上油漆泛黄，棕色的油毡地板已经发霉。他看着那张福米卡塑料贴面餐桌和他们坐的椅子上锈迹斑斑的不锈钢管，想起了甘博家的餐厅，长长的餐桌光洁锃亮，窗户高高的，瓷器和银器摆放在带花边的餐垫上。

“你这样子像睡美人，快醒醒吧。”托马斯兄弟说。

杰夫脸红了，微微笑了笑。他没有看父亲。“一切都那么古老和美丽。虽然天气很热，但热的感觉不一样，因为那里有不一样的树木、草地、砖瓦，还有海港吹来的微风。”他无法解释宽敞通风的房间给他带来的感受。

“甘博是谁？”托马斯兄弟问，“不，先不说这个，你怎么想起坐长途汽车回来？我猜是——”他转头看着教授，教授点头同意，“你不肯坐飞机？”

杰夫不知道该说什么。“坐汽车省钱。”他向父亲解释道，镜片后面那双浅蓝色的眼睛没有任何表情，“而且我们可以走到汽车站去。她没有钱，我想她身上没有多少钱。”那双眼睛闪了闪，又恢复了毫无表情。

一种令人不安的沉默笼罩了他们。杰夫看着托马斯兄弟，对方正盯着教授，他棕色的眼睛显得很惊讶，但他什么也没有说。杰夫知道自己说错了话，他忘记这个家的规矩了。他不能确定到底是哪里说错了，只知道肯定出了差错，但是他不想出卖梅洛迪。

“甘博是我的曾外祖母。”他说，想转移话题，“她是布德劳家的人，那是一个古老的家族。她知道祖祖辈辈的所有事情，她都跟我说了。那是她的房子，在炮台区——那是老城区。我想——”他决定大胆地说出这句话，“我母亲是在那里长大的。”他看着父亲。

“我没有见过甘博。”教授告诉托马斯兄弟，“梅洛迪，”——他说出她的名字时看着杰夫——“夏天经常去南方长住，但我从没去过。我只知道甘博一直住在查尔斯顿，家境十分富裕，属于南方美女。我记得她结婚很早，但现在一定已经很老了——如果她丈夫死于一九一八年，那她还不算太老，作为一个曾外祖母一点儿也不老。她有七十多岁？杰夫，你知道吗？”杰夫摇了摇头。

“她看上去没有两个姨妈那么老。”他说。

“姨妈？什么姨妈？”托马斯兄弟问。

杰夫试着解释说那两个姨妈其实只是亲戚，然后又说起了南方的早晨，空气是怎样的甜美和清新。他说起了城里绿树成荫的街道和郊外的种植园，种植园做了修复，使人们可以看到曾经的生活。他们吃着烤牛肉和烤土豆，两个男人喝光了那瓶酒。托马斯兄弟还问了杰夫一些问题，杰夫做了回答。

“你整天都做什么呢？”托马斯兄弟问。杰夫告诉了他。“你最喜欢什么？”托马斯兄弟问。“我喜欢那里美丽的景色。”杰夫回答说，“我喜欢弹吉他。”他没有提到他喜欢的其他事情：两个姨妈怎样对他百般殷勤，曾外祖母怎样再三再四地说他是查尔斯顿的布德劳家族的后代，梅洛迪怎样亲吻他道晚安。

“你明年夏天还过去吗？”托马斯兄弟问。

是的，杰夫想这样回答，他希望能够这样自信地回答。然而，“我不知道。”他说。

“梅洛迪这个人说不准。”教授告诉托马斯兄弟，眼睛看着杰夫。

杰夫没有分辩，但他心里自有判断。

吃完晚餐后杰夫立刻就给甘博写了一封表示感谢的信。一星期后，学校开学，他有东西可以写了，就给梅洛迪写了一封信。他尽可能把信写得有趣，跟她讲了他的班级和老师，特别提到学校里没有女老师，他认为这能引起她的兴趣。他想一星期后可能会收到回信，在九月的最后两个星期里，他每天都迫不及待地赶回家去看信箱。教授一般都先到家，因为那一年他的课都安排在上午，他说是为了把下午和晚上的时间腾出来工作。然而，在厨房桌子上那一大堆杂志和广告中，从来没有给杰夫的信。

杰夫想，也许他的信寄丢了。“信会丢失吗？”他问父亲。

“有时候会，”教授说，“一般不会。”

于是杰夫又写了一封。他用了很长时间来考虑说些什么，用好几天来收集最有趣的话题。这样他就可以一直想着梅洛迪了。他对着自己唱歌，唱她曾经对他唱过的歌，这也使他感到梅洛迪近在身边。“我给你写过信，”他写道，“那封信你收到了吗？”

在等待她的回信时，他开始阅读有关南方的书。他在图书馆里找到关于美国内战的书，首先是关于李将军和博雷加德将军、马纳萨斯市、亚特兰大火烧事件的。他读了《飘》。然后，他找到关于殖民时代、革命战争时期的南方、沼泽之狐马里恩、乔治娅的食人魔等书籍。他匆匆忙忙写完家庭作业，留出时间来读书。上学的日子里，他想着南方，想着自己是布德劳家的人，那其实就是在想念梅洛迪。他的成绩继续下滑，老师说他上课时做白日梦。其他男生互相交上了朋友，对杰夫不理不睬。如果他们缺人，他会去踢几下足球，但总是一个人吃午饭。

他的心思都在梅洛迪身上，回忆她，惦记她。他知道，如果不紧紧抓住那些回忆，它们就会逐渐消失，她也会逐渐消失。教授每星期给他五美元的零用钱，托马斯兄弟给了他十美元作为他十二岁的生日礼物，所以几星期后，杰夫便有了足够的钱去当铺给自己买一把吉他。那是一把沉重的斯特拉品牌旧钢丝弦吉他。一开始，他弹的时间太长了手指会痛，有时指尖还会流血。后来，他学会了用拨片，左手的指尖长出了茧子。过了一段时间，他便可以想弹多久就弹多久了。

梅洛迪仍然没有给他写信。杰夫不再想这件事了。他想到的是爱，如果你爱什么人——你就是单纯地爱他们，并不是因为他们做了你希望的事，比如给你写信什么的。你要么爱，要么不爱。他在十一月初又给她写了一封信，这次汇报了他买吉他的消息。他告诉她，弹吉他的时候会想到她，所以他才特别喜欢弹吉他：这是事实。在十一月的一个下雨天，他在上公民教育课的时候，突然想到一件事。“如果你给某人写信，但对方已经搬家或离开了怎么办呢？”那天晚上他问教授。

“那样的话，信就会退回给你。”教授说。

“那么，如果没有退回，就说明已经送到了。”

教授点了点头。“你问这个做什么？你在考虑以后干邮政这一行吗？”

杰夫不知道该怎么回答，就什么也没说。梅洛迪收到了他的信，却不愿意回信，或者是她太忙了，没时间回信。也许是太忙了吧，她的生活确实很忙，这一点他亲眼看见过，深有体会。他感觉到父亲的目光正盯着他，猜想父亲可能知道了他为什么要问，但他什么也没有说，因为他不想批评梅洛迪。他要成为梅洛迪的骑士，在他们这间破旧的小房子里，他要像昔日的骑士呵护自己心爱的女人一样——有时候好几年不能与她们见面，但不管怎样，骑士都忠贞不渝。杰夫喜欢这样的想法，觉得自己脸上浮现出了一丝微笑。骑士们通常都戴着心爱的女人给他们的徽章和围巾，而他有一把吉他。他决定每个月初都给梅洛迪写信，让她知道他是如何“忠贞不渝”。如果他把信写得足够有趣，她没准儿就会回信。即使她不回信，也不意味着她已经忘记了他。即使她忘记了他，那只是因为他很容易被忘记。所以，他没有任何理由感到委屈。

“杰夫？”教授问道，打断了他的思路，“你在想什么？”

“梅洛迪。”杰夫回答，直视着他的眼睛，就像是把他的金属护手[①]扔在桌上，以示挑战。

但教授只是点了点头，似乎明白了，然后继续吃他的汉堡包。他换了一个话题：“你的那把吉他——不像我在校园里见过的吉他那么漂亮。它的质量是不是有什么问题？”

“不是一把特别好的吉他，但我弹得也不好。”

“有好的吗？”

杰夫曾有两三个星期六的下午在乐器店里度过，但是他不知道父亲会感兴趣，当时就什么也没说。“有吉普森吉他，有些老式的吉普森吉他还不错。”父亲仍在认真地听着，“还有马丁吉他，如果会弹的话，马丁吉他是非常棒的。我从来没弹过，但是在店里听一些人说起。那些吉他的木头很漂亮。”

教授的眼神变得朦胧，杰夫便不再谈这个话题了。接着教授的话让杰夫感到很意外：“有个叫布瑞姆的人，在圣诞假期有一场音乐会，托马斯兄弟搞到了票。他认为我们会愿

---

① 金属护手：欧洲中世纪骑士在挑战对方时，会把金属护手扔到对方脚下，如果对方捡起来，就代表他接受了挑战。

意去听听。”

“好的。”杰夫说。他并不是很感兴趣，也从来没听说过这个人。他的吉他是他与梅洛迪之间的纽带，是他的信物，这才是它在他心目中的价值。“他是吉他手吗？”他出于礼貌问道，因为父亲似乎想让他对这件事感兴趣。

“他好像会弹吉他和鲁特琴。这是一场鲁特琴音乐会。我们认为你会喜欢听他演奏的。”

“好的。”杰夫又说了一遍。

“我们想知道你愿不愿意上吉他课。”

“我想不用了。”杰夫迅速回答道。他知道，吉他对于他的作用就像照镜子时凝视自己的眼睛一样，能把梅洛迪带到自己身边。他不想冒险改变。“还是谢谢你们。”他加了一句。

音乐会让杰夫大吃一惊，完全出乎他的预料，是在皮博迪学院举办的，一个狭窄的演讲厅，里面挤满了观众。朱利安·布瑞姆自己搬着椅子走上舞台，观众们稍稍鼓了鼓掌就停下了，窸窸窣窣后陷入了期待的沉默中。杰夫看不清楚那位音乐家，只看到舞台上有个身影坐在椅子上，手里拿着的鲁特琴看起来像有些变形的吉他。可是当他开始演奏时，音乐充满了整个房间，蜿蜒地流动，最后像一张网一样罩在杰夫的身上，使杰夫几乎忘记了呼吸。这很像吉他音乐，用手弹拨琴弦，音乐从琴腹中荡漾出来，一只手放在琴颈上，另一只手拂动琴弦。但它听起来又像教堂的钟声，静静的教堂钟声。旋律、和弦、和声——杰夫不知道这个几乎一动不动的身影怎能制造出如此复杂的音乐。他感觉到音乐进入了他的身体，随着他的血液一起流淌。

有些乐曲节奏缓慢，有些节奏较快，有些线条清晰，有些和弦则十分密集。杰夫久久地沉醉在音乐之中。

后来他意识到自己在做什么，就想停下来。他抵抗着音符对他的呼唤，因为他听得出来，跟这个男人出神入化的音乐相比，梅洛迪的歌声是多么蹩脚和单薄。音乐会很精彩，但他不愿被它吸引。当他发现自己在座位上探身向前时，就故意把身子往后靠。他强迫自己把目光移向其他观众，而不是目不转睛地盯着舞台上的那个人。既然他是梅洛迪的骑士，就不能允许自己对她有任何怠慢，有任何不忠。

“你觉得怎么样？”他们缓缓走出演讲厅时，托马斯兄弟问他，“他是不是很棒？”

杰夫点头表示同意，然后诚实地加了一句：“我从没听过这样的音乐会。谢谢你。”吉他弹唱是他与梅洛迪联系的纽带之一，没有任何东西能超越它，但是他不能否认事实，于是他说：“非常精彩。”

第四章

杰夫送给梅洛迪一条围巾做圣诞礼物，一条绿色的丝质围巾，上面有粉红色、金色和橙色的图案，像一座花园。他想，她收到后肯定会给他写一封信表示感谢，但他送围巾并不是为了这个。他是为了让自己的爱完美无缺。

他们家没有庆祝圣诞节，没有圣诞树，也没有长筒袜和很多礼物。从来都是这样，杰夫想，他不记得曾经庆祝过圣诞节，即使是很小的时候，他也不记得。通常情况下，教授会送他一本书做圣诞礼物——不过他记得有一年得到了一辆玩具消防车，它有一个可以升降的梯子。自从他们俩开始单独生活后，杰夫也总是给父亲送礼物，一本关于葡萄酒的书，或一个新奇的开瓶器，或一个钥匙包。今年，他给父亲买了一条皮带，因为教授的旧皮带已经开裂，有的地方被磨得很破旧。杰夫不记得去年送了什么给父亲，也不记得父亲给了他什么。但是给梅洛迪的这份礼物，他觉得跟他以前送出和得到的任何礼物都不一样。他知道它是完美的。他想象着她会多么喜欢它。每当这样想的时候，他的内心就涌动着暖暖的幸福感。

圣诞节那天早晨，杰夫下楼做早饭时，把给父亲的礼品盒拿了下来。通常在假期里，他们想什么时候吃早饭和午饭就什么时候吃，因为教授经常工作到深夜，睡得很晚。但是在圣诞节那天，他们三顿饭都在一起吃。杰夫把商店包好的礼品盒放在父亲的座位上。杰夫听到教授在楼上走进浴室准备冲澡的时候，便开始烤香肠串，把鸡蛋打到一个碗里。一切准备就绪后，他大声喊父亲。

教授穿戴整齐，花白的头发湿漉漉的，空手来到桌子旁。他默默地打开给他的礼物，谢过杰夫，然后慢慢地吃着早餐。杰夫并不介意没有得到礼物，只担心父亲会因为忘记送礼物而心中不安。他不知道是否应该对教授说些什么，让他放心。他不知道明年他是否能记得他们彼此不再交换礼物。他吃得和教授一样慢，心里想着梅洛迪是否已经打开了围巾。

教授把他们的盘子从桌上收走，给自己倒了第二杯咖啡。“好吧，”他说，“圣诞快乐。”他的声音听起来有点儿不自然，他局促地站在火炉旁，笨拙地端着咖啡杯。杰夫想着该怎么对教授说他不在乎没收到礼物，父亲却突然离开了房间。杰夫——听着脚步声从走廊走向书房——还没来得及弄明白父亲是生气了还是怎么了，教授又回来了，抱着一个扁平的大盒子，用红色薄绵纸包起来的盒子。

“圣诞快乐。”他又说了一遍，语气仍不自然。他把盒子放在杰夫的腿上。他端起杯子，坐下来看着杰夫。

杰夫看着扁平的盒子，然后看着父亲。父亲的局促感越来越明显。“谢谢，”他说，“不是一本书。”他注视着盒子。

教授将胳膊肘靠在桌子上，嘴角泛起一丝不安的微笑，若有似无：“打开吧。”

杰夫对父亲奇怪的态度感到困惑。他小心地撕开包装纸，打开硬纸盒的一头。他一看到光滑弯曲的木头，便知道是一把吉他。他把吉他从盒子里轻轻抽出来。

一把马丁吉他。

而且是旧的。

他把吉他架在腿上，双手放在上面，抚摸着它。六根钢丝弦，在琴腹和琴颈上绷得紧紧的。琴弦和调音钮都发着光，金属因岁月和磨损泛出一种深邃的光泽。

杰夫用手指拂过吉他的轮廓：大弧度的曲线，笔直的线条。他拨了一下低音的E调弦，听到了一个完美音符圆润、清晰的回音。他抬头看着桌子对面的父亲。“这是一把旧吉他。”他说。他声音哽咽了，咽了口唾沫。“我可以走了吗？”他急忙问道。他没有等待回答，因为他感觉到泪水在眼眶中泛起。他匆忙离开了厨房。走到楼梯的一半，他才想起来，又反身往回走。他把脸探进门里。父亲一直盯着那杯咖啡，脸上毫无表情。“谢谢你。”杰夫说，“谢谢你。”他又说了一遍。他的声音听起来很沉稳，但是在第二次道谢时，情绪从他眼睛后面往外顶，他急忙冲过走廊。教授不喜欢眼泪和情绪——向教授宣泄自己的所有情感，展现内心的感觉，表示自己多么喜欢这把吉他，这种方式是要不得的。

他的感觉——杰夫紧紧抱着自己坐在床上——他不知道自己是什么感觉，不仅仅是快乐，因为他感到痛。也说不出具体是哪儿痛，但似乎他不够大，无法承载这种感觉，却又不得不承载它。似乎他非常想要一样东西，却不敢去注意自己多么想要它，因为他永远不会得到——结果它却突然从天而降。他不配得到它。他不明白它怎么就成了自己的。他甚至无法思考，只能感觉。

杰夫拿起一个拨片，抱着马丁吉他再次坐下。他把手指放在琴弦上，弹了起来。他弹奏的是简单的 A-D-E 琶音，完美的声音再次让他泪湿了眼眶。他等待着，然后接着弹，歌声几乎让他回忆起了梅洛迪的一切。“在开往集市的马车上，坐着一只眼神忧伤的小牛犊。”几分钟后，他才不再哽咽，唱出声来。

他一遍又一遍地弹唱着他知道的几首歌。后来他意识到肚子饿了，就走下楼去，发现早就过了午饭时间。教授从书房里走出来，站在厨房门口。杰夫匆匆吃下一个花生酱三明治，大口喝下一杯牛奶，迫不及待地想回去弹吉他。教授似乎想说些什么，于是杰夫等待着。音乐在他的脑海里回响。

“如果你想要一把新琴，”教授说，“也没问题。我希望你得到你想要的东西。”

杰夫感到笑声在他体内涌起，他让它喷发了出来。他根本不想要一把新琴，只想要这把金子般珍贵的旧吉他，那是在更好的时代由更好的琴匠制造的。父亲因无知而提出的那个建议，使他忍不住发笑，一阵纯粹的快乐使他大笑起来。

教授眼睛里有亮光一闪，他的脸色没有变。他微微点了点头，就走开了。杰夫听见书房的门在他身后关上。他摇了摇头，暗自微笑，喝光了剩下的牛奶。他把玻璃杯冲洗干净，倒过来放在架子上沥干。他盖上花生酱的罐子，把它收了起来。他把自己用过的刀洗净。但父亲眼睛里闪现的亮光，看起来好像是情感受了伤。

杰夫不再微笑。可是这太荒唐了，教授不是一个多愁善感的人，感情从来不是他生活的一部分。但如果——

如果杰夫得到了天底下最好的礼物，而教授却认为他不喜欢，那怎么办呢？可是他说了谢谢。换了梅洛迪就会理解，他不耐烦地想。但如果教授不能理解呢？

杰夫心事沉重地来到走廊上，站在那扇紧闭的门前。他知道不应该打扰父亲的工作。但他实在不想让这个人产生误解，因为教授毕竟对吉他一无所知。杰夫敲了敲门。

“请进。”

杰夫打开门，走了进去。

教授坐在桌旁，在房间的正中间，面对房门，正在研究一堆文件。

“对不起。”杰夫说。他往房间里迈了一步，然后停下。

“不用担心，这无所谓。我们明天可以到店里去，你挑一把合适的琴。”教授说。

“你真的不明白。这是我能收到的最好的礼物了。”杰夫急忙把话说出来，因为他的喉咙又哽咽了。“旧的马丁吉他……音色十分优美，比新琴要好得多。我没想到……能收到这样的礼物。”他惊骇地发现自己眼里全是泪水。

“对不起。”他再次道歉，“我不是故意……对你闹情绪……我只是……我只是太喜欢它了。”

父亲看着他，说：“谢谢你特意过来解释清楚，辛苦了。”

杰夫听出了话里的幽默，哽咽的嗓子里冒出一声轻笑。“是的，先生。”他说，对父亲笑了笑，然后离开房间，回去弹他的马丁吉他。

快到傍晚时，他的指尖疼得厉害，尽管已经结了老茧。他知道，自己的技艺有限，不能游刃有余。他想学习更多的和弦，更多的歌曲，更多的弹拨技巧——他希望商店还开着门，这样他就能冲进去买几本指导书。

圣诞节的晚餐，杰夫烤了一只鸡，在鸡肚子里塞了混合调料，还煮了一包冻豌豆。他从冰箱的滤酒器里倒出一杯白酒，然后叫父亲来吃晚饭。两人默默地坐下来，杰夫切鸡肉。教授每次切鸡肉都弄得支离破碎，一片狼藉，让人看了完全没有食欲，就好像那只鸡肚子里放了炸弹，被炸成了碎片。

“作为圣诞晚餐太简单了。”教授说。

杰夫很惊讶。他已经很多年没想过这件事了。“我们圣诞节从不大操大办。”他提醒父亲，“从来没有。”

“确实如此。但我想是不是应该隆重一点儿。”

“无所谓吧。”杰夫对他说，“没有什么区别。”

“你知道吗？”教授说着，把一块鸡胸肉举到嘴边，“我似乎从来没有意识到你遗传了你母亲的许多东西。”

杰夫不知道该说什么。“对不起。”他说，再次为自己的眼泪道歉。

“当初她爱上我的时候，”教授若有所思地说，脸上没有任何表情，“当初她爱上我的时候，我感觉就像……就像吞下了阳光，就像太阳在我体内升起。”

杰夫只是盯着父亲。

“我从来没有那么无助过，以前没有，之后也没有，同时也很幸福。”

“那你们为什么离婚呢？”杰夫问。

“我们没有离婚。”教授告诉他，“我想传达给你的意思是——说得可能有点儿不到位——你不应该因为像她而感到遗憾。她总有办法知道我的感受，我不知道她是怎么做到的。”他又把注意力转向自己的盘子。杰夫注视了他一分钟，才又举起叉子。

“你知道，我从来不叫你爸爸。”他没有抬头。

对方声音平静地回答：“托马斯注意到了，几年前就注意到了。我不是爸爸或老爸那种类型——我能理解你的难处。”

杰夫抬起头。

“你想起我的时候，对我有什么称呼吗？除了‘他’之外。”

“有的。教授。”杰夫笑着回答。

父亲嚼着鸡肉：“可以，那也行。”

杰夫也认为可以。“好的，先生。”他说，然后又试了试，“好的，教授。”是的，这听上去很顺耳。“教授，”他说，父亲再次抬起眼睛，咀嚼着，没有说话，“马丁吉他非常完美。我怎么感谢你也不够。”

“很好。”教授说，“这正是我所希望的。那就没有缺憾了，但是你没必要永远心存感激。”

* * *

托马斯兄弟从来不在圣诞节那天过来看望他们，因为那是一个圣日，但他们三个会在圣诞节后的第二天专门吃一顿晚餐。今年，他给他们做了咖喱牛肉。“是烩肉，不是炖肉。”他把牛肉切成小块的时候告诉杰夫，“用蘑菇和西红柿一起烩，加一点儿红酒和橙子皮。我在这里干活儿时，你为什么不把你那著名的吉他拿下来，给我来一点儿背景音乐呢？”

杰夫犹豫了。他从来没有为别人弹过琴。“我弹得不太好。”他说。

“我不在乎，难道你在乎？”

“好吧。”杰夫说。

“你想提高琴技吗？你有这个打算吗？”

“当然啦。”

“那为什么不可以呢？”

于是，杰夫把马丁吉他拿下楼，弹了起来。托马斯兄弟似乎只用一半的注意力在听，所以杰夫忘记了身边还有听众。到了该摆桌子的时候，托马斯兄弟做出了评价：“你现在弹得不怎么好，但我相信你会变得很棒的。要不要把教授叫来？”

杰夫感到十分惊喜。没想到这是一个充满惊喜的夜晚，当他们酒足饭饱，面对着空盘子时，托马斯兄弟告诉他们，他要去英国，在牛津大学读一年书。他笑容灿烂地看着他们：“你们能想象吗？梦幻尖塔之城[①]和我。我和梦幻尖塔之城。”

“我为你感到非常欣喜。”教授说，“你一定很高兴获得这个机会。”

“高兴——这个词太轻描淡写了。我是来自皮奥里亚[②]的汤米[③]·理查森，父亲在流水线上工作——我是个不成器的儿子，虽不是孩子们中间的败类，但肯定是离经叛道的一个。你上过牛津大学，霍勒斯，真没想到我也能去。”

---

① 梦幻尖塔之城（City of Dreaming Spires）指英国牛津。

② 皮奥里亚：美国伊利诺伊州的第二大城市。

③ 汤米：托马斯的昵称。

杰夫惊讶地抬起头。父亲上过牛津大学？托马斯兄弟曾经是个叫汤米的孩子，他的兄弟姐妹都比他优秀？

“你什么时候走？”教授问。

“几星期后，说起来还有件事要请你们帮忙呢。”

“什么事？”

“我不在的时候，你们能让我把音响设备寄存在这里吗？书和图画我会装箱，但是音响——我希望能派上用场，最好能有人使用。”

“我们可以把它放在客厅里。”

“你可以打开来听。”托马斯兄弟说，“厨房后面还有地方，只要你做饭时把盖子合上就行——家里也只有那个房间还有点儿地方了。不管怎样，非常感谢。还有，如果你们夏天过来……”

杰夫看着教授。他不想为夏天做任何计划。父亲微笑着摇了摇头：“我们负担不起，你知道的。我们现在这样的生活已经是捉襟见肘了。”

“别这么保守，霍勒斯。”托马斯兄弟坚持道，“你的薪水不低，你的花费也不会太多。你这房子至少有十年的贷款，所以按揭并不高。”

“但我当时是向学校借钱付的首付款，加上利息，现在这笔钱尚未还清。还有梅洛迪欠的一些钱，她借了几笔款子，为了去做一些善事捐出大笔的钱。她一心想做善事。我现在差不多把这些钱都还清了，但还有欠学校的债，还有生活费。我们没有什么积蓄，托马斯。我真的很抱歉，我们就是没钱。”

“我以为你不用为我付钱呢。”杰夫说。

“你上了四年级就不再免费了。”

“对不起。”杰夫说。

“这无所谓。”教授说。

不仅仅是学费，还有校服、书本、用品、实验的费用，杰夫知道。他感到很难过，因为父亲的钱被浪费了。他在学校里的成绩不理想，最好的时候是C，而且不知怎么搞的，在七年级的第一个学期，他成了一个无人问津的人。后来又从无人问津的人变成了一个没有人喜欢的人。准确地说，其实别人并不是讨厌他，只是看他不顺眼。以前他在哪儿都不会有事，在操场上踢足球，或者坐在教室里的课桌旁。没有人介意他的存在，但实际上也没有人希望他在场。现在，他们巴不得他不在，不是因为不喜欢他，而是因为他碍事。就像房间里的一只苍蝇，你其实并不真的在意那只苍蝇，你只是挥手把它赶开。你不会注意到它什么时候走的。杰夫不怎么在意学校的事，他只是不喜欢那种不客气的口吻，叫他换座位，或者直接说不欢迎他参加某个游戏。“走开，格林。”某个男生会说。杰夫甚至懒得去看是哪个男生。在课堂上，他很少说话，因为每当老师叫他的时候，他都会隐约听到叹气的声音，但除此之外，他觉得什么都无所谓。在校外对他来说也没有什么区别。他有吉他，现在有了马丁吉他，还有对梅洛迪的回忆，没有什么其他的东西能触及他。

一月、二月、三月、四月、五月、六月，每个月的第一天杰夫都给母亲写信。他不再期待收到回信。他偶尔倒是能收到托马斯兄弟寄来的明信片，城堡的照片，或是几页图文并茂、内容很丰富的手稿，最下面潦草地写着签名：托兄。然而梅洛迪那里毫无音讯，甚至在圣诞节之后也没有。杰夫不让自己去想这件事。音响放在他们家厨房后面，经常有音乐流淌出来，因为托马斯兄弟把他的唱片也留给他们照看。杰夫逐渐熟悉了莫扎特、亨德尔、巴赫、勃拉姆斯、贝多芬、肖斯塔科维奇等人的名字，熟悉了他们的音乐，而旋律——歌曲——只是其中的一部分。他用零花钱给自己买了几张吉他弹唱的唱片。琼·贝兹让他想起了梅洛迪，皮特·西格唱的许多歌曲杰夫都很熟悉，还有朱迪·柯林斯。通过反复地听，他学着模仿他们弹吉他的技巧，马丁吉他能够满足他所有的要求。他知道它的能力超出他的要求，超出他所能够要求的。

五月的一天，杰夫终于问了父亲是否有梅洛迪的照片。

“不，我没有。”教授说，“我从来不需要照片——我想起她没有任何困难。”

杰夫等了等，但父亲没有再说什么。杰夫想知道为什么梅洛迪这么自信地说教授会有照片，但是他没有问。

月底的时候，梅洛迪的名字又出现了，又是在餐桌上，不过这次是因为甘博给教授写了一封信，信中说：没问题，她们当然欢迎杰夫去过暑假，并问他什么时候到。教授把信拿给杰夫看，信上只有两行字，上面签着一个陌生的名字：布德劳·梅尔维尔夫人。字迹看起来苍老，单薄，颤颤巍巍，显得比甘博衰老得多，而且有气无力——似乎她没有力气把字母“O”写圆，也没有力气把笔从纸上抬起写另一个字。

“这不可能是她的名字。”杰夫说。

“是她丈夫的，她是个寡妇。我想她的名字是尤拉莉。梅洛迪叫她‘甘博’，我从来没见过她。你想去吗？”

“想去，如果你不介意的话。是你写信问她的吗？”

“是啊，我想你会愿意去，我还以为要等很长时间她们才会跟我们联系呢。我去买机票。除非你想坐长途汽车？”

“不。”杰夫立刻说道，接着他想了想，“除非会便宜得多，会吗？”

“没有多少钱，无所谓。我想，这次我会要求航空公司柜台替你保管回程机票，等你到时候去取。你不介意吧？”

“我为什么要介意？可是教授，你怎么从来没见过甘博呢？”

教授耸了耸肩，然后他决定回答，但眼睛一直盯着他叉子上举起的那口米饭，脸上毫无表情。“我们的婚礼很低调，所以甘博没有来参加。后来，梅洛迪去老家看她，一待就是好几个星期，而且……不知为什么，那几个星期总是不方便。那时候我教暑假课程，我们需要钱，还有你也需要人照顾。

甘博不习惯孩子在身边，特别是小孩子。后来就……”他的声音渐渐低下去，拿起刀子，开始切他的那块鸡肉。

“教授，你们两个为什么要分开？我想我也许应该了解。”杰夫问道。

“我想是的。”教授说。杰夫知道他没有惹父亲生气。“可是我不知道怎么解释。你知道托尔斯泰是怎么说的吗？”

杰夫只是等着。教授很清楚杰夫不知道托尔斯泰说了什么。

“幸福的家庭都是相似的，不幸的家庭各有各的不幸。”教授告诉他。

“这也算回答？”

教授轻声笑了。“我只能这么说。”他说。

好吧，杰夫想。他知道他遗传了父亲的幽默感。他以前不知道，后来慢慢懂了。他打算和梅洛迪一起过暑假。

“我认为，”教授一边说，一边把刀叉并排放在盘子上，“我一直让你的母亲感到失望，从一开始就是。起初，她想要一个特别的订婚戒指——就像她外祖母戴的那种。我从没见过，但听起来很不一般。”

“是的。”

“当然，我买不起，因为要付这套房子的首付款，她当然也想要房子——小钻石她看不上。我向她解释，她说她能理解。其实她不理解，随着时间的推移，她越来越不能理解。她很在意，总是感到失望。就是我说的那种失望。这所房子也不是她想要的。”

杰夫听出教授不想多说这件事，他既然不想让父亲感到不愉快，也就没有再问什么。

“你觉得我什么时候可以过去？”他换了个话题。

“放了假过两天？”

“我可以带上马丁吉他吗？”

他心里想着梅洛迪。

第五章

杰夫在查尔斯顿机场耐心地等待着。他甚至不介意这种等待，因为能延长期盼的快乐。他感觉到内心的温暖和渴望。他感到自己脸上露出了笑容，他想阻止也阻止不了。

他没有带着马丁吉他，因为吉他也要占一个座位，那太贵了。为了和梅洛迪共度暑假而不得不做出这点放弃，他并不介意。

他在等候大厅里走来走去。这次他是在晚高峰的时候到达的，偌大的房间里挤满了人。杰夫站在可以俯瞰机场的窗边，眺望外面炎热的天空，又回头隔着拥挤的房间看看门口。他真想拥抱一下自己。

差不多两个小时过去了，杰夫恍惚地站在高高的窗户旁，心不在焉地看着一架喷气式飞机在血红的夕阳中起飞，涡轮后面的空气闪烁着微光。突然他听到有人叫他的名字。“杰飞？杰飞？”他的心跳加快了，内心的阳光似乎要爆炸。他转过身来。

她退后几步，拿着相机快速拍了两张照片。她放下相机，朝他笑了笑。“哦，杰飞。”她轻声说，紧紧地抱住他。照相机硌痛了他的胸骨，但他不介意。

“梅洛迪。”他叫她的名字，同时闻着她身上的香水味。她比他记忆中的更娇小、更精致。

“你长高了。”她对他微笑。她的眼睛就像他记忆中的那样，深沉、浓郁的灰色，周围是一圈黑色的睫毛，非常美丽。可是她的头发——

“你的头发……”他说。

“你喜欢吗？”

头发烫成了密集的小卷儿，剪得很短，刚齐到她的肩头，额头上覆盖着一层弯弯的刘海。她退后一步，原地转了一圈，让他从各个角度欣赏她的头发。头发像乌云一样顶在她的脑袋周围。“你喜欢吗？”她问，微笑地看着他的眼睛。

“你真漂亮。”他说。她的笑声向他飘来，跟记忆中的一样。

“你回来高兴吗？但我们得快一点儿，马克斯在等着呢，他最讨厌等人了。你记得马克斯吧——车子就是他的，但你从没见过他，是不是？我们已经晚了——我想，你现在已经知道我总是迟到。你非常介意吗？你的箱子在哪儿？”

杰夫跟着她出了门。今晚她穿的是蓝色太阳裙，在纤细的腰间束紧，皮肤晒得黝黑。这次她穿的是带跟的凉鞋，每走一步都发出轻微的咔嗒声。她把一只手塞在他的胳膊下，领着他走向汽车。杰夫打开后门，把箱子放好，然后自己也钻了进去。他刚关上车门，汽车就开动了。

开车的那个男人，褐色的头发垂在领口周围。他的脖子又瘦又长，侧面看去，鼻子中间弯得很厉害，好像对于鼻尖所指的方向突然改变了主意。“杰飞，”为了能同时看到他们两个，梅洛迪侧过身，“这是马克斯，我生命中的男人。”

深蓝色的眼睛在后视镜中看着杰夫。

“你好。”杰夫说。

“你看见了吧，他可以和我们一起去。”梅洛迪对马克斯说。她又向杰夫解释道：“普莱森特山上有一个派对。马克斯，他完全带得出去。”

“我告诉过你，宝贝。这件事我们已经讨论过了，你就不要再跟我磨叽了，好吗？你们没必要跟我去，但如果你不去，我需要用一下你的照相机。你去不去无所谓。”

“好吧。”梅洛迪失望地说，“但我们可以停一停，给杰飞买个汉堡包，好吗？那样我至少可以和他待一会儿。”

“好吧。”

“我真的很抱歉，杰飞，但是马克斯完全不会用照相机，我不能不去。”

“没关系。”杰夫说，“我不知道你会拍照。”

“我是半年前才开始的，差不多是这样吧。马克斯写了一篇关于工业污染的文章，我们想要一些照片——我就买了一架照相机。然后，那篇文章特别成功，我就坚持做了下来。

我甚至还有一个暗室呢，在地下室里，你会看到的。你会为你的老母亲感到骄傲的。”梅洛迪笑着说。

“你不老。”杰夫说。他想知道她是否爱上了马克斯，从她看着马克斯时的表情判断，她是爱上他了。

他们坐在餐厅的一个小隔间里，梅洛迪坐在马克斯旁边，杰夫坐在他们对面，照相机小心地放在他旁边的座位上。马克斯有一张狭长的脸，一双蓝眼睛炯炯发光。他的眼睛是天蓝色的，很鲜亮，似乎有一团火在后面燃烧着。杰夫感觉到有一种力量从那双眼睛里向他袭来。他有点儿不适。

梅洛迪去了洗手间。杰夫目送她离开，然后转回来看着那双蓝眼睛——他想，它们就像《旧约》中某位先知的眼睛，他住在沙漠里，并且因为与上帝交谈而变得有点儿疯狂。

“你准备待多久？”马克斯问他。

“我想过完暑假。”

“去年夏天我大部分时间都不在城里。”马克斯说。听起来像是在警告杰夫。

杰夫不知道该怎么作答。“你是从事什么工作的？”他问。他听出自己提这个问题时声音嘶哑。

“你是从事什么工作的？”马克斯的声音在嘲笑他，“自由职业者。我写的东西有人敢发表的时候，我就是一名记者。没人敢发表的时候，我就干木匠活儿，或者给别人打零工，修草坪，什么都做。今晚我是一个傻妞儿的订婚派对上的摄影师。你是从事什么工作的？”

杰夫感觉到男人的敌意。他耸了耸肩，小孩子不工作。

“好了，说真的，你叫什么名字，杰斐逊？杰飞这名字不适合小孩子——你多大了，十三岁？”

“差不多吧。”

“在这样一个世界上，我不明白为什么有人会要孩子。不过后来我想，这也不是计划好的，她只是怀孕了，才不得不结婚。她并不想生孩子，也不想结婚。但那时堕胎是非法的，而她是个头脑简单的小妞儿——至少她是这么说的。她告诉我的话我一半都不相信。”

杰夫注视着那双探究的蓝眼睛，但说不出话来。他认为他的表情没有泄露内心的想法。

“作为小妞儿，她还不赖。我们在一起断断续续三年多了。”

一个女服务员端来两杯咖啡和杰夫的晚餐。他没有胃口，但强迫自己吃着。梅洛迪回来了，在马克斯身边轻轻坐下。“你们俩互相熟悉了吗？”她问，她的眼睛注视着马克斯的反应。

“拜托你不要这样冒傻气好吗？”马克斯说。梅洛迪隔着桌子看着杰夫，抱歉地笑了笑。

“他很可恶，是不是？”她问道。杰夫差点儿咧嘴一笑作答，赶紧把汉堡包塞进嘴里，阻止了自己。“杰飞，甘博三月份中风了，身体虚弱，所以一切都跟以前不太一样了。她大部分时间都待在自己的房间里，晚上欧帕尔小姐不在，她们请了一个护工。甘博的头脑是正常的，但是她的心脏——我想她的心脏一向都很虚弱。你会小心对待她的，是不是？”

“当然，真没想到。”

“她在医院里住了很长时间——唉，她年纪大了，这也在意料之中。你吃完了吗？我们得走了。马克斯干这份活儿能拿到两百美元，我们不能迟到。我们得拍到客人们光临的照片。你有钱付餐费吗？”

杰夫付了餐费。他父亲这次又给了他二十美元。

“早知道是小孩子请客，我就给自己点些吃的了。”马克斯说。

“别这样，马克斯。”梅洛迪说。她把纤细的、晒黑的手伸过去，盖住桌上马克斯的手，她的手上戴着绿松石的银戒指，然后他们走出了隔间。马克斯穿着衬衫，打着领带，蓝色牛仔裤吊在臀部，像运动员一样稳稳地移动。他把一只手臂搭在梅洛迪的肩膀上，她抬头微笑地看着他的眼睛。杰夫把相机递给了她，她把相机挎在肩上。“走吧。我们必须先把杰飞放下，但不会花很长时间的。对不起，马克斯，他父亲只写信说了他到达的时间，没有问是否方便。”

“管他呢。”马克斯说。杰夫跟着他们离开了餐厅。

他们把他送到了大阔路上，因为马克斯说，要在单行道上拐十分钟才能开到甘博家，回来又得花十分钟，太耽误时间了。杰夫目送着车远去，车尾亮着两盏红色的尾灯，梅洛迪移过去坐在了马克斯身边，车内的两个脑袋凑到了一起。她说她要很晚回来，第二天早晨再跟他见面。她叫杰夫进门时小声一点儿，不要打扰甘博。“欧帕尔小姐在等你。明早见，杰飞。”她探过身，把一只柔软的手贴在他的脸颊上。

她确实爱他，杰夫相信这一点，她是希望杰夫能和她一起去参加派对的。他们反正要在一起过整个夏天呢。他拎起箱子，向甘博的家走去。漆黑的空气中弥漫着花香，周围的房屋在高高的栅栏上方露出亮灯的窗户。人们从他身边经过，走向更繁华的街道，他听到二层楼的阳台上飘来轻轻的谈话声。他从厨房的门走进甘博家的房子。

欧帕尔小姐坐在桌旁，一边喝一杯冰茶，一边翻看一本杂志。“你来晚了。”她说。杰夫就在同时说了句“我来了”。他们互相打招呼。他告诉欧帕尔小姐他不饿。他道歉说自己来晚了，害得她迟迟不能离开。

“哦，我现在就睡在这里，这里现在就是我的家。”她说，“但是你需要见见梅尔维尔夫人。”

“她感觉还好吗？”杰夫问，“我不知道她中风了。”

欧帕尔小姐慢慢地点了点头：“她正在好转。你的曾外祖母可不是这么容易就被打倒的。你妈妈像对待玻璃杯一样对待她，要我看，那完全是她的一厢情愿。走吧，让她知道你已经到了。不过，她跟以前可是不一样了。你会看到的。”

杰夫跟着她经过走廊，来到餐厅。他把箱子放在楼梯边上。一个个气派、对称和精美的房间把他包围。他做了几个深呼吸，想把这一切尽收眼底。

甘博和两个姨妈一起坐在电视机前。她一手拿着拐杖，一手拿着遥控器。她看上去更老了，差不多老了一百岁。她穿着丝绸衣服，戴着珠宝首饰，左手上闪烁着钻石，右手上佩戴着小翡翠。她的头发梳得一丝不乱。但是她的脸看上去很消瘦，手指紧张地在拐杖顶端移动，身上的裙子松松垮垮，在腰间皱成一团。她皮肤苍白，眼睛紧紧地盯着电视屏幕。她抬起脸颊让杰夫亲吻。“你现在去睡觉吧。”她对欧帕尔小姐说，“并没有叫你不睡觉等他，你一定累了。他是布德劳家的人，能找到回家的路。”

她的声音也变了，嘶哑破碎，话说到一半就停下来喘粗气。

杰夫在她旁边坐下。“你好，甘博，你看起来还不错。”他说。虽然她气色并不好，但是他越仔细看她，越觉得她跟以前一样，本质上并没有改变。他觉得自己似乎从未离开过。

两个姨妈叽叽喳喳地跟他说话。“男孩回来了。”她们说。杰夫起身跟她们打招呼。她们说着你好你好，然后把视线又转回电视屏幕上。

“哦，看，就是那辆日本新车。”

“我上星期看到一辆，整个下午都停在外面。”

“根本没有，你在瞎编。”

杰夫又把目光转向甘博。“她们只会越来越糟，”她对他说，“总有一天会被送进养老院，但只要我还活着就不会。”

她看出了他脸上的表情。“她们会永远活着，并且得到照顾，我倒不是羡慕她们。你觉得你母亲看上去怎么样？”

“跟以前一样。”杰夫说。

“即使换了那个发型？”

“嗯。”杰夫承认，“我更喜欢长头发。”

“至少你的品位比较正常。”甘博说，“我不知道她为什么抵挡不住流行和时尚。当然，都怪那个男人——梅洛迪身边总是有个男人——而且那男人就是不肯消失。我很想见见你的父亲，但梅洛迪一直不愿把他带来。她说他在这种环境下会感到不自在，她说这里对他来说太富裕了，就好像我们是巧克力慕斯似的。我一直认为她是害怕我会把你父亲从她身边夺走。我对付男人总是很有办法。梅洛迪有嫉妒倾向——对此我早就有所怀疑。”

杰夫不知道该怎么想，说：“她一直很漂亮。”

“漂亮？”甘博说，“既然最后都是一个结局，我开始怀疑漂亮到底有什么意义。再过五年，我也会跟她们一样没脑子的。”她打着手势示意两个姨妈，手上的钻石闪闪发光。但是她的手指在颤抖，她又抓住了拐杖。“我对他说这太大了，太耀眼了，可是他根本不听。”她说，“再过六十来年，你也会跟我们一样。我不知道我们这是何苦呢。”

杰夫什么也没说。

“走开吧，杰斐逊。你让我感到很累。”甘博说。她把脑袋靠在沙发上，闭上了眼睛。

杰夫上楼去了自己的房间。他把箱子里的东西放进抽屉。他换上睡衣，掀开被单。然后他关了灯，坐在窗边，视线掠过后院，望着那些熟悉的亮灯的窗户，品味着记忆中的声音和气味。他曾以为甘博喜欢他，曾以为自己是受欢迎的，曾以为这里是他真正的家。失望的滋味是苦涩的，但他很快咽了下去，因为甘博和两个姨妈的想法无关紧要。重要的是梅洛迪，只有梅洛迪才是最重要的。

过了很久，他上床睡觉了。他没有听到她进来的声音，他以为自己会等到她安全回家，尽管她不知道，但他也会一直守望着她。然而，他睡着了。

杰夫下楼吃早饭的时候，梅洛迪还没有醒。甘博已经吃过早饭，正在喝一杯咖啡，从面前的一个金色小盒子里挑出药片来服用。杰夫对大家说了早安，先是甘博，再是两个姨妈。

甘博按铃叫欧帕尔小姐过来，然后问杰夫早餐想吃什么。“你只能自己给自己找乐子，我不知道你该怎么打发自己。”甘博对杰夫说。她的眼神并不友好。

“我无所谓。”杰夫说。

“你很大度。”

“我真的很感激能来到这里。我很高兴你邀请了我。”杰夫说。他不知道自己做错了什么，所以不知道怎么弥补。

“我没有请你来，是你自己主动要来的。”

杰夫无言以对。“对不起。”他说。

“你明白这一点就好。”

“对不起，让你觉得这么累。”

“不是累，是老了。年轻人不懂，我也不能指望你懂。”她喘了两口粗气，才继续说道，“说实在的，我原以为你父亲没这么糊涂。”

杰夫认为她不应该说话劳神，他环顾四周，挂着折叠窗帘的长窗户，光滑的乳白色墙壁，墙上的那些肖像。他朝两个姨妈微笑，她们把脑袋凑在一起窃窃私语，斜着眼睛看他。他听见梅洛迪下楼的脚步声，便把目光转向她会出现的地方。

她在门口站了一分钟，身姿苗条，面带微笑，用眼睛寻找杰夫的目光，然后上前亲吻她的外祖母，祝她早安。欧帕尔小姐把一个盘子放在杰夫面前，杰夫拿起叉子。梅洛迪穿着印花太阳裙和凉鞋，一举一动都那么优雅，就像微风吹过开满鲜花的花园。

“我永远也搞不懂你为什么把头发搞成那样。”甘博说。

“我喜欢。”梅洛迪说，“我喜欢现在这样。”

“看起来很俗气。”

“如果你喜欢，我可以再把它留长。”梅洛迪主动提出，她的手搭在甘博坐的椅背上。

“我已经放弃了。”甘博说。她又伸手去按小铃铛。

“你知道，我是在厨房里吃饭的。”梅洛迪说。

“把这孩子带过去。”甘博说。

杰夫高兴地站起身，端着盘子和果汁。他在厨房的桌子边吃饭，看着母亲向欧帕尔小姐要了炒鸡蛋，然后在他对面坐下，欧帕尔小姐则在桌上摆出一副叉子和咖啡杯，并端来一小碗果冻和一杯果汁。梅洛迪认为不应该有仆人，所以总是在厨房吃早餐，她认为不应该让欧帕尔小姐或其他人伺候她。甘博不赞成，但梅洛迪坚持自己的原则。

“她今天早上有点儿别扭。”梅洛迪说。

“你还能指望什么呢？”欧帕尔小姐问，同时在一只小碗里打鸡蛋，“每次你和那个年轻人约会，她都不高兴。”

“他并没有上这儿来，”梅洛迪说，“甘博不能要求太高了。”

“哦，好吧。”欧帕尔小姐说，“等她能勇敢地面对现实了，就能恢复老样子。面对现实是最困难的。”

“好吧，我希望她能快点儿。”梅洛迪说，“我不知道她有什么可抱怨的。”

欧帕尔小姐把鸡蛋倒进一个平底锅，背对他们站着。“光是平常那些事就已经够受的了。”她最后说道。

“杰飞，杰飞，你今天想做什么？”梅洛迪伸出手来握他的手，他也把自己的手递给她，“我要在暗室里工作两个小时，冲洗照片，今天下午我还要把照片印出来——你要不要带你的老母亲出去吃顿午饭？你愿意吗？这会给我带来一些期待。”

“好的。”杰夫说，“好的。”

“今天上午你能自己玩吗？”

“当然。我能借你的吉他弹弹吗？”

“我去年秋天把它卖掉了，但我以为你自己也有一把。”

“我没有带来。没关系。你怎么会把吉他卖掉的？”

“唉，我不记得了。欧帕尔小姐，你还记得吗？”

欧帕尔小姐把一盘炒鸡蛋放在梅洛迪前面，鸡蛋两侧摆着咸肉条和黄油吐司片。“你说你需要钱，我只记得这么多。”

“好吧，肯定是有原因的。”梅洛迪说。她吃得很匆忙。

“我可以去下面的暗室里帮你干活儿。”

“哦，不，不。今天不用。你有兴趣吗？”

“当然。”

“那我可以教你，我保证，头等大事。这是我们夏天的计划，好吗？中午的时候，我在这里跟你碰头，我应该有足够的时间。如果我是你，就会躲开甘博。她今天不顺心。你干脆出去散散步吧。”

杰夫照办了，因为他想做梅洛迪希望他做的事。当他在做她希望他做的事情时，他们之间便有了联系——某种联系，尽管他们并没有真的接触。

他漫无目的地逛了一会儿，然后往市郊走去，来到一座老教堂旁边的墓地，沿着石子路慢慢溜达，读着那些碑文。高高的围墙使这里看起来像一个杂草丛生的花园，并把城市的喧嚣声挡在外面。空气越来越热，即使是在槲树和玉兰树的树荫下，也热得令人难受。杰夫坐在一棵槲树下，等着教堂的钟声一次次敲响，它每一刻钟敲一次，从早晨敲到了接近中午。墓园里沉重的寂静只被钟声打破，九点半、九点三刻、十点，他等待着，十一点，十一点一刻。

他回到甘博家时早了一点儿，他能听到餐厅里正在吃午餐的声音。他坐在楼梯底部，等着梅洛迪。当她终于出现时，三个女人已经吃完午饭，回到客厅里来看下午的肥皂剧了。梅洛迪从他身边跑上楼梯："我得去洗洗手，拿上我的钱包，大约两秒钟就下来。你是不是饿坏了？"她在楼梯上停下来，回到他站着的地方，用双臂搂住他，在他的耳朵上方亲了一下。"你回来了，真好。"她说，然后跑上楼去。

在盘算了杰夫有多少钱之后，他们点了午餐，她探身趴在桌上，对着他的眼睛微笑。幸福感涌上杰夫的心头，他忘记了一切，只有心脏的怦怦跳动和母亲眼睛里的灰色。"你今天上午做了什么？"她问。

他用了一分钟整理自己的思绪。她大笑起来，似乎知道自己对他的影响。"我去看了墓地。"他说。

"我非常想念你，一直。"她说。

"我也是。"

"你长高了。"

"没高多少，只长了一英寸左右。"

"你喜欢马克斯吗？他是不是很棒？我很高兴你们俩终于认识了。甘博受不了他——你大概也知道了。甘博不让他到家里来。是不是很完美？就像福克纳书里的某个人？我承认，他不是甘博心目中的那种南方绅士，不会对她俯首帖耳，说一些好听的话。还有杰飞，我想告诉你，我要出城一个星期，只是一个星期。你不会介意的，是不是？”

他非常介意。“没关系。”他说，“你要去哪里？”

“山区有一个民间艺术节，第一届南卡罗来纳州民间艺术节和小提琴比赛。所有的收益，在扣除费用之后，都归赞助它的环保组织所有。我不知道你有没有见过一些水土流失的地区、贫困的农村——那些小孩子，杰飞，他们永远也吃不饱，买不起药，穿不起鞋。马克斯想写一篇艺术节的文章，我负责拍照。我们商量过了，他说你去了没有什么事可做，所以你最好留在这里陪着甘博。这样行吗？”

“没问题。”杰夫说。

“而且只是短短一星期。对了，我有一张照片要给你看。我想把我所有的照片都给你看。”

“我很想看。”他由衷地说。

“也许今天下午吧，我们今晚就得离开。我真的很抱歉，杰飞。”她看着他的脸说。

“我没事。别为我担心。”

“如果我认为需要为你担心，我就不会去了。我猜想——你和你父亲一起生活，已经习惯了一个人独处。那个人即使在你身边，你也是孤独一人。”

“我不会有事的，我保证。”杰夫说。他想，他明白她这么说教授是什么意思，他知道自己不愿意和她争论。“梅洛迪，”他问，然后等着盘子在他们面前摆好，“我能问你一个问题吗？”

“你的口气很严肃呢。”

“没事，无所谓。我不一定要知道。”

“问吧，你这小傻瓜，问吧。”

“你为什么要嫁给教授？我的意思是……”杰夫不知道怎么把这个句子说完，于是就让它悬在那里。马克斯说她怀孕了，不得不结婚，但教授没有这么说。

母亲咬着一个炸土豆片，喝了几口冰红茶。“他很帅。”她说，“我那时候还年轻——当然。我想应该用‘尊贵’这个词，他的样子很尊贵。我当时在上他的课，我们经常笑话他，因为你每次想和他说话，他都会显出很尴尬的样子。他是那么——好看，害羞，又不善言辞。我想他的生活该多么孤独啊，我越想越同情他。于是我开始和他交朋友，只想看看能不能办到，看看能不能让他喜欢上我。这有点儿像一个挑战。结果——怎么说呢，他和我说话的时候大声笑了，显得不那么尊贵了。他一直很孤独，我让他感到开心，可怜的老家伙。”

这就说得通了。杰夫知道她当时会有什么感觉，也知道如果她有了那种感觉，就会决定嫁给他。“可是，后来你走了。”他说。

“我很不开心，杰飞。他根本没注意，也不在乎。那座憋屈的小房子，所有那些古板的教授和他们那些讨厌的土包子老婆，而且他没有采取任何行动来让事情有所改善。我们一直都没有钱——我总是精打细算，不管多小一笔钱都得省着花。永远都不够。你不知道那会怎样把一个人拖垮。”想起往事，她的眼神变得很不开心。

杰夫为她感到很难过，不知道说什么好。他后悔提出这个问题。他让她不开心了，他很生自己的气。“没关系，真的，我能理解。”

“我认为你不能理解。”她说，声音低沉而忧伤，“有时候，我认为没有一个男人能理解。”

“没关系。”杰夫说，“还是跟我谈谈这个艺术节吧，它持续整整一星期吗？你知道有谁会到场吗？”

听了这话，她立刻高兴起来。“马克斯会在，这是最重要的，整整一个星期。”她对杰夫微笑，似乎两人在分享一个秘密，“甘博知道了准会很生气。”接着她提到了一批其他人名，其中几个他以前听说过，午餐很快就结束了。

吃过午饭，梅洛迪先回到她的暗室，叫杰夫在厨房里等她。然后她拉着他的胳膊，领着他一起走向地下室的楼梯，在他耳边轻声说：“不要对欧帕尔小姐提起威勒姆的事。他坐牢了，判了五年——因为卖大麻。如果他是个白人，就只会判两年，而且别打听他的事，好吗？这会让欧帕尔小姐伤心的。”

没想到欧帕尔小姐主动谈起了威勒姆，解释说威勒姆变坏是没办法的事，他交了那样的朋友，他父母在那么远的地方，她不得不为了生计拼命工作，工作那么不好找，学校又是那副样子。“那孩子——他从来就没有机会。”她一边说，一边把糖放进茶杯里搅拌，“但是我告诉他，他的老奶奶不会抛弃他的，我永远会给他一个家。我请求上帝对我发发慈悲。”

“你多大年纪了？”杰夫问。

“哎呀，七十八了。”

杰夫盯着她：“你比甘博还老呢。我之前真没想到。”

“是啊，一直都比她老。”欧帕尔小姐说。

梅洛迪回到楼上，给他看了一张刚洗出来的照片，她用镊子夹住照片，让水滴在桌子上。“看，杰飞，你觉得怎么样？”

这是杰夫见过的最快乐的一张照片。照片里的男孩看到了他一直想看却从未奢望看到的东西。那东西使他的眼睛格外明亮，照片只拍到了他的肩膀以上，从他的肩膀看他似乎正要奔向那个东西。

“这是我。”杰夫说。

“抓拍的。现在你相信我技术很好了吧？”

“这孩子从没怀疑过这点，梅洛迪小姐。”

“我给你印一张，”梅洛迪向他保证，“给甘博也印一张——你愿意吗？这张你可以留着。”

杰夫不知道自己有过这样的神态。

“我恐怕整个下午都要在楼下工作，你只能自己找点儿事情做做了。我们昨晚拍了几百张照片。你能找到事情做的，是不是？”

杰夫一直在自己找事情做——整整一个月，因为梅洛迪从六月中旬到七月中旬都不在家。她旅行的时间一再延长，几天，或一个星期。过了没多久，杰夫发现甘博的中风不知怎的改变了她对自己的兴趣。杰夫问她问题时，她回答得很不耐烦，最后总是以一句“你们这些年轻人”来结束。那年夏天，她更愿意跟两个姨妈聊天，她们的谈话都从“还记得那是什么时候吗？”这个问题开始。杰夫不记得，但他很想听。然而几个女人看着他，就好像他在偷听似的，她们把身子凑近，一点儿也不让他听到，或者干脆不理他。杰夫不知道自己做错了什么，也不知道该怎么做才对。欧帕尔小姐忙着打理整个房子，没工夫理会他，他提出帮她干家务，她也不让他插手。“她看见了会发火，会开除我的，然后我怎么办？然后她又怎么办？”

接了最初四个电话之后，杰夫不再期待梅洛迪能很快回家了。他眼巴巴地盼着她随时走进家门，却只在电话里听到她的声音，听到她解释发生了什么事情，她问如果她再晚几天回家他是否受得了，并保证会在星期四，或下个星期六回家……这是多么巨大的失望啊！还是不要抱有希望才好。

于是他不让自己待在家里，他在城市里闲逛，观光，坐公共汽车到最远的地方。甘博每天早上都会问他想去哪里，需要多少钱，天会不会下雨。她希望他出门。“我年纪太老，不能陪孩子们玩了。”她一边说，一边打开她的黑色零钱包，“我不知道你妈妈是怎么想的。”

那个月，杰夫钱多得花不完，因为父亲每星期给他寄十美元，钞票外面裹着教授写讲义的黄横格纸。教授还会对他说几句话，写几行字，“希望你那边的天气比我们这边好”，或者“这是你的零花钱”。有时他还会附一张托马斯兄弟从英国寄给杰夫的明信片。等梅洛迪回来，杰夫可以带她出去吃饭，她想吃多少次都行。

有一天，梅洛迪真的回来了，杰夫走进前门时，她和甘博及两个姨妈在客厅里。当杰夫听到她的声音，看到她的脸，她的眼睛对着他闪闪发亮，她的头发因刚冲过澡而湿漉漉地打着卷儿，他顿时忘记了自己去过哪里。“你去哪儿了？”她问他。

杰夫只是让幸福感在内心涌动。

“谁也不知道你去了哪儿。”梅洛迪说，“你不应该这样到处乱逛。”她很生气。

“对不起。”杰夫说，“我今天早上告诉过甘博了。”

梅洛迪站起来，把他带到前面的走廊里，说道：“你知道她什么都记不住的。说实在的，杰飞，我还以为可以信任你呢。”

杰夫为自己感到羞愧，却并不知道为什么，他没有注意到甘博健忘，只觉得她兴趣寡淡。“对不起。”他说，接着又说了一遍，“对不起。”

她还不满意。“我告诉马克斯要和他一起去圣菲，现在不知道能不能去了。”她对杰夫说，“你只会说‘对不起’，跟你父亲一个样。”

杰夫只是盯着她看。他说不出话来。他心里很乱，一方面因让她失望而内疚，另一方面因她又要离开而感到沮丧，同时还希望她不要生他的气。

“怎么样？”她问。

他咽了口唾沫：“什么时候走？”

“我们今晚必须离开，直接开车过去，这样才能及时赶到。我还得把衣服洗干净熨平，欧帕尔小姐干活儿太慢了——最近她做什么事都拖拉得要命。”

“但是梅洛迪……”杰夫听出自己的声音在抱怨，看到她眼睛里又显出怒气，他不再提出异议了。“要去多久？”他问。

“一个月，也许五个星期。这对马克斯来说真是一次非常重要的机会，而且有你在这里帮我留意着甘博，一切都没问题。要是没有你在这里，我恐怕就脱不开身了。”

杰夫强迫自己立刻答应下来。他知道，哪怕再等一秒钟，他就会开始抱怨，然后她就会真的不喜欢他了。“好吧。”他说。

“哦，杰飞，我就知道可以指望你。”她笑微微地看着他的眼睛，然而她的微笑和她的愤怒一样令他痛苦。他不知道该怎么办。他想，只要他多加小心，就可以一直控制到晚餐以后，控制到他独自待在房间里的时候。他不让自己脸上流露出丝毫表情。“有时候，”梅洛迪说道，探过身轻轻吻了一下他的脸颊，似乎想抵消她话语中的锋芒，“你真的让我想到你父亲。这很荒唐，是不是？过来看我收拾东西好吗？我们可以好好聊一聊。哦，我真想你，杰飞。”她说。她似乎说的是真心话。他希望她在说实话，尽管他知道她一定是在撒谎。

那天晚上，当杰夫终于独自回到房间里时，他扑在床上哭了起来。他连衣服都没有脱，也没有开灯。他心里痛苦极了——为自己感到难过，为失去了她而感到愤怒——他是那样的无助。他不知道应该怎么做，能够怎么做。他感到——他翻个身，仰面躺着，用胳膊抱住隐隐作痛的胸口和肚子，其实连这疼痛都不是真实的——他感到自己被摔成了无数个小碎片，被摔碎了，扔进某个黑暗的角落，某个他将永远待在那里的黑暗的角落。

梅洛迪又要离开了。她不想和他待在一起。他不知道自己能不能忍受。

他从没有想到自己这么容易崩溃。

他想不出一件他愿意做的事，想不出。

杰夫熬过了好几个漫长的日子，尽量不去细想。他基本上都待在自己的房间里。他没有下楼吃饭，只在饿了的时候去厨房里吃三明治。没有人注意他。他也不去注意任何人，只兀自在悲伤的情绪中挣扎，这种悲伤总是威胁着他，使他忍不住又哭出来。他为自己感到羞愧，却又控制不住。于是他一直待在楼上。他看着窗外，但并没注意外面是什么天气。几天后，他发现除了欧帕尔小姐外，家里没有人知道他的存在，至少不太确定。如果有人问她们，他想她们会茫然地看看四周，说："杰斐逊？他就在家里的某个地方，不是吗？难道他已经走了？"

因为他很容易被遗忘，很容易被人抛在脑后——杰夫明白这一点。去年夏天他吸引了她们的兴趣，但那多半因为他是个陌生人，而且是布德劳家族的最后一员，而不是因为他这个人本身，是他自己弄错了。

人人都可以把他抛在脑后。但是没关系，他想，那是一个早晨，天还没亮他就醒了，他是和衣躺在床罩上睡着的。如果没有人感激他，那么他也不感激任何人。所以，他至少可以做他想做的事情。如果他真有什么想做的事情的话。

那天早上，他上了公共汽车，走的是去年夏天离开前最后一天的那条路线。然后他漫步在同一条路上，走过那些槲树华盖下的林荫小径。那座岛就在前面，跟他记忆中的一样。杰夫站在那里，目光越过开阔的沼泽地，越过那条狭窄的河流，眺望着岛屿。他想，要是能去岛上也不错。他很热——可以感觉到汗水涌出腋窝，在胸脯上流淌。他的头发粘在额头上。小虫子在周围嗡嗡飞舞。如果有一条船就好了。

杰夫顺着那条路慢慢走回公交车站。到了那儿，他走进那家破烂不堪的商店，店里的纱窗破了，光线昏暗，虽然开着风扇，仍然闷热不堪。他从柜台后面的白头发黑人那里买了一瓶可乐。一条粘蝇纸打着卷儿从天花板上挂下来，上面粘满了死蝇。一只苍蝇在杰夫耳边嗡嗡地飞。

“如果我想要一条船。”杰夫说。

“什么？”

“比如一艘划艇。”杰夫说。

“做什么用？”

“算我没说。”杰夫说。他喝光瓶子里的最后一滴可乐。悲伤再次在他心头涌起，他需要到外面去。

“我邻居家的小子——给自己弄了条小船，正巴不得想脱手呢。”老人说。

杰夫迟疑着。他不知道自己为什么要问那句话。他撵开在他耳边飞舞的苍蝇。

“跟我来，娃儿。在房子后面走几步就到。”

杰夫跟着他，经过堆满了垃圾的油桶，沿着一条灰扑扑的小路走向一排五间的煤渣小屋。到处都停着汽车，有的轮子没了，车轴生了锈；有的还是崭新的。一条小溪在后面流过。

一个穿着牛仔工作服的小伙子把他带到一处塌陷的船坞上。船坞那头拴着一条没有上漆的平底小船。船桨因为风吹日晒而开裂、发灰。那人的皮肤上汗津津的，一双黑眼睛几乎不看杰夫。他打着哈欠，挠了挠脖子。杰夫低头看着小船。

船上只有一个座位，就是钉在船中间的一块木板。船里没有水，杰夫由此断定它不漏。

“十五块。”男人说。

“我不会划船。”杰夫说。他不知道自己究竟在这里做什么。

那人耸了耸肩，沿着船坞往回走。杰夫和他一起走。

“划船不难，是吗？”

“不难。”

“十五美元？”

“对。”

“如果我再给你五块钱，我能把船系在这儿吗？当我不用的时候。”

男人耸了耸肩。他转过身，面对杰夫，目光越过杰夫的肩膀望着远处。

“我明天给你钱。”杰夫说。

那双黑眼睛终于盯住了杰夫。“我等着。”那人说。

杰夫花三天时间学会了驾驭这条小船，有胆量靠近那座小岛了。他已经可以自信地在小屋后面的那条小溪里划船。他经常在小溪的浅水处搁浅，但知道也不会造成多大的问题。他向那个无名的黑人打听过水流和潮汐的事，并查了当地的地图，在上面找到了那座岛。他给自己买了一顶帽子保护脑袋。船来到水面上，阳光反射上来，烤得他的脸和眼睛特别难受。他还听到了几首以前没听过的歌。“是福音歌曲。”那人回答道，“她唱给教堂听的。”不知这个“她”是谁。男人对杰夫没有好奇心，杰夫对他也一样。

一天早晨，杰夫上了船，把船推离船坞，掉转方向，顺着后面那条小溪往岛的方向划去。他在一个纸袋里放了三明治，还带了两罐苹果汁。他知道在水面上会有多渴。

他顺着长满芦苇的沼泽往远处划。没过多久，他就看不见人烟，也听不见人声了。他只能看见密密麻麻的低矮的芦苇丛和上面白茫茫的天空。偶尔有一只鸟在他靠近时突然从隐身处飞出来。他能听见海浪在小岛另一边的拍打声，以及他的船桨在水中划动的声音，更衬得四周寂静。

杰夫清晰地记得他看过的地图，当小溪汇入那条隔开岛屿与大陆的深水溪时，他毫不犹豫地向北划去，尽管如此，眼前陌生的景象还是令他吃惊。潮水涨了，海水看上去深不可测。朝岛的方向望去，草丛后面是一片片树木和灌木丛：看起来很荒凉、很危险。他害怕了。

他在船里总是有点儿害怕。事实上，这也是他喜欢船的原因。这种恐惧来自外面，来自对环境的不熟悉，来自离人群太远，如果他喊救命，没有人会听见。他沉没在这种恐惧中，像游泳时浸入水中一样。因为来自外界的恐惧使他忘记了内心的恐惧。而他内心的恐惧随时都可能占据他、席卷他，他唯一能应付的办法就是逃避。划着小船，独自一人在水面上。

第一天，他只往深水溪里走了半英里。然后，他抛下他买的十磅重的锚，静静坐着。船在狭窄的溪流里轻轻摇晃。他坐在那里环顾四周，倾听各种声音，随着环境变得熟悉，他的心情慢慢轻松起来。那几天他在小溪里也是这么做的：他把船划出去，当自己感到害怕、没有勇气克服时，就抛下锚，静静等待。

杰夫吃着三明治，喝着果汁，看着潮水退去，水面下黏糊糊的草茎渐渐露了出来。他坐在船板上，背靠船帮，一边看着，一边听着。一阵翅膀的沙沙声，宣告了一只大蓝鹭的到来。大鸟落在离小船几码远的地方，开始沿着水边走，它长长的喙往下指着。它的腿更像是管子而不是腿，在膝盖处向后弯曲，所以它看起来是在向后移动，或是想要向后移动，而实际上它是在往前移动，或只能通过向后弯曲的方式往前走。它时不时地会停下来，一动不动地站着，然后把喙伸进浅水里，脑袋摇晃两三下，一口吞下整条鱼。

杰夫注意到，蓝鹭总是独来独往。它们退潮时在沼泽地的边缘捕鱼。它们在浅滩上悄悄行走，扁平、细长的三角形脑袋冲着下面，对准猎物藏身的地方。这条蓝鹭行走了一百码左右来猎食，接着退回去，站在草丛中，把自己掩护起来。蓝鹭在陆地上是笨拙的大鸟，飞翔时张开长长的翅膀，脖子缩在胸口，双腿直直地横拖在身后，盘旋着掠过陆地或水面。

接近黄昏时，杰夫沿着小溪往回划，一直划到船坞那儿。最后一班回城的公共汽车在日落时分离开。

一星期后，他真的登上了小岛。他把船绑在一个废弃的船坞的桩子上，船坞位于一座被烧毁的房子旁杂草丛生的草坪下面。泥滩上栖息着陆地蟹。它们的洞有五十美分硬币那么大，使褐色海岸看起来像瑞士奶酪。螃蟹出洞来到太阳底下——为了找东西吃，杰夫想。当他第一次从远处看到它们时，还以为是大甲壳虫，走近了看见它们纷纷钻回自己的洞里，才认出它们是螃蟹。杰夫第一次登上小岛时，谨慎地观察了那些螃蟹半个小时，才把小船靠过去，绑在船坞上。不出他所料，他刚把脚踏上泥泞的岸边，踩着滑腻腻的泥巴走进芦苇丛，那些螃蟹就迅速钻回了洞里。

开始几天，杰夫只待在房子的外面，大着胆子走过那片荒芜的地方，它原先肯定是一片被精心侍弄的草坪，如今却爬满了藤蔓，槲树上的寄生藤像老人的胡子一样垂挂到地上。

渐渐地，在偶尔下雨的日子里，杰夫沿着他发现的一条从房子后面延伸出去的双车辙小径，向岛的深处探险。密密麻麻的树林包围着他，低矮的桃金娘灌木，处于不同生长阶段的美洲蒲葵，还有忍冬和松树。这些天，他在游泳裤外面加了一条牛仔裤，他穿了一件长袖衬衫，因为蚊子在茂密的树林里总无情地叮咬他。他把帽子留在了船上——阳光无法穿透亚热带的植被。他手里拿着一根枯树枝，小心翼翼地向前走，对陌生和孤独的恐惧从未完全消失。

他发现了一个池塘，一个狭长的池塘，很大，可以被看作一个湖。杰夫坐在池塘边，一边注视着一条变色蜥蜴，一边用手驱赶一团团小蚊虫。他突然看见对面的浅岸上有一根圆木在移动：是一只鳄鱼，跟草下的淤泥一样的褐色，缓缓地滑入水中。

杰夫顿时跳起来，撒腿就跑，脚步啪啪地跑过已经熟悉的小径。他不管自己正在发出多大的声音，一口气跑回来，爬回到小船上。一只鳄鱼！

他坐在船板上，用颤抖的双手抱住脑袋。一只鳄鱼。他在出汗，胸口剧烈地起伏着。他从来没感到这么害怕过。

过了一会儿，太阳晒得他很热，他脱掉了衬衫和鞋子，又脱掉了长裤。他把脚轻轻地从船边放下去，踩了一会儿水，小心地不让脚碰到河底的任何东西，感到凉快了之后，翻过船帮，回到船里。

一只鳄鱼，天哪。他从来没想过——他想到过蜘蛛、蛇，甚至会咬人的乌龟，但从来没想到会有鳄鱼。他曾听见一座小屋里有个女人在唱歌，有一首歌里就唱到了鳄鱼："俗话说得好，鳄鱼叫，雨水到。"那天，杰夫在船里吃了午饭，然后把船划到了船坞。他及时赶回到城市，在图书馆里查看了鳄鱼的资料，想知道鳄鱼的出现会在多大程度上阻碍他探索那座小岛。

唉，他应该直接去甘博家的，因为梅洛迪回来了。他一开始并不知道。他走进凉爽的门厅，拿起教授星期五寄给他的信。他没有听见她的声音，只听到了电视声。他打开信，看了看托马斯兄弟寄来的关于拓印图的明信片，然后展开那张黄色的纸，把十美元钞票装进口袋。这封信比较长，有三行粗大的斜体字："希望你两星期后回来。请告知具体日期和时间。卖出了一本书——想象一下——见面细谈。"

只有两星期了。杰夫想他能够熬过去，他想，一旦回到巴尔的摩就会感觉轻松一些。想到这里，甘博一家对他所表现出的无边的冷漠开始从他内心泛起，似乎要把他淹没。"卖出了一本书。"他在自己的脑子里大声说，"不知道这是什么意思。"听起来教授很兴奋，这在他来说倒是难得。杰夫想也许应该给教授写一张明信片去问问。他想也许现在就可以买一张寄出去。还要贴一张邮票，他提醒自己，当他计划去哪里买邮票时，紧张的情绪似乎减轻了。

然而就在这时，梅洛迪来到了楼梯口："杰飞？"

杰夫没有力量离开了。她就站在那儿，离他这么近，用不确定的声音问他，弯弯的头发拢在美丽的脸庞周围。他拼命克制自己，才没有跑上楼梯，一把抱住她。"你好。"他说。

"快上来，杰飞。我想跟你谈谈，单独谈谈。"

她走进杰夫的房间，只有梳妆台上的发刷和梳子以及插在镜子边缘的那张他自己的照片，才表明有人住在这里。他把照片竖在那里提醒自己——提醒什么呢，他不知道，可是每当他看着照片时，内心里寒冷、潮湿的感觉就凝成了冰，也就更容易应对了。梅洛迪盘腿坐在他的床上。她用裙子罩住膝盖，拍拍她旁边的地方。杰夫讨厌自己无法抵抗她，无法抵抗一种强烈的幸福感，他坐了下来，但是他不想看着她。

“哦，杰飞。”她把手放在他的下巴底下，把他的脸托起来转向她，“这不是你想要的样子，是不是？”

“无所谓。”杰夫说。只要记住她对他的伤害有多深，他就不会有事了。

“我明天又要走了，不等我回来，你就要离开了。”她说，声音里透着悲伤。

杰夫忍不住问道：“你非走不可吗？”

“当然啦，如果不是非去不可，我会去吗？马克斯要写一篇文章，关于阿巴拉契亚山区，关于农村的贫困——但是不要告诉甘博。”她看着他的眼睛，调皮地笑了笑，“她以为是我在写文章。她不知道，就不会受伤害。但是你在做什么呢？哦，我真想你，一直都在想着你。”她说。

杰夫知道不能相信她，可是他多么希望相信她啊，于是他说：“我可以带你出去吃饭，就我们两个人。”

听了这话，她笑了，高兴地拥抱了他一下：“不管怎样，你还是爱我的，但是我们不能，这会让甘博伤心的。你不愿意那样，是不是？她只有我们，你知道的。”

杰夫点点头。

“所以我们今晚必须待在这里，虽然我们俩单独在一起肯定会很开心，哪怕只有这一次。不过，你这段时间都在做什么呢？欧帕尔小姐告诉我，你总是不在家，她如果看不见你就不给你摆餐具。你没有惹上什么麻烦吧？”

“没有。”杰夫说。他张了张嘴，想跟她讲讲那座岛，那条船，还有小溪边的房子里住的那几家黑人。

“你真应该跟我们一起去的。”她没有给他时间说话，“我们在山上——准确地说，是在小山丘上——那里的景色特别美。但普韦布洛人生活得很不体面，厕所在户外，垃圾遍地。全家人挤在一间屋里，煤烟散不出去。每当我想到我们对印第安人做的事情……”她继续往下说，说到新墨西哥州的情况，以及那里的印第安人该何去何从，需要多少帮助。杰夫听着，没有让自己思考。因为她的问题根本不是提给他的。最后，她放慢了语速。“你就要回巴尔的摩了，是不是特别难过？”她问，“我每次都是。”

杰夫看着镜子上的那张照片。

“不难过。”他说。

“杰飞，你这么说太不应该了——毕竟大家为你做了这么多。我希望你不要这样跟甘博说话，那会让她伤心的。说实话，我就感到有点儿伤心。”

杰夫内心的什么东西爆发了。“不要骗我。”他对母亲说，“我不相信你。如果你真的在乎，就会留在这里，就不会明天又要离开，也不会对甘博撒谎，而且——”他在惹她生气，他看得出来，但他停不住，“我不喜欢你说谎的样子。你说得好像教授很糟糕，其实糟糕的是你自己。你那样对待别人。”他说，“你为了得到你想要的东西，对他们撒谎。”

大滴的泪水顺着梅洛迪的脸颊滚落。杰夫并不在意。他从床上下来，走到窗边站着。

“我让你不开心了。”梅洛迪说，“真对不起，杰飞。”

“我没有不开心。”杰夫撒谎道，“我只是不在乎。”

“就像你的父亲。”

“不要这么说。不要每次想批评我的时候都这么说。他没那么坏。”

“好吧，他差点儿让你死于肺炎，就因为他根本没有留意，你对这种男人怎么看？”

“是支气管肺炎。”

“支气管肺炎，普通肺炎，有什么区别？我不明白你怎么还替他说话。这只显示了……”

“显示了什么？”杰夫问，他也很生气。他从来没有和人吵过架，这感觉出奇地好。

“显示了男人总是和男人站在一边。我应该明智一点儿，不把你弄到这里来的，但是我太同情你了——你不得不跟他生活在一起，生病了也没人注意，我第一次听说后是哭着睡着的。我想我至少可以给你一点儿帮助，但男人总是站在男人一边。”

“愚蠢。”杰夫说。他的声音在耳边很响亮。

她从床上跳下来，双手叉腰站着：“你是在说我愚蠢吗？你什么都不知道！你对这个世界一无所知。你父亲躲在他的象牙塔里，安全，稳妥，什么都没有教过你，没有教你懂得危险和这世上的事情，有些人过着怎样的生活，我们在为这个世界做着什么——可你却说我愚蠢。也许我真的愚蠢，我蠢就蠢在嫁给了他，这是我做过的最愚蠢的事情。也许生男孩算得上头号大蠢事。我本来想要一个女孩。这你不知道吧，但你应该能发现的，既然你这么聪明。如果你是个女孩，当初我离开他的时候就会带你一起走了。怀孕的时候，我以为你是个女孩，我当时非常肯定。”

“哦，是吗？”杰夫立刻回答。他不知道说什么才能让她明白他知道她想把他击得粉碎。他看得出来，她故意想伤害他，伤害得越重越好。接着他想到了一件事：“是啊，马克斯对我说了你为什么结婚，那是因为你当时不得不结婚。所以你什么都别怪我。你可能对教授也撒了谎，他也许甚至都不是我父亲。”

杰夫不知道这念头是从哪里冒出来的，这念头一直藏在他冰冷、黑暗的内心世界的某个角落里。

梅洛迪的手伸向自己的喉咙。她的眼睛那么大，那么灰。“他是你父亲。”她说，声音冰冷。她这么说不是为了让杰夫感到好受，杰夫知道。因此他知道她说的是实情。“要不是不得已，我是绝不会嫁给他的。这点你完全可以相信。”

杰夫说了他唯一能说的话：“走开。请你走开。”

她离开了。杰夫在窗前站了很长时间，气得浑身发抖。他曾经那么小心翼翼地想把自己的所有小碎片拢在一起，现在又全碎了，在身体里哗啦哗啦乱响。悲伤再次涌上心头，他感到很害怕。他本来以为，如果他能把自己的想法都说出来，如果他有足够的力量做到这点，他就会好起来，然而没有。

他强迫自己下楼去吃晚饭，不然甘博的感情可能会受伤，他没有理由伤害甘博。不过，他想他能熬过和梅洛迪一起吃晚饭的过程，反正也没人注意到他，她们可能也看不出他心情有多糟。

但是在餐桌上，梅洛迪假装什么也没有发生。她坐在他旁边，一直试图握住他的手，好像他们之间没有任何改变。她是在演给甘博看，显示她多么爱杰夫，杰夫多么爱她。

杰夫觉得心碎了，伤痕累累。他看着她的时候，她笑着直视他的眼睛，所以他尽量不看她。他本来以为自己把一些情绪发泄出来了，便已经不再脆弱，甚至也许不再生气，但他心里还有一些类似愤怒的感觉。他恨她，他想。当她离开餐桌去接电话，回来说有人邀请她去参加一个聚会的时候，他知道自己真的恨她。没有人介意她离开，不是吗？她在征得甘博的同意后，吻了吻甘博的头，也吻了一下杰夫的头顶，她的香水在他周围的空气中弥漫。

他想：鳄鱼是在靠近水的地方，只要他远远地躲开那个内陆池塘，就能够继续在小岛上探索了。而且，即使被鳄鱼抓住又有什么关系？至少那样的伤害会使他无法再去想梅洛迪。因为他开始痛恨自己这样脆弱，这样容易被她击碎。

第六章

在离开查尔斯顿的前一天，杰夫越过一个低矮的沙丘，沙丘上长满了灌木丛。他看到海滩向南延伸，东边是一望无际的大海，海浪拍岸，矶鹬紧张地在海浪的边缘捕鱼，三只鹈鹕在水面上排成一行飞过。他呼吸着腥咸的空气，海风吹拂他的脸。他看见茫茫的世界里只有他一个人。

时间是上午十点钟左右，天气很热。杰夫跑下沙丘，直奔水边。他看到北边有一片狭窄的土地和波涛汹涌的海浪，岛的边缘水流湍急，那是小溪汇入大海的地方。南边是绵延不绝的白色沙滩，宽三十英尺。杰夫往南跑去。他不得不跑，他不知道还能用什么方式来庆祝他在这里寻找并且找到的东西。矶鹬和海鸥在他跑近时纷纷飞起，又在他身后重新落下。他跑得筋疲力尽时，开始走路，走了一英里又一英里，周围杳无人烟。海浪在他身边摔碎，他抵挡不住在浪花中行走的诱惑。后来他发现肚子很饿，就转身走了很长一段路回到沙丘边，那里放着他装满食物的牛皮纸袋。

下午的时光在他身上轻抚。他坐在水边看着。看鸟，看海浪，有一次，几只海豚在他眼前跃出水面，光滑的后背呈弧形。他脱掉衣服，涉水下去游泳。他躺下来，在细沙上把身体烤干，先是趴着，然后仰面躺着，沉浸在不知疲倦的风声、干燥温暖的沙子、炙热的阳光，以及周围浩瀚辽阔的孤独之中。

影子越来越长，温度开始下降，他知道该回到小船那儿去了，可是他做不到。他没有决定在这里过夜，然而他又实在舍不得离开海滩。渐渐地，他知道自己会错过最后一班汽车。那也无所谓。

杰夫又在海滩上走了走，这次他捡起了一些海胆。海胆平躺在泥滩上，被冲刷成白色，他还捡了些带螺纹的海螺壳。他把这些跟空纸袋和折好的衣服堆在一起。然后，他坐在海浪的边缘，发现彩色的小胭脂虫翻着跟头落进他用手挖的小水坑。脆弱的软体动物随着海水一起把那些小水坑灌满。

在他的背后，太阳落山了。天空的颜色倒映在大海里，从橘黄色到粉红色，再到浅蓝色，再到深蓝色，再到黑色。星星——数百万颗星星——出来了。月亮升起，是刚过满月的月亮，用忧伤的月光照着水面。月亮在海上形成的那条小径银光闪闪。

杰夫饥肠辘辘地睡在海滩上，但这无所谓。他醒来时看到一片烟灰色的天空。所有的星星都黯淡了，除了那颗金星——晨星，低低地悬在东方的地平线上，又大又白。它也照亮了这里，在水面上形成一道窄窄的银色小径。杰夫坐起来注视，注视着天光和日出。夜里风向转西，风被岛内的空气加热后，从后面吹进他的耳朵。他看到离岸几百码外的渔船，那么遥远，看上去就像一个个玩具。整个上午他都在走，穿过退潮时留下的沙洲间的水坑，一直走到岛的南端。然后他转身走回去。

他觉得——被洗净了，治愈了。他觉得如果能在这里生活，他就会没事了。他觉得以前好像从来没有活过。他觉得非常轻松自在，仿佛回到了一个可以做自己的地方，不需要任何隐藏，甚至不需要对自己伪装。他在沙滩上边走边想，觉得大脑仿佛刚刚从长时间的沉睡中醒来，想跟着海浪一起奔跑，看看能跑多远，跑多快。

他回到自己放衣服的地方，把衣服穿在身上。他从收集的贝壳里挑了一个完美的海胆，然后走回去，把其余的贝壳轻轻扔进了海浪里，归还给大海。他把纸袋塞进牛仔裤的后袋，用手轻轻地捧着那个海胆。

在沙丘的顶上，在正午的耀眼阳光下，杰夫转过身再看最后一眼。他用眼睛饱览着这里的景色，想把它一起带走，空荡荡的海滩，拍打沙滩的汹涌的海浪，动荡不平的大海。

他以最快的速度穿过小岛，远远地绕过那个鳄鱼池塘。来到通往那座被焚毁房屋的车道时，他跑了起来。他的飞机八点钟起飞，他还要收拾行李，叫出租车。当他再次坐进小船，桨已经拿在手里，还没有浸入水中把他带离小岛时，杰夫又回头看了看。他没有看见那些忙碌的陆地蟹，也没有看见杂草丛生的小岛；他看见了海滩，知道小岛就在那里，就在视线之外，他把它的样子清晰地铭刻在内心。哗啦一声，桨落进水里。在他身后，一只蓝鹭大叫起来——杰夫迅速转过头。

蓝鹭从芦苇丛里飞起来，对着杰夫，对着全世界，发出因受到打扰而不满的叫声。它的腿在水里拖了一会儿，然后腾空而起，掠过杰夫的头顶，有力的翅膀发出呼啸的声音。它落在废船坞的远端，用两条高跷似的腿站着，长长的喙指向水面。别来烦我，蓝鹭似乎在说。杰夫划着船，顺着安静的小溪离开了。蓝鹭没有看着他走。

第二部

第七章

教授站在友谊机场的人群里等待。他的个头比大多数人都高，杰夫首先看见的是他的眼镜，然后教授举起一只手，杰夫向父亲走去。

教授的棕色绉纱西装皱巴巴的。他没有系领带。他看着杰夫，好像很久没有见到杰夫，需要重新回忆起他的模样。杰夫在内心里给自己建立了一个地方，一个圆形的塔屋，没有任何窗户。在那个小屋里，锁着他在小岛海滩的记忆，那些白天和夜晚的所有记忆。他已经发现了怎样走进那个小屋，关上弧形的门，并用门闩把它闩住。

“还有两天就要开学了。”教授说，“你还有什么事情要做吗？去一趟大洋城什么的？”

杰夫摇了摇头。

“我们去拿你的箱子吧。你过得开心吗？”

“还好。”杰夫说。他们跟随人群，顺着中央甬道往前走，然后从自动扶梯来到行李提取处。

“我们肯定得给你买一整套新衣服了。”教授说，“你看起来好像胖了，个子也长高了。”

“嗯。”杰夫说。

“那么，”教授说，“有什么新鲜事吗？”

“没有。”

教授等了很久，问道：“你妈妈好吗？”

愤怒的情绪在杰夫的塔屋外涌起，一阵黑压压的滔天巨浪。“她很好。”他说，把屋门关得死死的。小屋里延绵着几英里孤零零的海滩，是一片开阔而宁静的地方。只要杰夫能在这里，他就是安全的。如果没有这个小屋，他害怕自己会做出什么，说出什么。如果没有这个小屋，他就会分崩离析，就像音乐被打碎成单独的旋律，旋律变成音符，音符爆炸成互不连贯的声音，声音消散在茫茫的空间里。

杰夫想，如果他脑海里没有那个小屋，一堵锋利的石墙就会出现，他就会站在墙前，使劲地用头撞墙，直到他的头像南瓜一样爆开。

保护这个小屋成为他每天唯一要做的事情。他无法弹吉他，也无法仔细地打量教授或他们一起居住的房子，因为所有这些东西都会分散他的注意力，使他无法专心守住屋门。幸好，教授没有对他多说什么，他忙于应对自己的生活。在学校里，班上的男孩子也不理会杰夫。老师们也不管他，只要他在课堂上保持安静就行。不过，当他们叫他回答问题，发现他什么也答不上来时，他们还是用生气、怀疑甚至同情的目光看着他。这些都对杰夫没有任何影响。如果做了作业，不管做完没做完，他都把它交上去。他甚至没有注意到班上的其他男孩。

杰夫无意间发现了他唯一能做的事，唯一能在塔屋之外做的事。十月的一个星期六下午，他发现自己溜达到了游乐园。他口袋里有钱，就买了两张票，去坐过山车和八爪鱼。那种速度和俯冲的快感，就像在海岛沙滩上的感觉一样，令他兴奋不已。他一次又一次地坐过山车，独自一人在车厢里，在细细的铁轨上掠过城市的边际，缓缓地上升、上升、上升，爬上一个陡坡，最后过山车终于越过了山顶，开始急速跌落，令人头晕目眩，无法控制。

八爪鱼是在室内，在一个巨大的类似仓库的建筑里，里面还有一个旋转木马、一些童车、碰碰车、食品摊和一个宾果游戏厅。八爪鱼不断地转圈，中间的圆形下面是电动机，八条金属手臂从这里伸出去，每个手臂的末端有四个圆形车厢，就像海星身上的吸盘。在转动着的大八爪鱼里，这些车厢绕着各自的轴旋转。旋转时它们彼此离得那么近，眼看就要相撞了，却从来没有撞在一起。铁臂转动，车厢旋转，音乐响起，彩色的灯光在头顶上闪烁，就像阳光的碎片洒在杰夫的身上。他独自坐在车厢里，面对另外三个空座位，戴着太阳镜，不让任何人看见他，双臂张开搭在椅背上。当车厢的旋转加速时，如果他放松下来，如果他专注于头顶的彩色灯光和耳边呼啸而过的风，他就会感觉自己——差不多——

又回到了海滩上。

就像是在重新找回一个梦，而杰夫再也无法体会到曾经有过的那种感觉，但这是最接近的了。第一天，他在公园里待了几个小时。他每个周末都去，逐渐地，平常的日子也去，因为他发现这并没有什么区别。随着天气转冷，游乐园关闭了户外的游乐设施。没关系，反正杰夫只想坐八爪鱼。室内的游乐设施整个冬天都开放，所以对杰夫来说不会有问题。他对内心那个小屋的门时刻保持警惕，唯一可以放松下来的时候就是身体随着八爪鱼的旋转而转动，汽笛风琴的音乐淹没了人声，碎棱镜映出的色彩洒在他的身上。

杰夫知道，在他的塔屋之外的某个地方，他的功课不及格，但教授不知道，因为杰夫在成绩单上伪造教授的签名。他赶在教授之前查看邮箱，把大学附属小学寄来的信都直接扔掉。杰夫从来都不清楚当天是星期几，所以他觉得自己不算是在逃课。有些日子游乐园里人比较多，有些日子人比较少。秋天过去，寒冷的冬天到来了，圣诞节那天游乐园关门。然后游乐园开放，杰夫又有地方可去了。

在隆冬的一个下午，杰夫独自坐在八爪鱼的圆形座位上，在彩色的灯光瀑布下旋转。而在他的内心深处，他是置身于那个塔屋里的。他几乎能尝到空气中的盐味，几乎能感觉到正在洒向他全身的阳光。这只是近似的感觉，但蕴含了太多的内容，比什么都没有好得多，于是他集中意念，让自己沉浸其中。

车子停下后，他小心翼翼地从座位上站起来。只要动作慢一点儿，就不会打碎他内心的专注，即使去补票的时候，这专注也不会动摇。因此，当听到有人叫他的名字时，他猛吃一惊，就像有人猛抽了他一记耳光。他惊恐地转过身去。

教授就站在门外。从英国回来的托马斯兄弟和他在一起。杰夫四处张望，想找个地方逃跑，不能被他们抓住。他们会伤害他的，他知道，他也知道自己是多么容易受伤。没有路可以逃出去，所以他站着不动，躲在内心的塔屋里。他在塔屋里很安全，就让他们来抓他好了。

两个男人分别抓住他的一条胳膊，把他带出了围栏。托马斯兄弟站在他面前，盯着他的眼睛。杰夫垂下眼皮。托马斯兄弟用温柔的手指拨开他的眼皮。托马斯兄弟看上去既担心又困惑。“你有什么事吗？”他问。

杰夫摇了摇头。

教授的手放在他的肩上。“我担心极了。”教授说。

“对不起。”杰夫说。

他们都出了公园，上了教授的车。杰夫坐在后面，但他们俩都转过身来盯着他。“你这会儿应该在参加数学考试。”教授说，“你昨天错过了英语和地理考试，杰夫。我不明白。他们打电话给我，校长亲自打的。”他什么都知道了。

“对不起。”

教授看着托马斯兄弟。“送他回家吧，霍勒斯。”托马斯兄弟建议，“送他回家，给他吃点儿东西，让他跟你谈谈。”

他对杰夫说："你父亲不想管束你，因为你愿意一个人待着。但是你必须告诉他，不管是什么事。"

杰夫什么也没说。反正开车回城里需要一小时，他有一小时的时间留在被阳光晒白了的海滩上，那里海浪拍岸，浪花漫延。

当他们在厨房的小餐桌旁面对面坐下，杰夫吃完了他的花生酱黄油果酱三明治，教授煮了一杯咖啡之后，教授说道："对不起，杰夫。你必须把一切都告诉我。你变了，我不知道是怎么回事。我不认为是毒品——我认为你不会那么愚蠢——但是据说这很难讲……看着我，杰夫。"他让杰夫与他的目光对视："我担心的不是功课。我没有生气，我是害怕。把你的烦心事告诉我，我们会想出最好的办法来解决它。"

"我很好。"杰夫告诉他，"什么事都没有。"

"不，你不好。我不是一个称职的父亲，但也能看出这一点。你整个人都不在这里，是不是？你的样子像是在一百英里之外。你在哪儿？"

"对不起。"杰夫说。

教授靠在椅背上。他看着杯子里的咖啡。他把眼镜往鼻子上推了推，说话时，声音里毫无表情："我暗暗地想，从你的表现来看，可能是因为梅洛迪。我想肯定与她有关。根据我自己的经验，我推测她对你说过——唉，这只有梅洛迪能做得出来——她说她不爱你，而你认为她是爱你的。”

杰夫看到自己的手攥成了拳头，他的心也抽紧了。他开始说话，语速很快：“我告诉你我去了哪里。最后一天，我去了一片海滩。最后一天的整整一天。有一座岛，是那里的一座海岛，岛上没有人。我有一条船，是我买的。我以前没有探索过那么远的地方，我在那里过了一夜。我发现——它是那么美丽。岛上只有我一个人。我在那里待了一天一夜，还有第二天的半天。我有一个海胆，是我在那里找到的，就在楼上，我可以拿给你看。”他低头看着自己的拳头：“我能记得那儿，我随时可以去，在心里。”

“最糟糕的不是梅洛迪离开我的时候。”教授说，“最糟糕的是之前的那几年。因为我不知道我可以那么恨一个人，我不知道我可以那么生气，除了专心工作，我不知道该怎么办。我不知道一个人可以把另一个人伤得那样深，就仿佛她把刀插进了我的身体，那种日本武士刀，你知道我说的那种吗？沉甸甸的，刀刃锋利——带有弧度——她把刀插进我的身体，然后她……把刀旋转着往里推。”他把一只手搁在肚子上，回忆着。“我无法从那种感觉中解脱出来。我不知道自己会有多害怕，一直惶恐不安。可是每当我们需要一起出门的时候，她会笑眯眯地对我说话，耐心地听，用那种眼神看着我——当时我真想打她。”他说，声音低沉而羞愧。

杰夫低下头，把脸靠在两个拳头上。

“当我发现她对我说了很多谎言时，才终于意识到她一直在对我撒谎，关于我的讲座，关于她交过的男朋友。即使在发现我知道之后，她还是会撒谎。我恨她。还有她欠下的账单，她问也不问，说也不说，后来我知道了，她就会说她一直留意着，只是——不小心忽略了。我知道在别人眼里我一切正常——也许比平常更像一个老古板，也许比平常更乏味——其实我的内心一团乱麻，一直都是，因为我非常恨她，也恨我自己，而且我很害怕。”

杰夫抬头看着父亲。

“杰夫，我没想到她也会那样对你。”教授说，“但她就是那么做的，对吗？”

杰夫点点头。他知道自己在哭，但不知道该怎么办。教授也不知道。他只是坐在那里等待，最后杰夫站起来擤鼻涕。

“谎言。”教授说，“那才是真正让我害怕的东西。即使是现在，我一想起她——想起她说的各种话……我不知道她对你说了什么，但是因为有你，我从来不后悔娶了她或爱过她。你使这一切变得不同，使这一切有了真正的意义，从一开始就是。我内心里一直知道这一点，但是我没有费心学会怎样让你知道。对不起，杰夫，我应该多费些心思的。”

杰夫不知道该说什么，甚至不知道该怎么想。他可以看到早些年时的父亲，好像很熟悉，也看到了父亲所看到的：儿子并没有因梅洛迪的离开而改变，一切都跟以前一样，其实，因为梅洛迪抽身离去，带走了她的光芒，一切都已然改变。他能看到教授的日子在当时是什么样子：漫长，空洞，需要忍受，直到慢慢习惯，日复一日地等待，让自己习惯。他也能看到教授现在的样子，看到教授此刻所看到的——父亲在为杰夫感到恐惧和担心。杰夫知道了这点，他突然间清楚地知道了这点，就像教授大声说出来了一样。他能够感受到这些感觉，不管他愿不愿意。他能看到教授所看到的，就像教授自己看到的一样。

“杰夫，拜托你说点儿什么吧。”教授说。

“她对我说，她想要一个女孩。她对我说，如果我是一个女孩，她就会带我一起走。”

听了这话，教授笑了。声音颤抖，但确实在笑。“她仍然在说谎。”他说，“而且，我不会让她把你带走的。”

“真的？”

“真的。我也许是个老古板，但我不是傻瓜。”教授对他说。他从桌旁站起来，从罐子里舀了些咖啡放进咖啡壶的顶部，然后注入沸水。杰夫把自己的盘子洗干净，倒了一杯牛奶。

“你说的是什么船？你怎么会有一条船？”教授用正常的声音问道。

“用你寄来的钱买的。那不是一条像样的船，只花了十五美元。再加五美元，可以把它系在船坞上。只是一条小破船，连油漆都没涂。”杰夫想起了刚学会划船时的那种感觉。他记得自己每天都会划得更远一点儿。“我花了一些时间来适应，让自己不那么害怕。我用同样的办法探索那座小岛。有许多东西可以看。在我离开的那天，我看见了一只大蓝鹭——你见过蓝鹭吗？”教授没有见过。“它们又美丽又丑陋——笨头笨脑——从我的头顶飞过，直接从我的头顶飞过，因为我打搅了它，但它落在了不远的地方。我划船离开时，它还在那儿。它并没有在意我。”

“现在小船在哪儿？”

杰夫看着父亲：“我把它弄沉了。”

“你说什么？”

“我不想让别人——得到它。我不会再回去了。”

教授现在平静多了，他思索着。“你回来以后就没弹过吉他，是不是？”教授觉得很难对杰夫说出他想要说的话，也不容易让杰夫明白。但是教授正在这么做，尽着他最大的努力，强迫自己。因为杰夫对他来说很重要，杰夫现在也看到了这一点，知道这是他可以依靠的。他感到自己正放松下来。

有一段记忆，曾和杰夫不愿想起的其他事情一起被封锁在某处，此刻突然像浪头一般袭来。“你告诉过我，你卖出了一本书。”

教授显出一脸惊讶的样子。

“你说过的，在你的一封信里，最后一封。怎么回事？”

教授不知道该说什么。杰夫能看出来。他现在想起了这件事，他不明白教授为什么在杰夫回来后就没有再说起这本书。

“告诉我。”杰夫问，“除非你不想说。除非交易已经黄了？”

“不，我想说，只是……我以为你不感兴趣，我以为……”

“对不起。我只是忘记了。你是说……你写了一本书——要出版了？”

教授点了点头。

为什么他看起来很尴尬？杰夫不明白。

“这是一本什么书？”

“类似于历史书，传记，将于明年秋天出版。目前我正在修改。”

“是大学出版社要出版它吗？”

“实际上，”教授看上去更不自在了，“不是一家学术出版机构，而是普通出版商。”

“这难道……有什么区别吗？”

“显然是有的。它是……面向普通公众的。”

“那一定很好。”杰夫说，“是什么内容？”

“一系列短的传记。只是几个——引起我注意的人。”

“我能读一读吗？”

“我考虑过。我希望等你满十五岁了再读。我想——那时你就够大了。你能答应我吗？”

“当然。我保证。书名是什么？”

“《地球的贵客》。不是一个很学术化的书名。我不确定，也不能保证书里的学问很扎实。我认为他们担心它太学术化了。我不知道谁会愿意读它，但那是他们的事。我的意思是，他们买下了它——这意味着我们有了一些额外的钱，当我把书稿修订完，拿到后一半的预付款时，我们的钱就更多了。这给了我们一些回旋余地。托马斯兄弟说的。”

“什么回旋余地？你不感到骄傲吗？”

“我很骄傲，是的。好吧，有时候。这对我来说是一个很陌生的领域，杰夫。回旋余地，是关于你，关于学校，关于我们怎么安排上学的事。他们告诉我，你今年不能升级了。因此，我们必须决定该怎么办。”

杰夫又开始感到害怕。“这无所谓。”他说。

“你把船弄沉了？”教授问，“你是怎么把船弄沉的？”

“船很旧了。我用船桨砸烂了船板。它一点儿也不结实。然后我游到船坞那儿。”

“我会尽力处理好的，杰夫。”教授说，“不管我们决定怎么做。”

一月过去，二月到来，一个星期的温暖天气之后，是零星的暴风雪和雨夹雪，教授却没有对杰夫采取任何措施。杰夫待在家里弹吉他。托马斯兄弟经常来，他即使有什么关于杰夫的话要说，也只对教授一个人说。他给杰夫带来一本厚厚的歌曲集，是一个叫查尔兹的人在英国收集的。杰夫把大厚书放在一边，留待以后再看，继续复习那些他曾经能弹得很好的歌曲。

二月中旬，教授带杰夫去见了大学附属小学的校长。两个男人谈话时，杰夫沉默地坐着——他穿着灰色的长裤和上衣——目不转睛地盯着擦得锃亮的鞋头。教授想让杰夫退学，校长也认为这可能是最好的选择。他谈起了能力低下的学生所感到的学业压力，但并没有看着杰夫。他建议做一个测试，确定到底有哪些局限，他还建议进行治疗，因为杰夫社交能力远低于正常水平。教授没有提出异议。当他们终于走出办公室，走过大厅，来到外面冰冷的砖头台阶上时，杰夫说："对不起。"

"再看看吧。"教授说，他似乎没在听杰夫说话，"我们再等一段时间，看看再说。杰夫，你不用担心。"杰夫让父亲独自去思索。父亲需要时间好好考虑一番。

他们还去拜访了贝克医生，他给杰夫做了一次完整的体检，然后他听教授讲了杰夫做的事情。杰夫也听着，似乎他们在谈论别人的事情一样。

"听起来似乎有必要做一些心理咨询。"贝克医生说。他说话时微笑地看着杰夫。杰夫什么也没说。

"我想再等一段时间。"教授说，"我没有排除这种可能性，但是我不相信有谁能像我一样理解他的母亲对他产生的影响。"

医生把十指交叉在一起，对教授说："不只是他的母亲。他主要不是由她照顾的，不是吗？"

教授没有马上回答这个问题。"我明白。"他终于说，

“我明白你一定是怎么想的——你是对的，这点我懂。我想我需要一点儿时间，我自己。如果条件允许，今年的时间会比较自由。”他看着杰夫。“我想让他休学，明年再念八年级。换个学校。”

“杰夫？”贝克医生问道。杰夫抬头看着他。他又想起了海滩，想起了鹈鹕怎样低低地在水面俯冲，用结实的喙叼起猎物。“你觉得怎么样？”

“对我来说都无所谓。”

贝克医生端详了他很久。杰夫让自己面无表情，与他对视。

“我也说不好，格林博士。我可以证明他状态不好，而且似乎不应该回去上学——特别是如果这一年已经跟不上了。我不得不说，我强烈建议给他做心理咨询，但是不急，现在还不急。你必须向我保证，如果……怎么说呢，如果有任何麻烦的细微迹象，马上跟我联系。哪怕是没有任何改善，也要跟我联系。”

“我向你保证。谢谢。”教授说，“真希望我能懂得，我想我正在逐渐了解。我们家有个朋友，反应比我灵敏得多——托马斯兄弟。”他看着杰夫抬起的脸。“我向你保证。”他对贝克医生说。

教授一直没有再对杰夫说话，直到走进家门，杰夫正要上楼去自己的房间弹吉他。“其实，我没有办法改变。”教授说。

"没关系。"杰夫告诉他。他已经知道这一点，并且喜欢父亲这一点。

"我在考虑，虽然我不可能改变自己，但我们可以改变一下这个。"教授挥了挥手，指着整个走廊。杰夫没有明白。"你反对搬家吗？"教授问他。

"不反对。"

于是他们认识了一个房产经纪人，她走到哪儿都带着一个大的公文包，用紧张的手快速地记下所有的东西，同时嘴里说个不停，她称教授为"格林博士"。她开车带他们到处去看房子，城里的、郊区的房子。她劝他们不要装修自己的房子。"我想过这个问题，格林博士，光是把房子里里外外粉刷一遍就要几千块钱，你不知道你会把售价花掉多少。我想我们应该把它便宜卖掉。"她开着她的白色大汽车带着他们到处跑，在别人的房子里转来转去。她甚至带他们参观了西郊的一栋豪宅，是用白色灰泥砖砌成的，高高的篱笆里是一个花园，后面是连绵起伏的青山。

"我们买不起。"他对父亲说。

"确实比较吃力。真遗憾，除非你愿意负责让草坪保持平整。"教授说。

"好吧。"杰夫附和道。对于这座房子，他真正喜欢的是那个花园和周围的山坡。

那时候已经是四月了，他们开始往更远的地方寻找。他们驱车向北，但那里的开发速度太快了；向南，但安纳波利斯城市感太强了；他们驶过长长的海湾大桥，到了东岸。杰夫看到了平原的景色，天空像毯子一样在头顶上平展展地延伸，水总是在意想不到的地方出现，他顿时感到呼吸轻松了许多。教授星期五没有课，所以他们周末开着车到处跑，每次都去南边更远的地方，寻找一座他们买得起又看得中的房子。他们在汽车旅馆里过夜，杰夫弹吉他，教授在本子上做读书笔记，或者写讲义提纲。他们和房产经纪人一起找房子，或只是开车在城镇里转悠。他们看到了自己喜欢的房子，却不喜欢周围的环境；看到了自己喜欢的环境，那房子却是他们俩谁也不愿意住的。他们每次喜欢上一个镇子，似乎都会发现镇上没有任何房屋出售，而到了有很多房子出售的地方，却又不喜欢那个镇子。

后来在西边一个隐蔽的角落里，一个经纪人带着他们驱车沿着一条土路来到一座小木屋，它位于高坡上——这片乡村的制高点。一座红色屋顶小屋，只有一个房间，面朝宽阔的小溪，远处是沼泽地，正好就在小溪汇入切萨皮克湾的地方。小木屋只有一个房间，后面有个卫生间，正面的整面墙都是平板玻璃门，可以望见小溪匆匆流过，汇入海湾；远处除了一排低矮的树木，只能看见一片齐刷刷的沼泽禾草的顶部。他们一进屋，老鼠和蟑螂纷纷逃窜。蜘蛛在光秃秃的房顶与房梁的接合处结出复杂的网。一张双层床，一套炉子和冰箱，一个有裂口的水槽，一张桌子，三把椅子，两个折叠床，一个用薄铁皮做的火炉，很多地方都生锈了，还有几大堆报纸——房间里很拥挤。墙壁是光秃秃的胶合板，地上也铺着一块块胶合板。空气潮湿，有一股霉味。

杰夫站在窗口，看着外面，关闭自己的耳朵。他走出来，把两个男人留在里面，看房子、交谈。他顺着小溪往前，走下一道五英尺的泥泞的溪岸，来到一条狭窄的、容不得他躺下的沙地。他不得不在金银花藤蔓和低矮的野樱桃树枝间穿过，所以走得笨手笨脚，发出很大的响动。他脚下一滑，一只大蓝鹭就在他左边发出刺耳的大叫，同时蹿出来，拍打着翅膀飞走了——呱呱抱怨着——落在小溪的另一边。大鸟在那里盯着杰夫。杰夫也盯着它，一动不动，只是嘴角带着微笑。大鸟断定杰夫没有危险，就慢慢地往上游走去，把注意力转向可能发现猎物的浅水区。它高跷般的长腿，弯曲的长脖子，笨拙而完美的身体往岸上移动，远离了杰夫。杰夫注视着它。他注视着它没有找到任何吃的东西，注视着它静止不动，与一棵落入小溪的静止的枯树融为一体。

杰夫回来时，两个男人还在屋里。教授看着他的脸，说道：“你喜欢？”

杰夫点点头，说：“我看见一只蓝鹭。”

“它们在这里很常见。”经纪人说，“你们——都是观鸟者？”

教授记得并理解杰夫的意思：“你把这看成是天意？”杰夫点点头。“好吧，我自己也喜欢。我们再四处走走看看。失陪一下好吗？”他对经纪人说。经纪人掸掉一把木椅上的灰尘，坐了下来，准备耐心等待。

小屋后面长着火炬松、野樱桃树、冬青和沼泽橡树。小屋周围的一小片草坪疏于照料，稀稀拉拉。杰夫和教授走到岸边，低头看着小溪汇入海湾的地方。“会有蚊子。”教授说，“上面只有这三英亩的土地，永远都没有开发的价值。”

“太好了。”杰夫说。

“它孤零零的，你会感到很孤单。”

“没关系。”杰夫等着父亲把主要的缺陷都考虑到。那是教授做事的方式。

“但是我同意你的看法，它就像一个岛，是不是？”

杰夫没有想到这点，他只想到了宁静的水声，那种空旷和安宁的感觉。“我想是的。我真的很喜欢，教授。”

“完全不是我想象中的查尔斯顿。”

“完全不是。”杰夫表示同意，“不过——就像你说的，它很像那座岛。”

“你没有看见鳄鱼吧？”教授的口吻很惊慌。

“没有，教授，我没看见。鳄鱼需要更温暖的气候。我只看见了苍鹭。”

“那么我们最好出个价吧，你认为呢？对天意置之不理是不对的。回房产经纪公司去吧。我们必须再增加几个房间，卫生间完全重做，把那个房间装饰一下，供全年居住，可能还要在车道上铺砾石，以免它在恶劣天气被水冲垮。我认为化粪池系统没问题，他说刚修了两年。还有一个船坞，我们需要一个船坞。”

“做什么用？”

“系你的船。我们快去完成交易吧。”

“我就知道会这样。”经纪人满意地说，“我一见到你们，就知道你们是最合适的人。”

“看来你是对的。”教授说，“离这里最近的是哪座小镇？我们离那儿有多远？”

“克里斯菲尔德。”经纪人说，“直线距离是八英里。走公路的话也许十英里或者更多一点儿。”

“可是你呢，教授？”杰夫脑子里有一张马里兰州的地图。他想起了克里斯菲尔德在哪里，以及它与巴尔的摩的距离：“你怎么去上班呢？”

“我可以安排一下我的时间表，这样每星期只需要离开两个晚上。我可以住在教师俱乐部，或者和托马斯兄弟住在一起。只要你能忍受孤独，就应该不难安排。”

“我能忍受。”杰夫说，“你知道的。”他想父亲可能是在取笑他。

教授买下了这片地产，然后就像他说的那样，卖掉了他们在巴尔的摩的小房子。搬家前，他们对小屋做了许多改造。在厨房对面增加了走廊和两间卧室。拆掉了旧的卫生间，装进一套全新的卫浴设备。对小屋进行了绝缘处理，完成了墙面的修缮。新的双层玻璃门取代了厨房的旧门。他们都想让天花板保持“未完成”的风格，便这么做了。他们把长长的车道分成几段，铺上了牡蛎壳。他们在小溪边建了一个短短的船坞，还修了几级台阶从陡峭的河岸通下去。他们经常开车来检查工程进度，看着那些工人——木匠、玻璃工、瓦工、油漆工，来来往往，听着锯子和打桩机的声音。

托马斯兄弟似乎总能在新房子的事情里找到幽默。“那片荒地有多大？”他问，“杰夫怎么去上学呢——狗拉雪橇？”要么就是，“你准备开荒种地吗，格林老农？”

教授温和地回答了他：“完工后，欢迎你过来参观，光临寒舍。”

杰夫没有称它为寒舍。他暗暗称它为避风港。他们终于在七月底安顿下来，住进了这座三居室的房子，窗外是溪水、树林和天空，他知道他的想法是对的。他们买了一条十一英尺长的小木船，漆成白色，有一个七点五马力的舷外发动机。他带着父亲沿着小溪往上游探险，在倒伏的树木的树枝间穿行，凝望那些小木屋和水边房屋，或者在汇入小溪的一条小河的湿地间迂回穿梭——水很浅，他们不得不抬起发动机，用杆撑船——他知道自己比原来想象的还要英明。教授似乎并不在意所有的不便：离食品店和图书馆很远；在无风的夜晚蚊子像雾一样密密麻麻地飞；当雷雨降临海湾时，必须把燃油灯放在手边，以防停电。有时，教授甚至会主动提出让杰夫带他出去划船。“我需要放松一会儿，要不要去海湾边兜兜风？”在这样的旅行中，他们并不怎么说话，只是四处张望。教授戴着一顶软塌塌的白色三角帆帽子，不让阳光晒到他的脸。他向水面眺望，经常会有鱼儿跃出水面，回报他的守望。杰夫只穿着短裤或游泳裤，研究着海岸线。他在学习鸟类和树木的名字，学习如何在水边扫视搜寻，也许会有一只大蓝鹭站在那里，伪装成一根倒地树的树枝，或者与草丛融为一体。他已经知道，蓝鹭通常栖息在高高的树枝上。如果他晚上出去溜达，让门在他身后砰的一声关上，就能听到蓝鹭从窝里发出叫声——响亮刺耳。它们从不一起飞行，从不共享捕鱼的地盘。他愿意认为它们是用叫声来表达对彼此、对他、对这个世界的不满。印第安人给它们起名叫"暴躁鸟"。

当他们坐在小溪口的船上，被海浪轻轻地推向海湾时，他把这些告诉了教授。"我不知道它们为什么这样紧张。"杰夫说，"并没有什么在捕食它们，是不是？它们害怕什么呢？"

"戴大帽子的女人。"教授说。

杰夫看着父亲的后脑勺。杰夫注意到他的脖子被晒黑了。杰夫总是负责划船，因为教授似乎学不会摆弄船桨。杰夫想弄明白父亲的意思。一条鱼从右舷跳进来。一只雪白的白鹭，在泥泞的浅水里捕鱼，它的路径与两个同伴交叉。白鹭的捕鱼地盘是彼此共享的。"别开玩笑，教授。"杰夫说，"我是认真的。"

"哦，我也是。"教授转过身来，真诚地看着杰夫，"女人戴着的那种阔边花式帽，带有帽针——上面最珍贵的装饰品之一就是苍鹭的羽毛。”

杰夫想了想，又想了想父亲对他问题的回答。他笑了起来，肚子里冒出一个个幽默的小气泡。“太好玩了，你说的话。”

“我也有幽默的时候。”教授回答，然后又转过身去望着水面。父亲很高兴，杰夫知道。

晚上，教授做研究、写作，或者读悬疑小说。杰夫弹他的吉他。他们决定不买电视，而是买了一台音响和收音机，这样就能听到新闻和天气预报。有时教授和杰夫一起待在厨房里，他们把厨房设计成了杂志上所说的家庭厨房，在教授坚持要用的富兰克林炉旁放着沙发和椅子。有时教授在自己的房间里工作。“你又在写书了吗？”一天晚上，杰夫看着父亲在窗前徘徊，望着被夕阳的最后一丝余晖染成红色的水面，杰夫问他。

“嗯？”教授转过身，但没有把目光聚焦在杰夫身上。“我想也许吧。”他说。

杰夫又开始轻轻地弹吉他。教授没有介意，杰夫知道，父亲只给了杰夫一小部分注意力，因为他在想别的事情。杰夫给他在查尔斯顿听到的一首歌确定了背景音乐。他认为需要一种叮叮声，类似于铃鼓的声音，似乎吉他是那种雪茄盒形状的班卓琴。他认为马丁吉他能发出那种声音，只要他能弄清怎么用手指把它弹拨出来。“哦，上帝，你知道，我没有像你这样的朋友。”他唱道。那种感觉有了，但还不完全。“我在这世界上，不再有家的感觉。”

教授悠悠地返回自己的房间。“这世界不是我的家，我只是一个过客。”杰夫唱道，越来越接近他想要的声音了。

他们给杰夫在学校报了名，还给他买了一辆十速自行车，他不愿乘公共汽车的时候可以骑车。辅导员甚至没有问他为什么要重读八年级。教授没有问杰夫是否有力气骑好几英里去学校，但他提出杰夫可能需要锻炼一下肌肉。于是杰夫包起几个三明治，在杳无人迹的道路上长途骑行，这些道路绵延数英里才会有交叉路口。他熟悉了那条通往克里斯菲尔德的平坦道路的每一个路口，熟悉了田野后面的农庄，它们的谷仓不是亮晶晶的铁皮就是亮晶晶的红瓦，小小的农舍紧挨着马路，周围是一簇簇的房车，以及由火炬松隔出的长方形田地。他知道了上学路上那些邮箱上的名字，它们大都竖立在整齐的车道对面，像士兵一样站得笔直。只有一个邮箱无人管照，歪歪斜斜，门总是开着，油漆剥落，上面的名字被磨损了，只剩下“llerma”几个字母。他熟悉了离学校一英里处的购物中心的那些商店——那家大型超市里面，不仅卖药，还卖学习用品，甚至一些服装，还有小镇中心的比较落伍的店铺，五金店、餐厅、小杂货店，窗户上满是污垢。

天气好的时候，杰夫划着船出去。他学会了把鸡脖子挂在绳头上抓螃蟹。他知道，他可以把捕蟹罐排成一条直线，然后把船顺着直线划过去，把罐子一个个拽起来，看看有无收获。那样效率更高，但他更喜欢让小船停在小溪中央的那份安静，更喜欢较为悠闲的节奏。他经常给五六条钓线挂上鱼饵，再把钓线悬在船边，不去管它们，等看到船帮上的钓线有动静时，就知道有螃蟹在吃鱼饵。然后，他会用手指抓住钓线，轻轻地往上拽，感觉到螃蟹在钓线的另一端，知道它的一只螯正紧紧抓住鸡脖子，另一只螯撕下鸡肉，贪婪地吃。杰夫拉动钓线，轻轻地，稳稳地，不让螃蟹感觉到任何异样，直到他能看见螃蟹出现在水面下几英寸的地方。他踩住钓线，稳住鱼饵，拿起了他的网。他用网把螃蟹捞起来，倒进篮子里，再把钓线抛出去，不断往下送，直到鱼饵沉到溪底。他们晚餐经常吃清蒸螃蟹，配上杂粮面包或饼干，再加上啤酒或冰茶。

杰夫想教教授怎么抓螃蟹，可是父亲的手很笨。不知道为什么，螃蟹总是在教授能网住它们之前从诱饵边游走。杰夫在一旁看着，欣赏螃蟹横着逃走的样子。螃蟹溜走了，钻进了更黑、更深的水中。“我不知道你是怎么做到的。”教授对杰夫说。

“我不知道你怎么就做不到。”杰夫回答。

“天生的无能。”教授说，“我还是看书吧。”在大多数时间里，他都坐着看书，当杰夫在船上走来走去查看钓线时，他挪开双腿给他让路。

托马斯兄弟八月底来这里住了一个星期，他对捕螃蟹和克里斯菲尔德更感兴趣，特别是停泊在小镇码头上的作业船，特别是小镇历史，特别是所有的一切。“看看这些教堂吧。”他一边说，一边走在镇子后面住宅区的街道上，“看看那些维多利亚时代的老房子，那些姜黄色的房子。我想会有人把它们修好的。你猜它们是谁建造的？”托马斯兄弟穿着度假时穿的鲜艳的夏威夷衬衫，愉快地在商店里闲逛，和附近的人聊天。他认识了当地的神父，他和坐在码头旁棚屋下的老人交谈，周围是堆积如山的牡蛎壳。“这是一种美好的生活。我不知道你是怎么找到这个地方的。”托马斯兄弟说，“一定是你作为地理学家的背景知识起了作用，霍勒斯。”

“作为什么？”杰夫问。他们都坐在外面的矮椅子上。两个男人喝一种冰镇白葡萄酒，杰夫注视着小白鹭在小溪的对岸觅食。一阵风把蚊子吹走了，他们坐得很舒服。

“我开始专门研究地理了。”教授对他解释说。

“为什么？”杰夫问。

“我感兴趣。这似乎是获得旅行补助的好办法。”

“你知道你父亲获得了罗德奖学金吗？”

杰夫不知道。

“但那是在一九四五年，所以他没法接受。老实说，霍勒斯，你的这种低调简直是病态的。”

“这个话题从来没提过。”教授说。

“再说，”杰夫说，“一般谁会想到问这种问题呀。‘顺便问一下，你获得过什么学术奖项？’这又不像‘你晚餐想吃什么？’或‘我可以帮你把图书馆的书还掉吗？’，是不是？”

他们都伸开四肢躺在椅子里，周围一片寂静。

“我现在只有一个问题，我多久能来一次？”托马斯兄弟问。

“你想来多少次都行。沙发床就是为你准备的。”教授说。

杰夫从他们的声音中听出了他们的满足感。他看到，他们是同一类人：两个安静的男人，都能尊重对方生命中最核心的东西，都是知识分子。托马斯兄弟有一种深沉的、稳定的信仰，虽然他嘴上不说，但信仰一直在他心里。教授对历史深有研究，不管是读历史、写历史，还是思考历史。历史总是在他心里，总是占着重要位置。杰夫明白了他们为什么是朋友。

“你打算养条狗来给杰夫做伴吗？”托马斯兄弟问道。

“还有一辆红色马车？”教授问道。

“我为什么需要一辆红色马车？”杰夫问。

“每个男孩都应该有的，一条狗和一辆红色小马车。”教授告诉他。

“不用，谢谢。我倒不是不领情，只是狗会把鸟和浣熊赶跑了的。”

“可是，”托马斯兄弟说，“它可以拉着你的红色小马车送你去学校呀。”

杰夫笑出了声。

第八章

虽然教授什么也没有说过，但杰夫知道教授对他在学校里的要求是什么。他的想法跟杰夫的一样，只要一切顺利就行。他不指望杰夫成绩优异。他也不指望杰夫出类拔萃，能参加校运动队或各类活动。教授在杰夫上学两星期后才开始上课，所以这两星期杰夫每天回家的时候他都在。“一切都好吧？”他会问。

“都好。”杰夫会回答。

这是事实。这所学校很大，一个新来的人在那些老朋友中间可能并不显眼。每个转学生对学校来说都是新生。在克里斯菲尔德，八年级到十二年级的学生都在同一栋楼里，那是一栋两层的老砖房，有一条小路通向正门，路两边排着高大的橡树。杰夫上了六门课，五门正课和一门机械制图课。他本来不想学机械制图，而想学家政——毕竟，考虑到他们现在的生活，这门课才能真的派上用场，其中包括烹饪和缝纫。但辅导员告诉杰夫，他不能推荐杰夫去上家政，因为杰夫是个男孩，而且刚搬到这个地区，这是一条不成文的规定。学校主要的运动项目是橄榄球，杰夫不会玩，也不想玩，所以他上的是常规体育课，跑步、踢足球，和其他不爱运动的男生一起做操。他在教室里静静地坐着，在走廊上静静地走，在饭桌旁静静地吃饭，没有人注意到他。他也并不需要别人的关注。上课时，他很注意听讲，毫不费力地完成作业，而且字迹十分工整。老师问他问题的时候，他就回答，他知道老师向他提问是想知道他听懂没有，他就按照要求回答。作业并不难。杰夫想，也许是因为前一年在大学附属学校已经学过了，但他对那些内容已想不起多少了。

杰夫独自在这座房子里度过的第一个夜晚，他以为自己会很不安。教授要在巴尔的摩住两晚。杰夫骑着自行车回家，把车靠在后门的墙上。他走进空荡荡的房子，给自己做了一个博洛尼亚大红肠三明治，然后漫步到船坞，让自己习惯一个人独处。他答应过教授，他独自一人时不把船划出去，这要求似乎很合理。他坐在船坞的尽头，环顾四周。在他身后，房子坐落在缓坡上，缓坡在这片平原上被看作一座小山，房子的窗户都很明亮。在他面前，小溪缓缓地流淌着，一片片芦苇丛在微风吹拂下像波浪一样起伏，风力不够强劲，只能让树叶沙沙作响。一只蓝鹭从它的领地慢慢走向西边的海湾，那里的水波泛起涟漪。在相反的方向，小溪蜿蜒地向东流去，进入内陆。船在他身边漂着，脚下的船坞很坚固。

杰夫坐不住了，他回到家，把吉他拿了下来。他犹豫着，不能决定唱什么歌。遥远的天空中，一只鱼鹰在盘旋。杰夫把琴弦逐个拨了一遍——蓝鹭飞了起来，嘴里发出抱怨。杰夫注视着它，烟蓝色的大翅膀展得很开，长长的脖子往回缩，整只鸟看上去充满了尊严，充满了可笑的尊严，它傲慢地望着前方，两条长腿僵硬地伸在身后。

杰夫坐着，弹了一首又一首，直到太阳西落，蚊子嗡嗡地飞起，把他赶进屋里。他做了一顿晚餐，有牛排、沙拉和烤土豆。洗干净碗碟后，他开始做家庭作业，把书和纸摊在厨房的桌子上。寂静和孤独把他包围。

他用图表分析十几个英语句子，当分析到最后一句时，一阵刺耳的丁零声打破了寂静：电话响了。他们的电话从来没有响过，杰夫匆忙去接电话，碰倒了椅子。是教授打来的。“怎么样，一切都好吗？”他问。

“都好。”杰夫说，“真的，教授——只是电话铃声把我吓得半死。不会有事的。”

“我也是这样想的，托马斯兄弟也是这样想的，但我们还是想打电话确认一下。”

“谢谢。”杰夫说，然后他问，“你那里一切都好吗？”

“一切都好。我们后天见。”

“后天见。谢谢你打电话来。”

开学的最初几星期过去了，杰夫弄清了克里斯菲尔德学校是怎么回事。他学会了穿牛仔裤去上学。大多数学生都穿牛仔裤。衬衫配什么穿都可以。有些人，尤其是女生，打扮得很讲究，有些人却总是一副很邋遢的样子，但只要穿着牛仔裤，就不会显得很突出。他的家庭作业，还有测验和考试，一直都是满分。并不是因为这所学校的功课比他以前学校的容易，其实并不容易，也不是因为其他孩子不够聪明，其实他们看上去都很聪明。他们也许不像那些学霸，巴尔的摩的那些超级学霸，计划两年内完成高中学业，直接进入大学，但他们也很聪明，大多数人功课学得都不错。他们只是普通的孩子，每个人不一样，但大家都差不多。

他们成群结队地闲逛，女生们聚成一堆，男生们也聚成一堆。他们对杰夫一无所知，似乎也不太感兴趣，但是杰夫渐渐了解到他们的情况，知道了他们对自己有什么看法，他们的父亲做什么工作，他们什么时候举办派对，他们跟家里人相处得怎么样。他们认为克里斯菲尔德是一个沉闷而落伍的小镇，他们称其为乡下。他们喜欢去索尔兹伯里的购物中心，那里的生活更令人兴奋。他们渴望拥有汽车，可以出去兜风。他们很喜欢教机械制图课的老师，他们认为科学老师是有史以来最好的。他们对那位年长的拉丁老师肃然起敬，那是一位部长的妻子，上课时从不提高嗓音，但是非常强硬并且严格，没有人敢回嘴或不做预习。他们认为英语老师是个冒牌货，体育老师是个英雄，因为他骑哈雷摩托车去学校，而且有传言说他周末要参加摩托车比赛。杰夫总体上同意他们的观点。即使他不同意，也没有什么关系。

有两个同学在一个乐队里演奏，是他们自己组建的摇滚乐队，杰夫知道了这件事。另外还有两个人给他的印象比其他人有趣一些，一个是英语班的，另一个是科学班的。他说不出确切的原因。英语班的菲尔·米尔森非常好玩，但并不像个小丑。那时班上在讨论短篇故事，菲尔看故事常常有一些独特的角度，但老师并不欣赏。菲尔有一种含蓄的幽默感，杰夫怀疑恰佩尔老师和班上大多数同学一样，并不是总能理解菲尔的幽默。科学班上的安迪·巴罗斯总是不停地提问题，刨根问底。杰夫听着他的问题和他得到的答案，学到的东西比书本上的还多。他想知道安迪是怎么想出那些问题来问的。杰夫没有和他们两个中的任何一个说过话，他们都有自己的朋友，但他们使杰夫的学校生活变得有意思了。

女孩们咯咯傻笑，说悄悄话，传纸条，梳头发，聊着太胖或太瘦的话题。上课时，她们比较认真，总是愿意按老师的要求展开谈论，但杰夫对女生不太感兴趣。他感觉她们是在装模作样，东张西望地想知道有谁在注意她们，而且她们总是想得到另外一些东西，一些不可示人的东西。

杰夫的第一张成绩单上全是A，他感到很意外。他将成绩单带回家让教授签名。教授似乎并不感到惊讶或特别激动。“我想这就够好的了。”他说。

“还行。”杰夫说。他认为自己知道父亲在想什么，于是对他说：“即使全是F，我也会拿给你看的。”

“希望如此。你喜欢学校吗？”

“当然，喜欢。”

“轻松些了？”

“也不是吧。至少我认为不是。不知道我的成绩为什么这么好。”

教授盯着他看了很长时间，似乎在拿定什么主意。他们坐在外面的矮椅子上。杰夫吃了一个苹果。“你的智商很高。”教授说，“不是天才或别的什么，就是智商高。当然，智商测试的意义和准确性都受到质疑，但是在任何标准化测试中，你都名列前茅。”

杰夫停止了咀嚼：“可是——”

“可是什么？”

“可是——我不知道该怎么说。大学附属学校的校长说……梅洛迪告诉我……”

“校长没有认真看你的档案，他只是想开除你，因为你给班里的平均成绩拖了后腿。但是梅洛迪说了什么？”

“她说我遗传了她的智力，你一定很失望。”

“我不知道她为什么要那样说——那不是实情。”教授说，“她真够聪明的。真没想到她竟然——我应该早点儿告诉你的。对不起，杰夫。”

“我原谅你。”他告诉父亲。父亲对他笑了笑，杰夫又说道：“我无所谓。所以，我是个典型的后进生？”

“今年不是。”

“为什么我以前在学校一直那么差？”

“你是怎么看的？”教授问。杰夫不知道答案。“也许值得反思一下。”父亲说。

杰夫断断续续地试着反思。他不太记得以前上学的事，还有之前在幼儿园、在日托中心的事。他记得几位老师，几个其他的孩子，但不记得他自己——杰夫·格林。就好像在所有那些教室里，在所有那些日子里，他都是一个幽灵，一个活在自己世界里的幽灵。

十月底，教授拿出自己写的那本书给杰夫看。那天吃过晚饭后，他把书拿出来，放在杰夫面前的桌子上。杰夫看着书——《地球上的贵客》，封面上画着一个人的头和肩膀的轮廓，胸口有一枚奖章，如果画的不只是轮廓的话，可以看出奖章是从衬衫口袋里挂下来的。作者是霍勒斯·格林。杰夫吃惊地望着父亲。

“这就是我说的那本书。”教授说。

杰夫坐在那里，后悔不该承诺等自己十五岁时再看这本书。他翻开书，看到了教授的一张照片。教授头发白得发亮，领带戴得有点歪。“霍勒斯·格林是巴尔的摩大学历史系教授。”他读道。杰夫双手捧着书翻看，感受着书的分量。

“我真的很佩服。”他说。

教授面无表情。

“别这样，教授。”杰夫说。他知道那张脸上毫无表情是为了掩饰某种东西，而且他相信自己能猜到那是什么。“你不为自己感到骄傲吗？哪怕一点点？你可以跟我说说嘛。”

“请不要取笑我。”教授说，他让了步，脸上露出微笑，

“是的，我感到——骄傲。我认为这是一本诚实的书。我只是不太适应出书的感觉。也许它会埋没在书海中，我倒是希望那样。”

杰夫把书还给父亲。他不想这样做，他希望马上就读到它，但他已经承诺过了。他知道最好把书还回去，如果不还回去，他就没法保证自己能信守诺言了。

他要写一篇英语作文，描写一个真实人物的内心冲突。杰夫决定写南卡罗来纳州的约翰·C. 卡尔霍恩[①]。他以前经常去查尔斯顿的公园，公园里最显眼的就是卡尔霍恩的雕像。

恰佩尔把杰夫写的作文还回来时，杰夫的成绩是令人困惑的 A / F。恰佩尔把所有的作文评论了一番，大声朗读了两篇他认为不错的，并批评一个女生的作业是抄袭的。然后他把杰夫叫了起来。“格林。”他说，他的脸在胡萝卜色的头发下十分严肃，一只手摸着窄窄的领带，“你对成绩有什么疑问吗？”

杰夫摇了摇头。

“你应该有疑问。我很怀疑你没有把作业要求写下来。你把作业要求记下来了吗？”

“记了。”

“你把这项作业要求记下来了吗？”

---

① 约翰·C. 卡尔霍恩：美国政治家，南卡罗来纳州人。

"记了。"

"你能不能费点儿功夫自己查一下？"

杰夫突然紧张起来，甚至感到害怕。他倒不认为自己会突然哭起来，不得不离开教室，但他想起自己很容易崩溃——他已经忘记了这么久，他太糊涂了，竟然忘记了这事。他紧张地把作业要求读了一遍。"写一个真实人物的内心冲突。"他想起来了，那是写在黑板上的。他认为自己不会忘记把黑板上的作业要求抄下来。但是，万一忘记了呢？"至少写一千字。"他读完了。

他记得恰佩尔用不规范的字体写的作业要求，记得那么清晰，好像它们还写在黑板上。他可以相信他的记忆力，不是吗？

"应该写一个你认识的人。"恰佩尔说，"我认为你肯定没有见过约翰·C. 卡尔霍恩。"

他的讽刺很拙劣，没有使杰夫感到害怕，而且杰夫看出恰佩尔并没有真的生气，他只是特别耐心，有点儿居高临下。

"你说得对，先生。"他承认道。他听见周围窸窸窣窣，同学们把注意力转向了他。

"因此，成绩是合理的，甚至是过高的。"恰佩尔说。

杰夫又松了口气。如果他只做错了这么点儿事，那就没关系。"我对成绩没有疑问。"他说。

"如果你想留在优等生榜单上，就必须努力学习，把你的平均分追上来。"老师告诉他，"你想做一份附加作业吗？

再写一篇作文？”

杰夫思忖了一番，他不想再写。“不，我不写了。”他说，“不过还是谢谢你，先生。”

恰佩尔盯着他，但铃声响了，事情到此为止。那天是星期五，杰夫希望到下星期一一切都会烟消云散。一个问题在他的脑海中掠过，就像在溪边捕鱼的蓝鹭。可是有人用胳膊肘捅了捅他。他猛地转过头去。

是菲尔·米尔森。“老兄，你真是超级冷静啊。”菲尔说，“恰佩尔那老家伙根本没让你慌了阵脚，是不是？”

“哦，其实我还是感到紧张的。”杰夫说，他很高兴自己没有表露出来。

“是吗？那我就更佩服你了。回头见，好吗？”菲尔跑去找他的朋友们了。当杰夫坐在自助餐厅的桌子旁时，菲尔走过来说道：“也许你还不知道，我有一个哥哥和一个姐姐在恰佩尔手里遭过罪，但你是今年新来的，对吗？”

杰夫点点头。

“他会生闷气，生一星期，也许两星期，然后就会把这件事忘记了。他有情绪障碍。你只要这两个星期保持低调就行了。”

“谢谢。”杰夫说，“我会记住的。”他想应该说一些友好的话，但不知道说什么。“你说的情绪障碍是什么意思？”

“我想说的是，我们还是孩子，所以应该表现得比较愚蠢，这对我们来说是正常的。这也是你应该经历的一个成长阶段。”上课铃响了，杰夫不需要再想出别的话来说了。

那天晚上他出去捕螃蟹，教授买了些东西，这样第二天托马斯兄弟来的时候就可以下厨了。杰夫没指望能有收获，也确实没有。天气转凉的时候，大部分的螃蟹都往南边去了，或藏在海湾底部深深的淤泥里。蓝鹭和白鹭也越来越少，只有海鸥的数量还在增加。

杰夫坐回船里，让船在他的身下摇晃，他甚至没有把船从船坞上解开。他连看都没有看一眼挂在船帮上的钓线。

他认为恰佩尔并没有说过必须写自己认识的人，但也许他说过，杰夫没有记住。尽管他平常认真听讲，对内容记得很清楚，但这句话没有记住，他没有让它进入自己的脑海。他知道自己有时会这样，某天又会突然想起，纳闷自己怎么会忘记。他就是这样。

如果他是聪明的，为什么以前在学校里成绩不好呢？教授说他擅长考试。教授并没有真的夸他聪明，是不是？

杰夫想，如果他在记忆里的生活中曾是个幽灵，那么他在目前的生活中也是个幽灵，没有什么区别。在这十四年里，只有过几次例外。和梅洛迪在一起的第一个夏天，他觉得自己活着，还有是在小岛的海滩上，在他弹吉他的时候。

他想，在大部分时间里，他都在训练自己不显山露水。只要你不显山露水，就没有人可以……怎么样呢？伤害你或抛弃你？让你不开心？但同时他们也不能让你快乐了，是不是？你只要小心求稳，就会很安全。杰夫认为自己很擅长保持安全——他甚至不再照镜子，因为不想看到梅洛迪的眼睛。但这样做的一个结果是，杰夫就对自己没有了解。他坐在小船里，独自漂浮在小溪上，独自面对小溪、天空和沼泽地，心想，他也许愿意多了解一点儿自己。

可是一想到这点，他就害怕起来，担心没有什么可了解的。他一害怕，就觉得害怕也是他的问题之一。只要一想到自己的问题，他就会对自己恼火、不耐烦——就会感觉好受一些。杰夫忽然意识到，教授毕竟爱过梅洛迪，也失去过她，也被她伤害过。至少和杰夫受到的伤害一样深。现在教授写了一本书，在这之前，他还和托马斯兄弟交了朋友，所以教授活了下来。梅洛迪不是曾经批评过杰夫很像父亲吗？杰夫把鱼饵线拉上来，爬下了船。他没有停止思考，但是关于自己的这种思考，他要慢慢地、悄悄地进行。

恰佩尔确实两个星期都在找杰夫的别扭，每天下课时都把他叫起来读一遍作业要求，夸张地关注杰夫在课堂上说的每一句话。接着他便似乎忘记了这件事。感恩节到了，学校放几天假，杰夫和教授经常把小船拖出水面，并存储一些食物，以防他们被大雪困住。“确保安全总是好的。”教授说，他把几罐豆子和汤在架子上摆成一排，把一罐罐意式馄饨、一盒盒粗玉米粉和燕麦片码放整齐，还存储了各种玉米饼、饼干和牛奶。

“这是一般规律吗？”杰夫问。当然这也是他一直考虑的事情。

“一般规律，哦——这问题不该问我。”教授说，“按我的理解，你指的也可以说是生活的一般规律吧。我特别擅长求稳，一点儿也不擅长冒险。”

“但是你冒过险。”杰夫一针见血地指出。

“那从来都不是我自己的选择。”教授告诉他。他转头看着杰夫，杰夫又递给他一些罐头和纸盒。“总是有别人推动我。就连我写书也是，是托马斯兄弟逼着我把书稿交出去的——那家伙不依不饶，一旦看准了，就非常坚持。我很感谢他。”

“我也喜欢他。”杰夫说。

这是真的。圣诞节假期过后，他更喜欢托马斯兄弟了。有一天，教授待在巴尔的摩，杰夫从信箱里拿出一个棕色牛皮纸信封。他看到托马斯兄弟给他寄了几篇复印的报纸文章，里面还附了一张便条：“凭我对那个男人的了解，你不会看到这些。我想你会喜欢的。托兄。”

其中有一篇书评（杰夫惊讶地注意到是《时代》杂志，当他读到诸如“充满睿智、极具可读性、发人深省”之类的辞藻时，感到更惊讶了），还有一篇巴尔的摩报纸的采访。杰夫把这篇采访读了三四遍。因为他对父亲的这些事情一无所知。

“一九二四年出生，”他一边读道，一边收集着事实，“一九四三年毕业于芝加哥大学。”看来教授在学校里跳级了。“芝加哥大学的博士。”教授告诉记者，他学的是政治地理学，因为他想去旅行，没想到后来却就职于军队的情报局。他在华盛顿工作，主要分析欧洲中部的航拍照片信息，目的是了解这些国家。二战后，他在牛津大学读了一年哲学，然后在巴尔的摩工作。他认为他花了十五年时间才写出这本书。他是两年前写完的，一位朋友逼着他把书稿交给出版社。教授告诉记者，他认为在一本书上花这么多时间太长了，但他非常享受写作的过程，完稿时几乎感到惆怅。是的，他说，他可能会再写一本，他的档案柜里装满了笔记。文章的最后有一段个人信息：一九六二年结婚，分居，和十几岁的儿子一起生活。“一个英俊的、永不显老的男人，”记者这样形容教授，“眼睛里闪烁着冷幽默……是一个全身散发着魅力的男人，说话斟词酌句，值得聆听。”文章结尾引用了教授的一段话：“我的一些精华作品都在那本书里，我认为那是一本书里应该包含的内容。”

杰夫放下报纸。他不知道该怎么想。他其实并不了解父亲，没有像这样了解过，没有把他作为这样一个人去了解。他为教授感到非常自豪，并认为现在要履行对教授的承诺更困难了。他走进自己的房间，拿出马丁吉他，坐下来开始弹拨，并看着窗外冬天的褐色沼泽地、冬天的清澈小溪水和冬天的灰色天空。教授真是好样的，他想。

杰夫第二天放学后跟父亲打招呼时感到有点儿尴尬。他不知道教授为什么没有告诉他书评和采访的事，还有关于他的生活。他纳闷自己为什么没有多问教授一些他个人生活的事。从学校骑车回家的路上，杰夫心里一直嘀咕，这么冷的天还骑车是不是太傻了，他不知道回家后该对父亲说些什么。他最后说的是："你的眼睛并没有闪烁着幽默。"

听了这话，那双蓝眼睛倒真变得明亮而风趣了。"我同意。"教授说，"我是不是可以认为，托马斯兄弟跟你有联系呢？"

"我觉得你真了不起。"杰夫说。

"谢谢。他可能也告诉你了，这本书恐怕很成功呢。"

"放心，教授，我不会拿它取笑你的。有多成功呢？"

"卖出了英国版权，还有一份平装版合同。你需要钱买什么东西吗？"

"不。"杰夫说，接着他想起来了，"你不是需要一台电动打字机吗？"

"是的，我已经订购了一台。你需要什么呢？上学用的？我不知道现在的男孩想要什么。"

"就是一条狗和一辆红色小马车。"杰夫说，"但你不是认真的吧？难道你是认真的？我想要一把马丁吉他，我果然得到了。我想住在一个风景很美的地方，我们果然住过来了，还有了一条船。我想，把钱花出去是你的事，教授，不是我的事。"

"我想说的是，我们可以搬回巴尔的摩，住到一座以前买不起的房子里去。"父亲的脸上毫无表情。

杰夫也让自己面无表情："这就是你想要的吗？"毕竟，是教授在养活他们，教授有工作。杰夫格外留意不往窗外看。

“是我先问你的。”

“不，不是。你只提出了建议，并没有问。是我先问你的。”

“但是我想听听你的想法。”

“那你就应该先问。”杰夫不依不饶。这太荒唐了，就像两个小孩在吵架。

“但是……好吧。实际的情形是——不，我不想离开。我一直都是一个隐士。但我不了解你……如果你能交到朋友，如果你有足够的事情可做，如果这所学校还不错。”

杰夫忍不住从桌子旁站了起来。他走到玻璃门前，向外看去，目光越过沼泽地，看到下面的海湾，现在落叶树的叶子已经落光，海湾更开阔了。“我喜欢这里。”他说，尽量说得十分清晰和诚恳。

“看来你是真喜欢。”教授说。停了一会儿，他又说：“我自己倒不介意。”

随着春天的临近，杰夫开始准备船。他把船底刮了刮，重新刷了一遍油漆，又把发动机彻底检修了一下。三月底，他见到了鱼鹰。四月中旬，树上长出了新叶。白鹭回来了，五月的时候，蓝鹭也回来了。在一个阳光明媚的下午，杰夫放学后见到了这个季节的第一只蓝鹭。蓝鹭站在一根倒入河中的树干上，一动不动，对周围的一切浑然不觉。杰夫在码头上观察了它很长时间。温暖的阳光下，空气里有潮湿的泥土的气息，还有某种绿色植物的味道。杰夫一动不动地看着。蓝鹭用僵硬的细腿站着，长长的脖子往回缩，扁平的脑袋静止不动。最后，杰夫忍不住说了句：“你好！”他朝小溪那边喊道：“欢迎回来。”

蓝鹭甚至没有朝他这边看一眼。它笨拙地从树干上飞了起来，顺着小溪飞向上游，不满地叫着，消失在了树梢间。杰夫大声地笑了。

在学校里，他经常和菲尔一起吃午饭。菲尔的父亲是个农夫，所以他们放学后并不能聚在一起——菲尔要回去干活儿，帮着犁地和种地。他似乎对杰夫并不感到好奇，但还是很喜欢杰夫。他们主要聊的是功课，菲尔有时也会拿女生开开玩笑，他问杰夫父亲是做什么的，有没有兄弟姐妹，他母亲是不是喜欢在乡下生活。杰夫只是说他母亲住在查尔斯顿。“真希望我母亲也住在查尔斯顿。”菲尔回答。

杰夫喜欢菲尔。他喜欢他的幽默感和务实的想法。菲尔的生活是这么正常，这么实际，但菲尔自己看不到这点。杰夫认为，菲尔觉得每个人都跟他差不多。他的想象力或经验都不足，看不出有什么不同。他是一个直率、可靠的人，杰夫喜欢。确切地说，他们还不是朋友，但杰夫不反对跟他做朋友。

一切都很顺利，杰夫的日子过得很平静。后来有一天上课时，恰佩尔老师问杰夫的父亲是不是那个写书的人。从那以后，人们似乎对杰夫有了更多的兴趣，对他更敬而远之。

只有菲尔是个例外，他直奔主题："他写了一本书？你们搬到这里来做什么？"

"我们喜欢这里。"

"他是不是一个书呆子？或者你是个书呆子？"

"我不知道。"

"你每次都是优等生。"

"对不起。"幸好，菲尔觉得杰夫这么说很搞笑，杰夫便也听出自己的话太愚蠢了，抓住机会说道，"我重读了八年级——还不知道明年成绩会怎么样呢。"

"你不在乎当优等生，是吗？"菲尔看起来很惊讶。

"怎么说呢，我不知道。"

"格林，你让人捉摸不透。我真搞不懂，你到底是个十足的傻瓜，还是一个不平凡的家伙。"

"大概介于两者之间吧。"杰夫说。

杰夫确实逮住机会问过菲尔，学校放假后他愿不愿意划船出去抓螃蟹什么的。菲尔知道他们住在哪里："在原来米切尔家的地方，他们以前在那里打猎。"他说如果他父亲能给他放一天假，他就过来。米尔森家夏天要在索尔兹伯里卖掉他们的一些蔬菜和所有的鸡蛋，并在路边设了个农产品摊位，所以菲尔很忙。"我也很愿意休息一天，我会告诉你的。"菲尔说。这是放假前的最后一天，同学们都迫不及待地冲出校门，有些人还高兴地大声喊叫。杰夫从车架上取下自行车，独自骑车回家。他想，他对自己这一年的生活感到很满意。他没有树敌，并且很可能交到了一个朋友。这对他来说就是很了不起的一年了。

那年夏天，托马斯兄弟和他们一起待了两个星期。他跟杰夫学会了怎么装诱饵和放钓线，然后让电动机以最慢的速度运转，一个人负责掌舵，另一个人在诱饵浮出水面时，捕捉附着在诱饵上的螃蟹。那两个星期里，他们几乎把所有的时间都用来精通这件事，直到最后一星期，他们才得到了杰夫在报纸上读到过的那种收获——两小时内捕到了足足三大筐。这么多螃蟹当然吃不完。他们选出最大的螃蟹自己吃，剩下的就放掉了。他们把螃蟹从船帮上倒下去，那情景就像泥石流一样。那天他们去海湾了，身上只穿着短裤。当阳光太热时，他们就滑到水里凉快凉快，躲开那些半透明的水母，水母是七月中旬过来的，常给游泳的人们添麻烦。水母聚集在靠近幽黑水面的地方，能够用它们强壮而没有形状的触角，紧紧抓住每一样碰到它们的东西：网，钓线，肩膀。杰夫经常被蜇，他知道虽然有点儿疼，但大约半小时后就没事了。

那一天简直太完美了，他想。托马斯兄弟喜欢唱歌，所以他们一边唱一边等着放钓线，托马斯兄弟告诉杰夫一些和声唱法。他们看着由一个人或一批船员驾驶的工作船驶过。他们看见帆船和摩托快艇的后面拖着钓线，还看见一艘红色的小摩托艇，驾驶它的是一个孤独的女人，满头蓬乱的灰色鬈发。她沿着海岸往上游开，然后拐进了一个似乎与任何房屋都不相连的码头。回到家时，阳光已经快把他们烤熟了，杰夫觉得身上像椒盐饼一样结了一层盐花，他看到胳膊和腿上并没有大片的盐还觉得有些意外。

有一天，他们去了市中心，想让托马斯兄弟尽情享受一下当地风情。杰夫在小镇港口边的人行道上闲逛，消磨时间，等着跟托马斯兄弟喝一杯可乐之后开车回家。托马斯兄弟去鱼市场给他们买了一些龙虾："送给你们的礼物，跟我带来的香槟配着吃。"一个女人从小杂货店里走出来，手里提着两个大包。杰夫看着她，觉得应该主动上前帮她拎包。她看上去已经很老了，但一举一动并不显老。他犹豫了一下，慢慢朝她走过去。她皮肤黝黑粗糙，穿着一条长裙，上身是一件宽松的衬衫。她的头发是铁灰色的，眼睛看着杰夫，好像在生他的气。他看到托马斯兄弟从她身后走过来，于是退到一旁，没有主动接过袋子。女人从他身边走过，经过时嘟囔了一句，听起来像是"没有教养"。

杰夫感觉到她对自己的愤怒，他莫名其妙地颤抖起来。他问自己为什么要害怕。他甚至都不认识她。她不可能拿他怎么样。但是他觉得——从内心里觉得，他对自己没有隐瞒——觉得她似乎要教训自己，虽然也知道她并不能。

"那是谁？"托马斯兄弟问，"你对她说了什么？我绞尽脑汁地想——我是指你，我认识你这么多年了——你能说出什么呢？快告诉我吧，杰夫，好奇心都快把我逼疯了。"他用幽默掩饰着对杰夫的真正关心，杰夫看得出来。

"一句话也没说。"杰夫仍然对这次奇怪的遭遇感到微微发抖，“说实话，我什么也没做。我甚至想过帮她拎袋子。”

他们注视着那个女人走到码头上，然后上了一条摩托艇，冲了出去。

“就是那条红色的船，是吗？”托马斯兄弟说，“你在这儿等着。”他走进杂货店，几分钟后拿着一袋薯片出来了。“好吧，”他为自己买薯片辩解道，“我不能就这么走进去向她打听消息。那女人叫阿比盖尔·蒂勒曼，是个寡妇，有三个孩子，都已离家多年。最小的死在越南——她因为孤独，多少有点儿不正常了，至少人们是这么说的。那家店因疏于管理而衰败。”

“你是怎么打听到这些的？”

但这时托马斯兄弟注视着此刻空荡荡的海港：“你想想世界上所有迷失的灵魂，想想生活对人的影响。你明白我的意思吗？”

杰夫明白，因为他就是他们中间的一个。“明白。”他说。

“那家商店——看店的女人就是一个这样的人。但是这位叫蒂勒曼的女人，至少她的精神没有被打垮，你说是不是？”

“我可不想再见到她了，”杰夫说，“至少不要在黑暗的小巷子里见到。”他必须比以往任何时候都强大，不仅因为这个老太太，还因为世界上的大多数人。杰夫觉得他仿佛一直瞒着自己一个秘密，这个秘密在他内心的黑暗处拐了个弯，才重新被他发现。他觉得心头发颤，但又仿佛懂得了什么。

这大概对他有好处。他这样认为。对他来说，有信心并不是一件好事，就像他对梅洛迪有信心一样。当你变得信心十足时，就会被打个措手不及，碰得头破血流。

两星期后他暗自想道：真奇怪，他竟然想到了梅洛迪。自从他们在巴尔的摩的那个奇怪的秋天以后，他已经有很长一段时间没有对自己提起她的名字。他把她收进抽屉，关了起来。在漫长的夏日黄昏中，教授让杰夫坐下来，跟他谈起了她。“你母亲给我写信了，写到了你。”这巧合令他吃惊。

“我不想去那儿。教授，我不用去吧？她能强迫我吗？我不能去。”

教授用眼睛打量着他。杰夫把目光移开，看向草地上矮小的草。他不想听教授说什么。良久，教授什么也没说。当他开口的时候，杰夫花了很长时间才明白他并没有改变话题。“她离开之后，我很痛苦，也很惭愧。我只想让她回来。有很长一段时间都是这样。可是后来，我渐渐习惯了，开始害怕她会回来，光是想到这点就把我吓坏了。真的把我吓坏了——电话铃一响，我要鼓起勇气才敢去接。生怕是她打来的。我认为我理解你的感受，杰夫。”

杰夫感到很欣慰，但没有回答他的问题：“她会逼着我去看她吗？”

教授叹了口气：“我告诉你她想要什么吧，比你想的容易得多，也困难得多。她要离婚，没有说为什么。她想要你的监护权。”

“不！”杰夫坐不住了，但是他不能走太远，那样就听不到父亲说话了。“不，我不同意。”他说。他往草坪的下坡处走去：“你不能强迫我。”

“你知道，我不想强迫你。”父亲的声音从背后传来，耐心，可靠。“回来，坐下。我跟律师谈过了，他们不能保证。但是在你这个年龄，法庭会听取你的意见，会有法官征求你的想法。律师说他对此很有把握。但是梅洛迪想和我离婚，协议离婚，因为感情不和。”

杰夫回来了，又坐了下来：“那就好。”

“嗯。”教授说，“律师不这么认为。他说如果协议离婚，她可以强烈要求获得监护权，至少每年有半年。”

“那我们怎么办？”杰夫问。他听出自己的声音很小。他抬头望着天空。天空位于湿地草丛的光滑的轮廓上方，位于树木的参差不齐的轮廓上方。天空上有一道道柔和的云彩，黄色、橙色和粉红色。

“我可以起诉她遗弃，跟她离婚，如果她提出异议，就起诉她通奸。”

“你是说她跟马克斯？”

“只是如果她提出反驳的话，你必须愿意作证，出庭作证。这要求对你来说似乎太过分了。毕竟，她是你的母亲。”

杰夫看着自己的脚。脚上没有穿鞋，晒得很黑。脚底起了厚厚的茧子。“但那是事实呀，她凭什么提出反驳？”

“我不知道。”教授的声音很疲惫，真的很疲惫，而且心灰意懒。

杰夫把注意力集中在父亲身上："教授，这种情况有多久了？"

"她三月份给我写了信，那是第一次。"

"那是五个月前了，你应该告诉我的。"

"我不想让你担心。我当时希望不必走到这一步。也许你最好读一读她的信。"

教授把梅洛迪的信放在一个牛皮纸文件夹里。杰夫把它打开。第一封信，他不得不读了两遍，第一遍读的时候，他想的是梅洛迪的笔迹、字母的形状和行文的语气，她的笔调急切而快乐，就像她说话的声音一样。

第一封信上说她读到他的书觉得很惊讶，并问，如果他们把分居变成正式离婚，岂不是一件好事。她说，她不可能放弃杰夫，所以会要求监护权。"除非你彻底改变，霍勒斯，不然他跟我在一起生活更好。他需要关爱和关注，我知道你不想让他失去这些。是不是？"

第二封信读起来似乎她的感情受到了伤害。她说她没想到教授会去找律师，但如果他铁了心那么做，她倒是很幸运能付得起费用。她说她很想念杰夫，一直没有收到他的信，都开始起疑心了。教授允许她的儿子跟她交流吗？

第三封信里夹着一张照片，是她在查尔斯顿机场拍的那张。"你见过他这副样子吗？"她问，"他和你在一起的时候，会这么开心吗？在这件事里你想过杰夫没有，还是只考虑自己的方便？”

杰夫看着照片。那个男孩真年轻啊，他的笑容那么灿烂，杰夫看着都忍不住微笑了，但他明白是怎么回事。“对不起。”他说，眼睛没有看着父亲。梅洛迪写的每一句话，每一个字，都显示出她能准确地猜到教授是什么样的人，会有什么样的反应——就像她能亲眼看见一样。这就是她过人的天赋，杰夫想，她能体察到别人的感受，他知道自己也有同样的天赋。但是她正在利用这个天赋，从教授这里得到她想要的东西。

“哦，好吧。”教授说，接受了梅洛迪告诉他的那些事实。

“可是——可是她在撒谎，我知道她在撒谎。她总是在撒谎。她心里并不那么想。她没有给我拍过别的照片。你知道你不能相信她，教授。别让她影响到你。”

“我想知道你是不是绝对肯定。”教授说道。

“是。真的。我绝对肯定。”

父亲没有说话。

“你不相信我吗？你必须相信我。如果你不相信我，谁还会相信我呢？”

“是的，我相信你。所以，我们要跟她战斗。她说她知道我会是一名绅士，这实际上说明她就指望着这点呢，把这当成我的一个弱点。”

“我们能赢吗？”

“律师认为能赢，只要有你的证词，关于马克斯的证词。

还有我告诉律师，我记得你回来的第一年她一直没有给你回信。我记得不错吧？”

杰夫点点头。“她知道我们目前住在哪儿吗？我注意到这些信都是寄到大学里的。”

“我没有告诉她。”

“好。”杰夫拿起照片。

“你在做什么？不要把它撕掉。你如果不要，我想留着。”

“律师有把握吗？”杰夫把照片递给父亲。

“很有把握。不然我根本不会跟你说，只是——我不知道梅洛迪会怎么做。当她想要一件东西时，她是什么事都能做得出来的。当然，这需要很长时间。打官司都是这样。不要多想。”

“我尽量吧。”杰夫说。就连教授都害怕梅洛迪。如果她逼着杰夫和她一起生活怎么办？

“你不想给我弹几支小夜曲吗？我很想——用一杯红酒和一些音乐——来安抚我的内心。”

于是杰夫拿出了他的吉他，太阳渐渐落山，他们对周围的那些蚊子也毫不在意。过了一会儿，杰夫感觉好多了，他认为父亲的心情也好转了。

然而，杰夫无法摆脱那种隐约的不安感。他没有想到梅洛迪，他不愿意去想，但即使不想，他也意识到她的存在，就像地平线上升起的乌云，或者你走在一条黑暗而孤寂的街道上时身后的脚步声。他没有向教授提起她。他小心翼翼地不去想她。他小心翼翼地继续过着自己平常的生活。

开学前两天，杰夫坐在码头上弹着吉他唱歌，他看着涨潮时的波浪在小溪岸边跳动，菲尔·米尔森来找他了。菲尔的头发染成了浅黄色，皮肤晒成了铜褐色。“你相信吗？这是我爸爸第一次让我放一天假。最近怎么样？我已经做好了度假的准备，你呢？”

杰夫尴尬地站起来。他不知道该说什么。

“继续弹吧，真好听。你弹得很好，是不是？”

杰夫耸耸肩，他不知道。“你怎么找到我们的？”

“我一直对你说这是一个小镇子。我对你说过，我知道你们住的地方在哪里。你们做了很多改造，现在没那么糟糕了。你弹的是什么？不是摇滚，我能听出来。乡村歌曲？蓝草音乐[①]？”

“我不知道。”杰夫说。他们在码头上坐了下来。上午十点钟左右的太阳火辣辣的。

“弹点儿东西给我听听吧。我已经听过你的弹唱，所以没什么可谦虚的。”

杰夫很高兴能看着吉他，而不用看着这个他不知如何招待的男孩。他拨了几个和弦，想了想，决定弹那首关于春山矿难的歌。“他们一辈子都在挖坟墓，两英里的土换来一块

① 蓝草音乐：美国乡村音乐的一个分支。

墓碑，两英里的土换来一块墓碑。”

“这是民歌。”菲尔高兴地给它贴上了标签。

“现在我知道我弹的是什么了。”杰夫开玩笑地说。

菲尔对他咧嘴一笑。“你弹吉他很久了吗？听起来弹得不错，你好像很懂行的样子，但是我不喜欢那种歌，太压抑了。我的意思是，我们都知道一辈子在挖自己的坟墓，但是我对写这个主题的歌没兴趣。”他们谈了一会儿这首歌，又聊起了学校的功课，然后杰夫问菲尔暑假过得怎么样，菲尔说他整个夏天都在干体力活儿。他们决定把船划出去。“你看见我父亲了吗？”杰夫问。

“没有，我是循着音乐的声音过来的。”

他们回到屋里，喝了些果汁，吃了两个三明治，杰夫把菲尔介绍给教授。在船上，菲尔问道：“你母亲还在查尔斯顿吗？”

“他们正在离婚。”

“你怎么跟父亲住在一起，而不是跟母亲？我还以为女人总是想要孩子的。”菲尔从来不懂得含蓄。

“我上二年级的时候，她离开了家。”杰夫告诉菲尔。他说话时没有看着菲尔。他并不想谈论这件事，但又不想说得太生硬。

“她把你们丢下不管了？女人真是不好捉摸，是不是？她们一个人一套做法。这点你想过吗？”

“没有。”

“是的，我理解。想起来太令人郁闷了。”

九年级时，他发现同学们开始成双成对，开始谈论约会和男女关系。杰夫对女孩不感兴趣。他因为跟菲尔关系不错，便决定对安迪·巴罗斯也友好相待。很快，他们三个就经常混在一起，彼此非常投缘。菲尔嬉皮笑脸，安迪总是一本正经，所以不管他们在一起做什么，气氛都很活跃。

有时他们出去钓鱼或捉螃蟹，有一次还试着钓生蚝。有时他们就待在安迪镇上的家里，待在他楼上的房间里，他的母亲和几个姐姐都进不来。杰夫弹吉他，听另外两个人争论着是否要对农民优惠收税，或理论物理和实践物理哪个更重要。“你怎么看呢，杰夫？”其中一个会问他，他便告诉他们。

菲尔去参加派对，去约会，以为自己爱上了某个人，过了几星期又断定他爱的是另一个人。

安迪迷恋他姐姐的一位同班同学，他们嘲笑了他。“好吧，等我长大一些后，她可能会喜欢我的，成年人的年龄差距不是问题。”他告诉他们。

杰夫怀疑安迪其实并没动心，他只是不想显得与众不同。安迪真正感兴趣的是科学。他阅读各种科学图书和科学杂志，经常漏掉其他作业，一心钻研科学，其他课的老师冲他嚷嚷时，他才大吃一惊。他很聪明，知道这样显得很奇怪，他害怕自己跟别人格格不入，杰夫看得出来，安迪害怕被人嘲笑。杰夫对此感同身受。

一个叫卡罗尔·萨特的女孩，在数学课上把小纸条放在杰夫的课桌上，在图书馆和食堂里想跟他搭话，在走廊里盯着他看，但是杰夫没有说起这件事。他为她感到惋惜，也为她感到尴尬。她很漂亮，他想。她有一头金黄色的长发，松散地披在背上，还有一双蓝色的大眼睛。很多男生都喜欢她，杰夫希望她能看上他们中间的一个。有一次，菲尔在杰夫之前发现了一张小纸条。“你是全校最可爱的男生。”没有签名，从来都没有，但菲尔认出了笔迹。

“格林，你这是在浪费机会。”他说，“你知道这是多少人梦寐以求的吗？”

“哦，少来。”杰夫说。

“你应该跟她约会什么的。为什么不呢？”

“我不喜欢她。”

“那又怎么样？她喜欢你。”

杰夫耸了耸肩。

“怪事儿，真是怪事儿，格林。但是我原谅你。不管你说出什么奇怪的话，我都很高兴你选择跟我做朋友。”菲尔告诉他，“过了这阶段你就不这么想了。”

听了这话，杰夫愣住了。是这样吗？真的是他选择了朋友，而不是反过来，朋友选择了他？

那年圣诞节，父亲给了他一本书，他写的书。他们还有一棵自己装饰的圣诞树，杰夫穿着睡衣坐在树旁，书放在他的腿上。“我现在可以读了，是吗？”

“我以为你不想读呢。”教授说。

“教授，你让我答应到十五岁再读。可是我过生日的时候你没有把书给我。现在你又说我不想读，这是什么道理？”

“对不起。”父亲说。

“没关系。”杰夫让父亲放心，想把视线从书上移开，其实他早已迫不及待，巴不得赶紧结束谈话，开始读书。

“我总是不善于沟通。”教授说。

教授半睡半醒。杰夫从他脸上看不出他在想什么。“嘿。”他说，“这么说可不对。这好像是梅洛迪会说的话，是她的口气。她有没有——”

教授抬起头：“现在想来，是的。我也许能学会沟通。”

杰夫打开书的封面，翻到空白的第一页。他读了标题，翻过一页，读了版权信息。他不知道会在书里发现什么，也不知道这本书读起来是什么感觉，主题是什么。他看到了献词：给我的儿子。

他把手指放在那一页。他盯着那一行字，特别是那一个词——儿子。“教授，”他说，“我很荣幸。”

教授没有回答，只说道：“她知道我们不住在巴尔的摩了，她知道我们搬家了。”

“没事，会很顺利的。相信我，我是你的儿子，这里写着呢。”他用手指着那个词。“她不能强迫我跟她一起生活。我敢说她其实并不希望我住过去。这点很关键，如果她以为我不会把实话说出来，那她就大错特错了。”

“但是，她是你的母亲。”

“那又怎么样？”

他不会选择梅洛迪，现在不会了。他知道这一点，但他想弄清为什么：他喜欢她的美丽，喜欢她的声音，但他不信任她，也不喜欢她谈论贫困的口气。他怀疑，同情别人能使她自我感觉良好。她很危险，她控制别人情绪的方式是危险的。不，他现在不会选择她了。

杰夫对他在学校挑选的两个朋友仍然感到满意。他们甚至在年底和暑假去参加了几次派对，在这些派对上，杰夫弹吉他唱歌，或者跟另外几个会弹吉他的人凑在一起。杰夫和安迪在聚会上跟大家相处得很好，但是菲尔才是真正的如鱼得水，并且带动了另外两个人。杰夫甚至学会了跳舞，用手臂搂住一个女孩，还学会了跟女孩接吻，不过他没有谈恋爱，并且总是小心安排，让自己不必带任何人回家。他认为他仍在学习交朋友，对女朋友没有什么兴趣，因此保持着一定的距离。伤害别人的感情是没有道理的。这个世界上已有太多的感情受到伤害，他就不要再添乱了。

十年级开始的时候，教授又在写另一本书了。“就像第一本一样。”他告诉杰夫。他不让杰夫读手稿：“万一你不喜欢呢？”

杰夫没有纠缠父亲。他参加了驾驶员考试，将在十月中旬拿到驾照。他不讨厌上学，对自己到目前为止的表现很满意，并随时留意还有没有可以选择做朋友的人。有一个八年级女孩总是在大厅里吸引他的目光——一个看上去很成熟的黑人女孩，笑声爽朗，有一双活泼聪明的眼睛。威廉明娜·史密斯，他打听到了她的名字。虽然她只是八年级学生，但大家都认识她。“一个带劲的火球。”他们这样形容她。杰夫觉得她从里到外看起来都很健壮，他心里想，他不会称她为带劲的火球，而要叫她带劲的人。

他感觉还不错，只是时时为梅洛迪可能做的事感到不安。她给他寄来一张字条。她为什么要这样做？她以为他有多傻？她还把字条夹在给教授的信里。他知道她为什么要这样寄，而不是单独寄给他。信中指责父亲对她一反常态地冷酷，利用杰夫来报复她，自私自利，对她的遭遇毫无同情之心。她写给杰夫的字条很短，只说她很想念他，这点杰夫知道，她怀疑父亲是否允许杰夫看到字条，如果杰夫回信她就会知道。

杰夫对字条上的话一句也不信，也没有回复。现在梅洛迪做什么都无所谓了，因为她对他不再重要。他把她关在了他的心门之外，关在了他的生活之外。她再也无法接触到他，像以前一样操纵他的情绪。他只想忘记她，忘记她曾怎样玩弄他的感情，正如她以前弹吉他的方式那样，他一时想起了那一幕。现在他知道她弹得有多糟糕了。

第九章

优等生没课的时候不用去自习室，所以杰夫每天的最后一节课是完全自由的。他喜欢待在外面，坐在自行车架旁边的矮墙上，弹吉他，练歌。放学铃响了，他注视着孩子们从双扇门走出来，互相交谈着匆匆离开。然后，他要么和菲尔或安迪一起消磨那个下午，要么说一句“再见”，就骑上自行车回家。有时候教授来接他。有时候杰夫自己开车，教授骑车跟在旁边，因为杰夫已经拿到了实习驾照。下午过得很慢，很悠闲，不管这期间发生什么，杰夫都尽情享受着。

十月初，他正在练习一首他在唱片上听过的歌，琢磨着怎样才能既跟上节奏，又不失旋律的流畅。这是一个平衡的问题，需要合理安排。他一直想把它弄对。“我是一个异乡人，初次来到这乡里，我看上一个美丽姑娘，她的名字叫南希。”

放学铃声响起大约一秒钟后，一个孩子从门里走了出来。这孩子要去哪儿？杰夫一边弹吉他一边想。这孩子他不认识，窄窄的脑袋，乱蓬蓬的黑发，穿着牛仔短裤和T恤衫，有两条瘦瘦的长腿。杰夫坐在十月里温和的阳光下弹吉他，吸引他目光的是这孩子扬起的下巴。下巴微微扬起——不是高傲，不是生气，也许是勇敢、果断。他看着这孩子的脸，匀称的五官，挺直的鼻子，深色的眼睛，嘴巴很大。他的手还在弹着，思绪却游移了。

孩子朝着杰夫这边转过来，仿佛音乐是某种绳子，拴住了那两条长腿。杰夫垂下眼睛，眼角的余光看到那个身影局促而又不情愿地慢慢靠近，似乎两条长腿想远离他，却又不由自主地朝他移动。杰夫想，他还没见过比这更破旧的运动鞋。他抬起头，看见一双深褐色的眼睛，褐色里闪着绿色和金色的光——是女孩？她想要什么？她大概是八年级学生，看不出身材，特别是穿着那身衣服。

"这首歌我从来没听过。"她说。她不想说这句话，她不想被他吸引过来，但她没有办法控制自己。她即使想阻止自己过来，阻止自己发问，也没有办法做到。

杰夫把这首歌一直唱完。她的出现，影响了他在夏天里逐渐稳定下来的嗓音：她听得那么专心，令他感到困惑。她站着一动不动，他几乎不敢正眼看她。也许他是不想看她的眼睛，因为他已经从她的眼睛里，看到音乐怎样在她周围盘旋，并且把她吸引到他的身边，看到了她面对音乐和旋律时无力抵抗的感觉。她凝视着他弹奏的双手，沉浸在他的歌声中，那样子使他想起——很长一段时间以来第一次——想起了那座岛，想起了孤独、空旷，海浪涌到辽阔的白色沙滩上。他唱完歌，抬头看着她。她的手笨拙地塞在口袋里。歌的旋律仍然在她的眼中跳动，他对此深信不疑。他弹了几个和弦，让他们之间的音乐纽带保持不断。“坐吧，小孩。”他笨拙地说，这似乎打破了魔咒，她瞬间获得解放，因为他说错话了。

她摇摇头，突然转身走了。他注视着她的背影，挺直的肩膀，走路时那两条修长的腿。

大约一星期后，她又走到他的面前，这次穿着一件男式的衬衫，她扬着下巴，问道：“那首歌的歌词是什么？”

杰夫不知道该怎么理解，她为什么会突然跑来向他提问。他很想对她笑，却还是让自己面无表情，因为不知道她会有什么反应。他没有弹吉他，只把歌词背给她听。她听得全神贯注，他打赌她肯定能记住这些歌词。她的脸和表情看起来聪明、警觉。她没有谢他，走过去骑上自行车走了。

他在走廊上见到她几次，总是一个人。他放学后留意她的身影。他弹出他的歌，就像渔民抛出钓线一样，然后她就会不由自主地被吸引过来。最后他做了自我介绍。“我叫杰夫·格林。”她点点头，眼神警惕。“你叫什么？”他问。他不停地弹吉他，甚至没有什么旋律，只为了弹出点儿声音，这样她才不会离开。

“黛西·蒂勒曼。”她告诉他。

他知道这个名字，想起了那个驾着红色摩托艇的老太太。“你是农场上那个老太太的亲戚吗？”他问。这句话说得不合适，他从她的眼睛、她的下巴能看出来。他用音乐牵制住她。“你是她的什么人，孙女吗？”她又点了点头。她什么也不会说的：固执。杰夫忍住不笑：固执，爱生气。

“对了，你会唱《彩色大衣》吗？”他一时冲动地问，“我想试一试和声。”

她心里不想，也没有坐下，但她唱了起来。他把吉他的声音放得很轻，听着她的声音，想用一半的注意力去跟她配和声。她的嗓子不是特别好，却唱出了音符的精髓。她唱得很朴实，声音圆润有力，他从她的歌声里听出她是多么喜欢这首歌。现在能跟她交流了，他想要说一些她爱听的话：“你唱得很好。”

“不是特别好。只是比你好点儿。”杰夫不知道该怎么理解这句话，也不知道接下来要说什么。“我妹妹才是真正会唱歌的人。”她继续说，“你应该听听她唱这首歌。”她喜欢她妹妹。她不是在刻意夸奖——这是肯定的——而且她肯定也没有刻意讨好他。他无法想象她会说谎。

他脸上做出友好的表情：“我很想听一听。”等着她邀请自己去她家。

“我该走了。”她说。

杰夫很是惊讶。他感到自己身上发生了改变，就像潮流起了变化一样。她想从他身边逃走。“为什么？”他问道，“我还有一首歌，你可能会喜欢呢。”

她只是回答：“我得走了。”

唉，他想，他也许拦不住她了。他可以肯定，当她想要什么或必须要做什么事情时，是没有人能阻止她的。也许她的果断，正是吸引他的地方。俗话说，不同的人互相吸引。而且，他可以用音乐让她无法抗拒，这也是她吸引他的地方。还有她的行为做派不像大多数女孩子那样嘴上说一套，眼神却暗示着另一套。她只是走她自己的路，我行我素，她没有向他要求或索取任何东西。她就像大海一样遥远，哪怕你与她近在咫尺。她很独立，但他能用音乐吸引她。

他在市中心的杂货店里看到她，她在那里打工。看来她的父母一定很缺钱，因为八年级就出来打工太小了。她没有想到会看见他，当她看到他时立刻扬起了下巴，于是他没话找话地跟老板聊天，而黛西一直固执地在拖地板。

有一天，就在感恩节之前，菲尔跟他讲了一个故事，讲的是这个厉害的八年级学生怎样打败了恰佩尔，好像是因为她那篇人物描写的文章是否抄袭的事。菲尔很高兴能讲这样一个精彩故事，他说这个女孩子大胆地跟老师对质，后来威廉明娜·史密斯也站在她一边，她们俩一起驳得恰佩尔哑口无言，彻底败下阵去。“你肯定会为那家伙感到同情的。”菲尔说。杰夫那天听到了这个故事的几个不同版本，下午看到黛西和那个黑人女孩一起走出学校，他并不感到奇怪。天太冷了，不能再在外面弹吉他，他只能把吉他收在盒子里，但还是试着向她打招呼。“嘿，黛西。我听说你把恰佩尔教训了一顿。”他等着看她对这句问候、这句夸奖的反应。

“不是我，是明娜。”黛西告诉他，“你认识明娜吗？”

杰夫看着那双笑眯眯的眼睛。她和他一样高。“每个人都认识明娜。”

“是的。”女孩回答，“大家也都认识你，朋友。”

“那是他们的想法。”杰夫对她说，心想其实没有人知道他内心真正是什么样。她咯咯地笑了，很开心，很友好。他放松下来。

“那么，那篇文章真有大家说的那么好吗？”他问黛西。他看着她的眼睛，想知道她对一个与音乐无关的问题会作何反应。

她不知道该说什么，用眼睛回望着他，褐色，绿色，金色，遥远而又近在咫尺。“不是，当然不是。”她说，他对她咧嘴笑了。他知道她会说实话。“不过还不错。”她实事求是地说。两个女孩从他身边走开了。他摸着自己的脸，傻傻地笑着，注视着她们的背影。

那天下午，他故意冒险去了那家小店，因为他可以开车去采购感恩节的东西，而教授不愿意做这件事。有一个小孩和黛西在一起，这个小孩长着浅黄色的头发，有着与她相同的褐色眼睛，只是身体比她胖，皮肤没有她黑，态度也和黛西一样不耐烦，他是黛西的弟弟。杰夫买了东西，提出开车送她回家。原来她是骑着自行车带弟弟过来的，所以她很高兴地接受了。她称弟弟为萨米。杰夫愿意等他们。他想试试萨米对音乐的感觉，萨米不愿意配合，但是他很听黛西的话。

“她总是骑车带你回家吗？”他问男孩，这时他弹完了他会弹的最长的一首歌，孩子已经安静下来。

“不是。”

“今天怎么回事？”

孩子耸了耸肩。他不想回答这个问题。杰夫看到他脸上有伤，断定他打过一架。他看起来很结实，打架应该不会吃亏。杰夫试着又问了一个问题：“你们和奶奶住在一起吗？”他想，他接下来会说他住在同一条路的远端。

“那又怎么样？”萨米问，一股怒气向杰夫袭来。但这是孩子的愤怒，杰夫知道怎么应对。

“没什么。”杰夫说，“我是冤枉的啊，警官，我什么都没做。”他开玩笑道。

萨米咯咯地笑了起来。他用手抹了抹脸颊，仍在微笑。他盘腿坐在地上，穿着运动鞋，身体结实。

“你和你姐姐的运动鞋是我见过最难看的。”杰夫说。

“哦，是吗？”那孩子又准备吵架了。杰夫觉得有点儿纳闷，转变了话题。

“你上几年级了，三年级？”

“不，二年级。我有个姐姐在三年级。”

“会唱歌的那个？”他的脸色又变了。他非常喜欢他的姐姐。

“对。”

“天哪，你让我忍不住想起黛西。”杰夫说。

萨米打量了他好久，然后点点头，说：“好吧。”

黛西对杰夫说他可以去她家，于是他在下个星期六去了他们家。天气异常暖和，他推着自行车沿车道往前走，小心地避开感恩节大雪融化后留下的水坑。他下车走路是因为对去他们家感到有些不安。

车道穿过两块疏于照料的田地，又穿过一片松树。从房子的前面看，似乎从未有人从这里进门，一棵大树伸出光秃秃的树枝，扭曲的粗电线把它们紧紧缠住。车道绕到侧面，经过一条带纱窗的门廊。杰夫发现周围一个人也没有。他的吉他背在背上，他环顾四周，站了一会儿，感到有些尴尬，心想也许应该回家。他注意到房子后面有一个大菜园，有一条小路穿过菜园通往沼泽地。他考虑转身骑车回家，却又对那个会唱歌的妹妹感到好奇。谷仓的门被撑开着，底部已经腐烂成几大块。他朝里面看去。

黛西背对着他。她穿着短裤和T恤衫。她不知道他来了。她正在刮一艘小船上的油漆，他从深弧形的龙骨猜测那是一艘帆船，还看见地上放着一根桅杆。她的动作就像在跳舞一样，每刮一下都探过身子，她的腿很长，T恤衫下面显出肩胛骨的轮廓。她那头蓬乱的短发在温暖的阳光下闪着浓郁的光。除了刮油漆的声音，谷仓里静悄悄的。“黛西？”他说。

她转过身，对他很生气。他感觉到了。

“你在做什么？”他问。他很想说声对不起。

“这话应该由我来问。”她说，眼睛里和脸上都显露出愤怒。她举着刮刀，像举着一件武器对准他。

杰夫越过她的肩膀看着牲畜栏，又越过她的另一边肩膀看着工作台。就这样来回看着。她的情绪像波浪一样冲击着他，他不知道怎么让这种事发生的。他以前也经历过这样的场面，和梅洛迪在一起，愤怒和厌恶冲击着他，使他崩溃。他感到自己的内心在碎裂。他不明白他为什么总是忘记真实的自我。他不知道这对他如此重要。如果知道，他就不会来这里，就不会用音乐来缠着她。他是在愚弄自己，又一次。

黛西盯着他，他从她脸上可以看出她不怎么看得起自己。他同意她的看法，他确实不怎么样，但她没有必要生气。他不懂女人、女孩子，永远不会懂，甚至不太想去弄懂。只是他没有想到黛西会是这样。他还自欺欺人地以为自己懂她；他以为抛出了音乐钓线，以闪亮的歌声为诱饵，然后慢慢地把她收进来，动作那么轻，她甚至都没明白是怎么回事。

“你看。”他说，让声音保持平淡，隐藏自己的所有情绪，“我想过来看看你，我想见见你的那个妹妹。如果你正忙着，我就离开。如果你不喜欢，”他寻找恰当的、不带感情色彩的措辞，“我上这儿来，你就直说好了。”

“没有。”她迅速回答，脸上的表情放松了，她的敌意像波浪一样冲走了，消失得无影无踪，“不是那么回事。进来吧，我这里还有一点点事情要做。我只是看见有人过来感到很惊讶。”

杰夫吃惊地发现自己听了这话顿时松了口气。可是，如果她只是惊讶就表现出那副样子，那要真的生起气来就太恐怖了。他把自行车靠在一根柱子上，小心翼翼地走过去。他取下背上的吉他。“如果你吃惊时的反应是这样，我以后会注意不再让你吃惊。”他向她保证。仔细想来，刚才的场面还是蛮有趣的。

她盯着他的眼睛看了很长时间，然后朝他露出一个微笑，稍纵即逝，她的笑容来得快去得也快，不过那笑容还在她的眼睛里闪烁。他庆幸自己坚持到了她的怒气消散。他为她的笑容而高兴，也为自己的勇气而高兴。她的微笑告诉他，她喜欢他的反击。

她刮完油漆，请他弹唱一首歌，他不得不弹了一会儿和弦，假装调音，让自己的情绪平复下来。他不想让她看到自己被这件事搞得心烦意乱。他的情绪仍然不稳定。他曾以为自己是渔夫，但现在看到——

她轻轻一戳，就刺穿了他的心脏，他束手就擒。就像跟梅洛迪在一起时那样，束手就擒。但这不是梅洛迪，黛西不是梅洛迪。而且，他并没有感到被刺穿，他只感到——不知所措，窒息，喘不过气来。

黛西看着他，但他不敢抬头看她的眼睛。他想，他需要先稳定自己的内心，让自己感到轻松、自在，同时也保持警觉，充满渴望，仿佛刚刚奋力穿过一处茂密的丛林，来到外面开阔的海滩上。

第十章

杰夫十年级的生活突然变得忙碌起来，有他喜欢的人，有他想做的事。有时他发现内心在对自己抗议：生活太丰富了。就像托马斯兄弟为他们做的一道法国菜，当你专注于鸡肉的味道时，你知道自己正在错过浓郁的红酒沙司，以及香甜的洋葱或蘑菇，那蘑菇经过快速翻炒，锁住了每一片中的清香滋味。生活多么丰富啊，杰夫感恩地对自己说。

其中很大一部分与蒂勒曼家的人有关，特别是黛西，但他们全家是密不可分的，你不能把黛西和她的家人分开，杰夫也从来没那么想过。第一次去过之后，他把很多时间都消磨在那个农舍里。一来二去，他和他们一起干了很多活儿。第一天是梅贝斯把他累坏了。她快十岁了，可爱极了，杰夫不得不提醒自己别盯着她看。他知道，盯着她看会让她更加害羞。他能感觉到她有多害怕，害怕任何一个陌生人。

她的眼睛又大又圆，是清澈的淡褐色，一旦她鼓起勇气，便直直地对着他看。这双眼睛可以一望到底，里面没有任何的不友善。起初，她是害羞和沉默的，但是她像黛西一样会被音乐迷住。杰夫看着歌曲和歌声慢慢吸引了她。他看着她静静地走过来，静静地坐着，两只手一动不动。他看着她的皮肤从里到外透着光，如同精致的瓷器。她所有的反应都很慢。当他问她是否喜欢一首歌，或是否想选一首歌时，他不得不耐心地等待她的回答，而她只是用那双清澈的眼睛望着他。不能催促梅贝斯，他也不想催她，他觉得那可能会伤害到她。一旦适应了她的特殊节奏，他就不觉得她反应慢了。

傍晚，他推着自行车走在车道上，问了明娜·史密斯一个他不敢问黛西的问题："他们的父母在哪里？"

明娜个子很高，可以直视他的眼睛，她审视地看着他，不知道是否能信任他："你会告诉别人吗？"

"不会。"

"那孩子唱得真好，是不是？"

"是的。"杰夫完全同意。

明娜一直看着他，最后她说："我把我知道的告诉你吧。他们的父亲在萨米出生前就走了，而且一直没有跟他们的母亲结婚。然后，去年夏天，他们的母亲疯了。她现在住在一家精神病院里。"

"所以，他们的奶奶收养了他们，把他们带到这儿。"杰夫替她说完，"这些可怜的孩子。"他眼前浮现出他们的样子，四个人孤苦伶仃地站在一个充满敌意的世界里。

"你傻了吗，朋友？"明娜问道。她在嘲笑他。"你知道他们是怎么上这儿来的吗？他们是走过来的。黛西把他们带了过来，只有孩子，只有四个孩子。他们在康涅狄格有几个亲戚，他们就是从那里走过来的，你如果有兴趣可以看看地图。黛西不喜欢住在表亲家，他们就跑了出来，一路走到这里。蒂勒曼太太不愿意收留他们。”

“为什么呢？她好像很喜欢他们。”

“我想是黛西说服了她吧。黛西一旦想要什么东西，总是能得到的。”

“黛西和她奶奶很像，你认为呢？”杰夫问。

明娜没有想过这一点：“也许吧。说来真奇怪，黛西说他们的奶奶原先根本不知道他们还活着。他们也是到了康涅狄格州才听说了奶奶的事。”

“你是说他们什么都不知道就跑过来了？”

“没错。”

杰夫想，这就像从悬崖往下跳，只希望下面的水够深。只是黛西往下跳的时候，还必须拉扯着另外三个孩子。他们走了这么远的路过来，就像在黑暗中吹口哨，循着自己的音符往前走。他知道自己做不到，也没有必要，但他可以看到那种勇气，还有那种绝望。他只是摇了摇头。“我想他们其实并不可怜。”他告诉明娜。

“没错。”她赞同道。

“他们真像一家人，他们所有的人。”他说。

“比我们家人还要亲密，而我们家从来没有破裂过。”她说。他看着她，开始明白她为什么喜欢黛西了。

“我们家只有我一个孩子。”他说。

“你不傻吧，朋友。”她说，眼睛仍然在笑，但很友好。

“一点儿也不傻，朋友。”他说得很有把握。

他之所以喜欢蒂勒曼一家，他认为——他喜欢的是置身于他们中间时的自己。那时他已认识了他们一个冬天和一个春天，他在蒂勒曼夫人带黛西出海时帮着照顾几个小孩，和任性而精力充沛的萨米一起进行春季播种，和詹姆斯展开辩论，他学会了跟着梅贝斯的歌声弹马丁吉他，学会了和他们所有的人一起配和声……他喜欢这种复杂的互动，努力体会每个人的感受。他喜欢能在他们中间应对自如。

和蒂勒曼老太太在一起时，你必须勇敢地面对她，不能让她欺负你，同时还要让她做她自己，让她光着脚到处走，让她说出自己的想法，即使一半的时间杰夫都弄不懂她是怎么把一个想法和另一个想法联系起来的。和萨米在一起时，你必须跟他玩摔跤和接球，并随时准备把他逗笑，或者让他扮小丑把你逗笑。和梅贝斯在一起时，你必须慢慢地、轻轻地，让她像花朵一样绽放。和詹姆斯在一起时，你必须像教授和托马斯兄弟一样聪明，把辩论进行到底，但不告诉詹姆斯应该怎么想。你必须理解，对于一个五年级的聪明孩子来说，他的一些错误想法无伤大雅，并相信他在适当的时候会加以改变。杰夫发现自己可以同时做这么多事情，并且都做得很好。

对于黛西，他不知道，永远也无法确定。有时她愿意一个人独处，有时她想和大家一起跑来跑去地捉螃蟹。她总是喜欢音乐，任何类型的音乐，她不知道自己有多聪明，他想。他眼睁睁地看着她在母亲死后变得安静而内向。那是圣诞节前发生的事——她母亲一直没有康复——黛西在悲伤中和教授一样孤独，一样不愿见人。他知道她需要独处，正如他知道在漫长的悲伤中，萨米需要跟人摔跤，狠狠地摔跤；詹姆斯那么专注于昆虫学也是因为这个；梅贝斯倒没问题，她在这方面似乎比其他人更坚强，甚至比蒂勒曼老太太还要坚强。蒂勒曼老太太常大发脾气，用眼睛警惕地盯着杰夫。

如果他待得太久，她就会走进房间，说："回家吧，男孩，多一张嘴我们可养不起。"

"好的，夫人。"他很快就离开了，知道他再来时她会以同样直接的方式问候他。

"幸好你过来了，詹姆斯一直在跟我唠叨虫子的事。"

杰夫还和他的朋友菲尔和安迪保持着联系，一半因为他们是他的朋友，一半因为他不能老挤在蒂勒曼家。那年春天菲尔问他，黛西出了什么事："怎么回事，你跟蒂勒曼家的那个小屁孩有情况？"

"她不是小屁孩，是一个女孩。"

"是的，可是格林——好吧，好吧，不关我的事，对吧？别跟我说少管闲事，我知道那样板着脸是什么意思。不谈这事儿了。我的意思是，据我所知，她像蜂蜜一样甜美，还是个很热门的人物呢。”

杰夫用菲尔的眼光去看黛西，不禁笑了。菲尔也笑了起来，杰夫没有把心里话说出来，因为菲尔不会理解。甜美跟黛西不沾边。黛西尖刻，常愤愤不平，但充满活力，也让他觉得自己很有生机、清醒。他们都让他有这种感觉。他认为她也喜欢他，至少超过了她对大多数人的喜欢——这感觉很不错。

杰夫跟自己的朋友保持着关系，并拿詹姆斯关于昆虫的问题去折磨安迪，直到后来介绍他们俩认识，让他们自己去讨论。他的功课一直很好。他继续弹吉他，继续花几小时欣赏水面、沼泽、天空、鸟儿、树木——有时欣赏的是整个世界。特别是他跟教授的相处也很融洽，倾听和交谈，一起生活。

那年夏天，安迪要去巴尔的摩的约翰·霍普金斯大学上高级课程，菲尔在农场工作，杰夫就和蒂勒曼一家做起了捕蟹生意。他们必须学会安排和摆放钓线，靠着蒂勒曼老太太的经验，再加上詹姆斯的钻研，他们并没有花很长时间。黛西除了在杂货店打工，还帮两户人家照看小孩，所以在船坞上等候杰夫的是萨米或詹姆斯晨曦中朦胧的身影。萨米对这项工作更有耐心。他会抬起摆错的钓线，重新摆放，活儿虽然单调辛苦，但他从不抱怨。詹姆斯的脑子从来闲不下来。不管他们俩谁来，杰夫都很享受两人长时间一起干活儿的过程。

杰夫拖曳钓线的时候，坐在小船后面的詹姆斯问起了他的父母：“你父亲真的是那个写书的人吗？”

杰夫站直身子，放松一下疲惫的背部肌肉。他回头看着靠在安静的马达上的小男孩：“是啊，怎么了？”

“我读过，写得很好。”詹姆斯说。他把脚放在他们要送到市中心的一筐螃蟹上面。

“他告诉我，实际上是要求我，我要等满了十五岁才能读。”杰夫说。他不得不擦擦额头上的汗，咸鳗鱼的气味蹿进了他的鼻孔。“哦。”他说。

“你母亲呢？”詹姆斯问。但接着他改变了话题。“所以我还不该读？我可以将来再读一遍嘛。那是一本好书，再读一遍也无妨。它是献给你的。”

“我知道。”杰夫说，强迫自己又忙碌起来。

“为什么没有献给你母亲呢？”

“我上二年级时，她离开我们走了。”

“真没想到。我父亲也是，当时我还很小。我想这种事并不少见。我母亲也离开了，但情况不同。我曾经以为是因为我，或者是因为我们。”

杰夫没有转身，但认真地想了想。“我猜每个人都这么想，孩子，包括大人。”

“我不明白，如果人们就这样一走了之，当初为什么要生孩子呢？你问过你母亲吗？你后来见过她吗？”

“见过两次。”杰夫说，“我问过她，但她没说实话。”

詹姆斯没有立刻回答，接着他语速很快地说了出来，就像突然有了一个新的想法时那样：“也许这就是女人，也许女人都是骗子，也许这就是男人和女人的区别之一吧。黛西就很会说谎，你应该也听到过。我们刚到这儿的时候，她就很会编故事，有时候听得我忍不住大笑。每次编的都不一样，每次都天衣无缝。天哪——现在想想——她真是很厉害呢。”

“黛西不会说谎。”杰夫说。他感到胃里冷冰冰的，虽然水面上热得让人直冒汗。

“她当然会。”

杰夫抬起压钓线的煤渣砖，把它搬进了船里。

“不，她不会。”

“为什么不会？天哪，杰夫，你不知道那会儿我们面对的是什么，我原来也不知道，幸亏不知道。有时候想想……”他盯着杰夫。“算了。”他说，把杰夫拒之门外，“我不应该告诉你的。我知道你在想什么，但你错了。”杰夫只是摇了摇头。他无法回答，他不敢让自己开口。

他感到周围一片黑暗、阴冷。詹姆斯不可能知道他在想什么，杰夫也不愿意去想关于梅洛迪的这些事。他知道詹姆斯正在将他拒之门外，但他不在乎。

他觉得好像刚得知黛西即将死于某种不治之症。他感到自己脆弱的内心正在碎裂。他可以隐藏，对此他有把握，他知道他有足够的力量隐藏想法，只让自己一个人知道。

因此，当黛西终于做了他一直希望她做的事，问他是否愿意去航海时，他差一点儿就拒绝了，并不是因为他对她的喜爱减少了，也不是因为他期望她完美。他知道她不完美——她经常很霸道，总是知道自己想要什么，所以对优柔寡断的人没有耐心。她有时很严厉，下结论很草率，特别是对干活儿方式跟她不同的人。这些他知道。但是他不希望她的不完美体现在说谎。如果她真是那样，杰夫和她在一起就不会感到安全。他的目光看向她的身后，心里在寻找借口。

“嘿，你用不着这样。”她说，有些疑惑和恼怒。好吧，他确实做出了暗示，所以知道她为什么疑惑。她用目光打量着他的脸，想弄清他在想什么，但他一直面无表情。“我的意思是，如果你因为我不够好而害怕，那也没关系。”

杰夫很纳闷，她怎么知道他害怕？这就像不管她嘴上怎么说，他都知道她的困惑多于愤怒。“只是我答应了教授。”他说，抓住这句半真半假的话。

“你不需要找借口。”她告诉他。

杰夫不知道该说什么。他由着自己的情感与黛西纠缠不清，并且通过她，与他们所有的人都联系在一起，结果就发生了这样的事，这可能是必然会发生的。

“我买了救生圈。为了买它们，奶奶逼我掏了三星期的收入。”她不耐烦地对他说，“随便你去不去吧。”

杰夫知道这是实话，她并不在乎他想不想去，尽管这对她来说很重要。他心里很乱，一直看着她。她不耐烦地等了几分钟，咬着下唇，然后转身背对着他，顺着小路朝船坞走去。他看着她走路，看着她的长腿和一双光脚，还有她的短裤和T恤衫，然后他跟了上去。去还是不去，他还没有决定。他觉得自己让她失望了，应该道歉，他不希望她生他的气。他上了船。

她一言不发地扬起帆，让船离开了码头。船开到了海湾里，她还是一句话也不说。当杰夫终于转身看她时，发现她甚至不知道他上了船。她的注意力全在船上，在舵柄上，在鼓帆的海风上。她的神情就像有时候他们一起唱歌一样。她看见杰夫的目光，对他笑了笑。

“你真的喜欢开船。”他对她快乐的程度感到惊讶。

“是啊。”

“可是你说过，你来这儿之前只开过一次船。”他提醒她，想核实一下事实。

她掉转船头，向西南方向划去，并叫他坐在船舷上，让船保持平衡。海浪拍打着船帮。黛西向后一靠，伸开双腿，把晒黑的手放在舵柄上。

“那是坐一个游艇横跨海湾。天哪，那时候真惊险啊。因为必须过来看看克里斯菲尔德是什么样，我们能不能住在这里，还有奶奶的情况。我们到了安纳波利斯，就睡在那块草地上——那倒没什么困难，因为他们正在装修房子，没有人来盘问我们。我们必须说服那两个家伙带我们穿过海湾。他们不会为了做好事而白帮忙，他们没那么好心肠。我就对他们说，我们要去看亲戚，一个姑姑，在伊斯顿有全职工作，她的孩子在日间夏令营，所以我们随便什么时候过去都可以。我还对他们说，我们会住在一个老太太家里，她认识我们的父母，但是年纪太大了，没法每时每刻盯着我们。”她停了下来，陷入沉思，“一直以来，最难的就是记住你要达到的各种目的，让它们在谈话中自然地溜出来，不要显出你在编故事。而且要让自己看起来很随意，如果那些家伙发现我们真的需要帮助，就不会主动帮我们了。詹姆斯一直在问他们，那条船能不能带我们穿过海湾——我当时心想这是个多么愚蠢的问题啊。后来我才明白了他的用意。那么做可真够大胆的，因为——那种交情很奇怪，根本不算什么交情。那一次如果没有詹姆斯，我是不可能成功的。”

“那一次？”

“其他的时候，我知道跟别人怎么说，他们就不会来管我们。”

“你为什么希望他们不管你们？”

她没有理会这个问题。

杰夫记得他们是独自从康涅狄格州过来的，他想象着他们四个，还有那四双运动鞋。他没有再为他们感到难过，有的只是佩服。“但是你本来可以求助的，比如警察，或者福利机构。不是吗？”

“我们试过一次。只有一次。他们想把梅贝斯放进智障者班什么的，而且萨米不停地惹祸。我表姐把梅贝斯打扮起来，她们都围着她转，因为她长得漂亮，还议论说她要嫁给一个有钱人。我表姐不想收养萨米，希望他去别的地方生活。还有一个神父，他的本意是好的，但是……”她的声音小了下去，她不想谈论这件事。

听着她的声音，杰夫想象着去了解他们每一个人，他知道自己无法理解，但他明白最重要的一点。詹姆斯曾试图告诉他“我们面对的是什么”，这是他的原话。杰夫之前没有明白，直到他听见黛西亲口说了这件事。他现在知道他们为了到克里斯菲尔德而不得不经历了什么。他觉得自己的内心轻松了、平静了，他觉得眼睛里有泪水在涌，而且他也更理解自己了。他改变了话题。“我认识一个神父，他很好。其实他是一位修士，一个教友，但也是个神父。他……他是一个真正的好人。你们以前住在哪里？”

“在科德角的普罗温斯敦。就在海上。不是在海面上，而是在那些沙丘后面，但感觉就是在海上。”

“我曾经去过海上。不是大洋城，那个不算，而是……”杰夫突然变得爱说话了，他对她说了那座岛、那片海滩。她问起来时，他对她说了他是怎么买了一条船，怎么因为受到惊吓而逐渐增强了探索的勇气。

“你在那儿做什么呢？”她问他，对他的恐惧不感兴趣。

“去看我的母亲，但是她总跟男朋友出去。家里只有我的曾外祖母和几个年老的亲戚，我叫她们姨妈。她们对我做的事情不感兴趣，所以我就随心所欲。”他从自己的声音里听出了当时的一些情绪，于是他就故意夸张地调整船帆。他不想让黛西认为他想获得她的同情，因为他知道自己还是幸运的。从长远来看，他是幸福的。而长期幸福比短期幸福更重要。

“那条船在哪儿？”黛西问。

他对她说了在查尔斯顿的最后一晚，在岛上，他怎么把船沉入水底。她听得笑了起来。然后，他对她说了一件他刚想起来的事，他不明白这段记忆为什么会沉入脑海深处，从来没有忆起过。“那个把船卖给我并租给我船坞的人，他在那里等着我游回船坞。我曾经以为，只要我不碍别人的事，就没有人知道或关心我在哪里、发生了什么事。嗯，以前确实如此，但没想到他拿着毛巾走到船坞上。原来他是知道我去了哪里。看到我没有像往常一样在日落前回来，他就出去寻找，看看船是否系在船坞上。黛西，我学不来他的话，他大意是说，如果船被鳄鱼咬住，我就死定了。他叫我小子。他说——我希望能学得像——小子，你来这里的时候，看起来就像被地狱的猎狗咬了心脏，比鳄鱼咬的还要厉害，所以我今天早上要多留神。我想，如果我没有出现，他就会找到我的尸骨，或者别的什么。”

黛西一句话也没说。杰夫以为她会询问他母亲的事，但她没有，他松了口气。然后黛西说：“换了我就不会把船沉掉。我绝对不会。”

“我没遇到你那样的麻烦。”杰夫指出。

“我想你有你自己的麻烦吧。”她说，“该把船开回去了。

你能把身体的重量放回船里吗？那样我才能开船。”她不耐烦地问。

七月底，托马斯兄弟来住了一个星期，后来一星期延续为两星期，然后是三星期。杰夫觉得他似乎很累，情绪低落，而且休息得不好。他和教授每天夜里都谈到很晚。杰夫常在他们的说话声中进入梦乡。杰夫睡得早，因为他次日起得很早，天还没亮就起床了。在一个昏暗的早晨，杰夫走进厨房，看见托马斯兄弟坐在那里喝一杯茶，凝望着柔和的灰色天空。他没有跟杰夫打招呼，甚至似乎不知道杰夫进来了。

杰夫去了浴室，快速地冲了个澡，刷了牙，回来时完全清醒了。托马斯兄弟还坐在原来的位置，双手放在腿上，身体没有靠在椅背。他杯子里的茶水不见减少。“早上好。”杰夫说，“时间还很早啊。”

托马斯兄弟向他打招呼，这次来访他一直穿着黑西装，戴着白领圈，此刻衬得他的脸色格外苍白。“你睡不着吗？”杰夫问道，“要不要给你弄一碗麦片粥？”

“不用了，谢谢你，我不饿。”

杰夫坐下来吃早饭：“你看上去一夜没睡。”

“我想是的。你总是在这个时间出去吗？”

“我要去接今天跟我一起出海的人，然后摆放钓线。日出时间大约是六点。”杰夫解释说。他突然产生一个想法，问：“你愿意一起去吗？”

但是托马斯兄弟不感兴趣。

“你可能会喜欢的。”杰夫说。他无法理解托马斯兄弟的无精打采。这一点儿也不像他，他像完全变了个人。他知道出问题了，他意识到，此刻在托马斯兄弟身上看到的这种空虚感贯穿着他的整个这次来访。准是出了严重的问题。

杰夫边吃边思考。会是什么问题呢？即使跟教授彻夜长谈也无济于事。是什么事呢？好吧，杰夫暗自说道：既然你有理解别人感受的天赋，那么托马斯兄弟此刻是什么感受呢？说完自己也吃了一惊。

他看了一眼弓着背坐在那里、茫然望着外面天空的那个人。荒凉，杰夫感觉到荒凉和绝望，他内心的景观像月球表面一样贫瘠、寒冷，没有生命。

我能做什么呢？杰夫暗自问道。他想，如果教授的智慧帮不上忙，那就是办法不对。他不知道自己是否应该做点什么，能不能想到办法，但他打算试一试。托马斯兄弟出了问题，杰夫不知道是什么问题，他想知道自己能否给予托马斯兄弟一些什么——托马斯兄弟曾以各种方式给予了他那么多。“你应该去。”他敦促道，“你应该去试试，你以前很擅长用网兜住上钩的螃蟹，而且，你会喜欢我的朋友的。不知道今天来的会是谁。”

“是蒂勒曼家的人吗？”

“是的。准会把你给累坏的，我们会让你干所有的活儿。你还记得有多辛苦吧？所以你今晚会睡得很好。”杰夫努力劝说他，“不过会很热的。”

“我不介意。”托马斯兄弟说。他虽然没有说愿意去，但还是去了。他们需要打着手电筒才能上船和检查物资，但是当船离开船坞后，杰夫就叫托马斯兄弟把手电筒关掉了。杰夫把船开到小溪深处，然后进入海湾，马达发出很大的响声。在黎明前的黑暗中，黑色的海浪轻轻摇晃着小船。托马斯兄弟在船头的身影黑乎乎的。最后几颗星星从天上消失了，托马斯兄弟没有注意它们。

在蒂勒曼家船坞尽头等着的是詹姆斯，他还没有完全睡醒，一言不发，手里拿着两个苹果。天色转亮后，东方地平线上有一抹光芒扩散开来，照亮了整个天空。他吃完苹果，把果核扔进水里之后，就像杰夫预料的那样开始盘问起托马斯兄弟了。

“苹果内核是可以生物降解的，所以不算是在扔垃圾。你担心垃圾吗？你是生态学家吗？”

“难道不正是因为它们是垃圾，所以才可以生物降解吗？”托马斯兄弟问。

“嗯，也许吧。不，等等，那不对，垃圾是指所有的废弃物，包括锡罐和塑料。你到底是谁？”

“他和教授一起在大学教书。”看到托马斯兄弟没有回答，杰夫告诉詹姆斯。詹姆斯连珠炮似的发问：你教什么课，具体什么内容，用的教材是什么书，里面说了什么，你怎么会对教那玩意儿感兴趣的，是怎么知道的，你的学生聪明吗……托马斯兄弟回答了所有的问题，最后他的目光越过詹姆斯的头顶，幽默地与杰夫对视。杰夫对他报以微笑。

在此期间，他们把钓线拉上来，挑选了一下捕获的螃蟹，等几分钟后再拉一次。杰夫掌控着马达，因为詹姆斯性子急，没有耐心保持所需要的缓慢速度。托马斯兄弟和詹姆斯轮流用网子捕螃蟹。托马斯兄弟想用手指捡起一只逃走的螃蟹，结果被螃蟹夹了。这似乎让他很高兴。

“你得用消毒剂擦擦手。”詹姆斯告诉他，“螃蟹夹的地方容易感染。我们认为螃蟹外壳上有某种毒性不强的天然毒素，用以保护自己。要么是因为它们是食腐动物——你知道它们什么都吃。”

“看来是的。”托马斯兄弟回答，然后吮吸着流血的手指。詹姆斯笑了笑。“你上几年级了，詹姆斯？”

“要上六年级了。你为什么不把外套脱掉呢，或者你有一条清规戒律，不能脱衣服？你不热吗？”

这个时候，他们已经捕获了三筐螃蟹，足够拿去贩卖，还能供两个家庭饱餐一顿。杰夫背部肌肉僵硬，那是因为他接连几小时紧绷着身体坐在硬座位上，探身观察钓线从水中升起的位置，此刻又得费力把钓线拖进船里。他把最后一块煤渣砖拽上来，轻轻地放到船里。他伸展双臂，让背部松快松快。“你不想顺便过来看看我们吗？”他问托马斯兄弟。

圆脸上的那双棕色眼睛又醒过来了。“我看你们都是地道的渔夫。”他对杰夫开玩笑说，“过去捕螃蟹的行当就相当于现在的捕鱼业。我以前没有搞明白。”

“你是说，用以前的那种网？”詹姆斯问，然后他喊道，“我好饿啊！”

“你总是很饿。”杰夫对他说，“这根线需要换鱼饵了。”

“让萨米换吧。梅贝斯忙着帮奶奶把豆子装在罐子里呢，萨米不会介意的，而且他睡得很晚。”

“通常，”杰夫对托马斯兄弟解释，“我们在他们的船坞卸货，然后我回家开车来，再把货送到餐馆。你可以留在那儿，帮着收拾螃蟹。”

托马斯兄弟举起受伤的手指，表示反对。

“我们有钳子。”詹姆斯告诉他，“奶奶小时候用过，是她叔叔做的，木头钳子。她叔叔是倒腾私酒的。”

托马斯兄弟的脸热得发红，头顶上渗出汗珠。他决定留在蒂勒曼家洗洗手，也许会帮着收拾一下螃蟹，至少好好看看那把历史悠久的钳子。

杰夫驱车返回农舍。他把车停在谷仓旁。他知道黛西星期六会在市区工作一整天。蒂勒曼老太太在大菜园子里，头发乱糟糟的，蹲着侍弄茂密的绿豆，宽松的衬衫在微风中飘动。另一头，穿着黑西装的托马斯兄弟拿着锄头在西红柿秧苗旁边干活儿，他弯腰锄起一丛丛杂草扔作一堆，再翻开泥土，把它们打松。他的脸更红了，汗水顺着脸颊淌下来。

“你想和我们一起去市中心吗？”杰夫问他。

他站起来，靠在锄头上，喘着粗气：“我就在这儿干活儿吧。她说话不多，是不是？”

“是啊。不过，一旦她打开话匣子，你最好留点儿神。”杰夫说。

“有敌意？”

“只是比较厉害吧。她很凶的。你为什么不脱掉外套和马甲呢？”

那双棕色眼睛从杰夫的脸上移向菜园的另一头，蒂勒曼老太太正弓着腰在那儿侍弄豆子。他们走到远处的绿色沼泽地旁。“如果脱掉，我可能再也不会穿上了。”托马斯兄弟说，“所以最好还是不脱吧。”

“嗯。”杰夫说，不知道该怎么回答。

“里面有一个波提切利[①]笔下的天使，在剥豆子。”托马斯兄弟说。

“是梅贝斯。”

“是的。她一句话也不说，好像很怕我。她给我涂上消毒剂，包扎我的手指，盯着我看，然后又回去剥豆子。她一点儿也不像詹姆斯。她为什么害怕呢？这些人到底是谁？”

杰夫不知道该说什么。他走到船坞，跟萨米打了个招呼，萨米正不慌不忙地给那根长长的钓线装鱼饵，然后抬起一筐螃蟹，詹姆斯抬起另一筐。他们把螃蟹送走，然后分钱——

---

① 波提切利：意大利画家，文艺复兴盛期绘画的代表人物之一。

留出够买五加仑[①]汽油和十磅咸鳗鱼的钱。杰夫不想分钱，他当然是不缺钱的，但蒂勒曼一家不肯依他，虽然据他所知，他们很需要钱。

托马斯兄弟那天吃晚饭时哈欠连天，后来，他们端着晶亮的葡萄酒杯，他说自己太累了，话都说不完整了。“你可以睡在杰夫的房间里，如果你愿意的话，现在就可以上床睡觉。”教授说，“你不必陪着我们。”

托马斯兄弟摇了摇头，白领子上面的皮肤都被晒红了：“你知道吗？我很享受这份疲倦。可是霍勒斯，梅洛迪打算做什么呢？我们一天到晚尽谈论我的事了，今晚我太累了，顾不上痛苦。你倒是很痛苦呢。”

教授朝杰夫笑了笑，杰夫正轻轻地弹着吉他。外面，太阳从西边的天际缓缓落下，小溪在沼泽地的旁边流淌，蓝色的水面上闪着金色的涟漪。“我们举行了听证会，没有异议。我下星期就能拿到判决，然后她有三十天的时间可以上诉。如果她不上诉，事情就结束了。没想到结果这么简单。”

“是因为法律机制。”托马斯兄弟说。他的眼皮耷拉下来，他强睁开眼睛，抿了一口酒，举起酒杯在光线里转动，然后问道：“你怎么看呢，杰夫？”

“这对我来说无所谓。”杰夫说，“我的意思是，我不会

① 加仑：一种容量单位，英制 1 加仑等于 4.546 升，美制 1 加仑等于 3.785 升。

去和她一起生活。我快满十七岁了，他们不能强迫我。”

“你永远说不准别人能强迫你做什么。”托马斯兄弟对他说，“你甚至说不准自己想要做什么。我哥哥的女儿刚结婚，他儿子今年秋天上大学。这是他们的未来。没有问题。那是在加利福尼亚州，霍勒斯，我置身于美丽的人们中。他们认为我是一个不合时宜的人，一个迷失的灵魂，一个古怪的老头子。”

“那你怎么想呢？”

“我……我不知道。我不知道我该怎么想。我只感到疲惫，骨子里的疲惫。”他打了个哈欠。

“我从没见过杰夫的那些朋友。”教授说，“我认识菲尔和安迪，但不认识蒂勒曼家的人。”

“为什么呢？”

“没有原因。”杰夫说。

“还有两个我没看见，其中一个是女孩，好像跟杰夫一般大。”托马斯兄弟的眼皮抬起来，棕色眼睛好奇地看着杰夫。

“她比我小多了。”杰夫说。他放下吉他。“她叫黛西。”他看着父亲的脸说，“她很像她的奶奶。”

“那是一位坚强的老太太。”托马斯兄弟说，“她不费半点儿气力就可以把我累得昏昏沉沉。”他又打了个哈欠，坦言如果杰夫不介意自己睡在他的房间的话，他这就上床睡觉了。

他离开后，杰夫又拿起吉他，弹了那首他私下称为“黛西之歌”的歌。他没有唱，只是弹拨着旋律，歌词在他的脑海里：“我双手都插在口袋里，帽子大胆地向后斜戴着，我那件外套五颜六色，就像雅各布那老头的五彩衣。”

“你今天怎么带他一起出海了？”教授问。

“他当时醒着，我就问了他。怎么啦？”他猜想父亲是不是觉得受了冷落。“你愿意去吗？你介意没有跟他们见面吗？有机会的话，你会见到他们的。现在只是我上那边去，他们并不上这儿来。”

“不，不。”教授对他笑了笑，“显然这对他有好处，所以我才问的。他正处在一个困难时期。”

“我今天早上想到了。他说他睡不着。他今晚似乎好多了。”

“有时候我想，人很难接受自己到底是谁。真正的精神危机是最难熬过去的。”

“精神危机？可是……我不明白。”是的，这就说得通了，杰夫想，这就可以解释托马斯兄弟表现出来的那种无力感了——如果一直怀着信仰、十分虔诚地生活，但突然有一件事情使你开始质疑自己的人生。

“我不清楚，他也不清楚。”教授说，“但他今天似乎过得很开心，他已经很长时间没这么开心过了。我感谢你。”

“我什么也没做。主要是蒂勒曼家的人，但他们其实也没有做什么。”

“我们一直没有做什么，但是有时候，事情会水到渠成。不是吗？如果可以的话，我愿意跟蒂勒曼家的这些人见见面。”

杰夫点了点头。

“你在追求那个女孩吗？”教授问。

杰夫觉得自己的脸在发热。“黛西不可能被追求。”他对父亲说，“她不是那种人。”

“她是怎么样的呢？”

杰夫不知道该说什么。“她——我想——她很直接。你知道吗？她喜欢驾驶帆船。她干活儿很卖力。我认为她非常聪明。”

“我想象不出她的样子。”教授若有所思地说，“不过没关系，我不是在刺探你的隐私。我只是想做一个负责任的父亲，了解我儿子的社交生活。”

“谢谢你这么做。”杰夫开玩笑地对他说，“如果有什么要汇报的，我也许会告诉你。你认为感情专一的男人存在吗？”

教授的脸上毫无表情。然后他迎着杰夫的目光，回答了杰夫内心真正的问题：“如果你是这样的男人，我不会感到惊讶，你的性格里似乎有这种因素。你要面对的是你性格里的东西。”

黛西再次约杰夫和她一起出海时，杰夫一直等到快要出发前，才问她是否愿意来他家。

“为什么？”黛西问道。

“嗯，你还没有见过教授呢，而托马斯兄弟上次过来时，见过了你的家人。”

“奶奶说——你知道她说了什么吗？我倒蛮喜欢这个人，差不多是这话吧——这就算是把他夸上天了。”黛西笑了。

“他说你奶奶是一位坚强的老太太。”杰夫告诉她。

“他真是个好帮手。”

“教授说他还没有见过你们，你们蒂勒曼一家。如果他愿意见见，我想——他不会主动提出来，他也没有主动提，但是他说他愿意，这对他来说就等于是主动提出了。你愿意吗？”

“我们应该再找个人。詹姆斯在家，他肯定愿意认识一个写书的人。可以带他去见见吗？”

“算了。一次就见一个吧，他——”杰夫不知道怎么表达自己的想法，因为太复杂了。要细心地对待教授，让他像杰夫那样和那家人见面，一次只见一个，或者自然而然地，不像事先安排好的那样。他不想解释，只想让黛西按照他的想法去做。

她耸了耸肩，又把注意力转到船帆上。他指出了小溪的入口。她说：“我们必须逆着风过去。”这让她很高兴，因为难度更大。“等过了那个口，就把中插板抬起来，迎风行驶。你的小溪很宽。”

“这不是我的小溪。”

杰夫拉起中插板，把它放在船板上。他们驶过了小溪的入口。“那是你们家吗？”她抬头看着那座矮建筑的前窗。杰夫点了点头。

他们不得不抢风行驶[①]了六次。黛西决定从船坞的上游开过去，这样可以顺风驶向船坞。当他们掉转船头，顺流而下时，杰夫爬到甲板上，拉下船帆——他看到一只蓝色苍鹭站在小溪对岸的一小片泥泞里。他指了指，黛西循着他的视线望去。

蓝鹭抬起扁平的脑袋看着他们。它的脚在水里，羽毛微微颤动，似乎不久前受到过惊扰。杰夫看着蓝鹭，等着它飞起来，期待着它呱呱大叫，聒噪着表示自己的不满。

但蓝鹭似乎没有发现他们对它有威胁。它在小溪对岸望着他们，然后背对他们，摆出不屑一顾的傲慢姿态。杰夫心里清楚，蓝鹭知道他们的存在。然而不管从哪方面看，它都没有在意他们。它抬起头，眺望着沼泽地，漠然，孤傲，那么决绝地无视他们。

黛西压低声音叫他放下主帆，他照做了。当他把船帆收在桁杆周围时，又回头看了看那只鸟。巨大的蓝色苍鹭仍然站在那里，背对他们。它不会因为怀疑他们仍在这里而被迫飞离自己的捕鱼领地。

---

① 抢风行驶：指船以“之”字形迎风行驶。

杰夫用单子包住松松卷起的主帆，走到船头去护航。黛西专心操纵着船，此刻船只靠自身的重量推动向前。她的手放在舵柄上，耐心地等待迟钝的船体对她的指示做出反应。船完美地靠岸了。

杰夫用一只手抓住一根桩子，在上面打了个双套结。然后他回头看了看黛西："你知道那只鸟让我想起了谁吗？就是你。"

她的表情变了，他不知道自己说错了什么。接着他看到这变化是因为黛西拼命忍着笑引起的。"我还在想它跟你真像啊。"她告诉他。

他不知道该说什么。"快到家里来吧。"他没有伸手去搀她。黛西喜欢自己做事。

"你确定不让詹姆斯过来吗？"她问他，"詹姆斯会很高兴的。"

杰夫很确定。他转头最后看了看苍鹭，此刻苍鹭扭头看了一眼，确定他们已经离开。"那是谁？"黛西问。

一个女人站在通向船坞的台阶顶上。裙子扑打着她纤细的腿，黑色的头发被吹向脸后。她举起一只手挥着，其实她离得很近，完全可以直接打招呼。杰夫想，她看起来像一张舞蹈者的照片，一个定格在舞蹈动作中的舞蹈者。她显得热切而快乐。她轻盈地跑下台阶。

"这是梅洛迪。"杰夫告诉黛西。

"她是谁？"

他们并肩站着，注视着。

“我母亲。”他告诉她，暗自希望她别再问了。

黛西往旁边站了站，梅洛迪一把搂住杰夫，说道：“杰飞，杰飞，见到你真好啊，我非常想念你。”梅洛迪现在比他矮了，她把头发留直了，但剪得比以前短。她的香水还是一样。阳光下，身后传来小溪的声音，杰夫不知道该怎么办。

“这是谁？”梅洛迪看着黛西问。杰夫没有回答，于是她走到黛西面前，伸出手来。黛西快速地跟她握了握手，看看杰夫，又看看梅洛迪。“我是杰夫的邪恶老妈。”梅洛迪大笑着说，“他不知道我要来——是不是，亲爱的？”她的脸像一朵花似的迅速转向杰夫，杰夫摇了摇头。“但愿我没有干扰你今天的计划。你的父亲——我可以猜到——根本不知道你在哪里，在做什么，什么时候回来。”

“不，他知道。”杰夫说，脸上毫无表情。

“好吧，也许他知道，而我只希望你就在这里，让我马上能看到你。你没有什么不能推迟的计划吧？”

“是的。”杰夫没有回答，黛西说道，“那我走了。”

“明天吧？”杰夫问她。

黛西试图读取他的表情，她眼睛里的绿色和金色闪着亮光。她摇了摇头。“我们有几个朋友，他们办了个马戏团，我们都要去大洋城。我正想告诉你呢，这两天不会有人陪你去钓螃蟹了。”

“好吧。”杰夫说。

“哦，天哪，太不凑巧了，是不是？”梅洛迪说，“真抱歉——你刚才说你叫什么名字？”

“黛西。”她想离开，越快越好，杰夫看得出来。

“一个不错的、古老的南方名字。”梅洛迪说。她想让黛西喜欢她，朝她微笑：“真对不起，毁了你们的这一天，真对不起。但是你知道当妈的有多苛刻。”梅洛迪笑着，似乎她和黛西分享着一个有趣的秘密。

黛西扬起下巴，目光突然转开。“不，”她说，“不，我不知道。”她猛地转过身，回到船上。她看也不看他们一眼，就升起三角帆，展开了主帆。

杰夫看着梅洛迪，她千不该万不该对黛西说了那样的话。

“好吧，我很抱歉，杰飞，不管你的小朋友怎么想。”

黛西把主帆竖起来固定住。帆在风中拍打着，发出鞭子一样的啪啪声。黛西在舵柄旁等着船掉转方向，迎风而行，她突然站得笔直。杰夫循着她的目光看去。他看见那只大蓝鹭，此刻被船帆的声音惊动，笨拙地从水里飞了起来。它张开巨大的翅膀，绕了一个大圈飞向海湾。黛西转身对杰夫笑了笑，挥手和他告别。他小心翼翼地隐藏表情，没有回以微笑，但是挥了挥手。

“我们走吧，去一个能说话的地方，好好地聊一聊。”梅洛迪对他说。她把手塞在他的胳膊下，他低头看着她的脸。现在她的眼睛化了妆，头发像夜空一样闪闪发光。“对不起，我把你的小朋友赶走了，杰飞。”

“无所谓。”杰夫告诉她。他是为了说话而说话，可是当听到自己的话时，才意识到其实并不是无所谓，他与蒂勒曼一家的友谊并不是无所谓。他想知道那些马戏团的朋友是谁，就算黛西不肯告诉他，詹姆斯也会告诉他的，因为詹姆斯是个话痨。即使他们全都走了，他们的奶奶肯定也认识那些人。

“当然，这对你来说是无所谓。”他母亲纠正他道。他们爬上木台阶，站在那里望着房子前面的窗户。“不过你应该替她想想，这对她意味着什么。她看上去是这么一个邋遢而孤单的小家伙。我真心为她感到难过。这个可怜的女孩可能爱上你了。”

杰夫咬着嘴唇不笑。

“但是我对她不能太同情，因为你还在这儿呢。我刚才太性急了。”

“你来了很久吗？”杰夫问，“父亲在哪里呢？”

“我感觉已经来了很久。你父亲说你在学校里得了A。我真为你感到骄傲。我一向知道你是聪明的，我总是站在你这边。我真喜欢坐在这外面。看到了吗？我一直坐在这里等你。他还给我倒了一杯冰茶呢。其实，有时候他看起来很文明，像个正人君子。然后他就进去工作了。暑假里他还有什么工作呢？”

杰夫在椅子上坐下，她紧挨着他坐在草地上，身体急切地转向他，眼睛盯着他的脸，所有的注意力都在他身上。“我想他又在写书了。”杰夫说。

"好吧。"她说，"他毕竟是很聪明的，不是吗？我还没有机会读那本书，但是在书店里看到了。'这是我丈夫写的。'我告诉旁边一个素不相识的人，我感到太骄傲了。当然，我不能再那么说了，是不是？"

杰夫只是摇摇头。

"可怜的杰飞，我真为你感到担心。在离婚中，孩子才是真正的受害者。这对你来说一定很艰难。但我知道你和我之间一直没有好好交流，所以我才上这儿来了。如果他要离婚，我没意见，而且老天知道，我对他并没有尽到一个妻子的义务。但是说真的，他对你这么自私——我简直不敢相信。我考虑再三，决定直接上这里来，把这个问题摆开来谈清楚。你的房间都为你准备好了。甘博——她身体虚弱得厉害，甚至写了遗嘱，以前她是绝不肯这么做的——她需要再见到你。那里的学校至少和这里的一样好，这点我可以保证。所以，我就直接上这儿来接你了。"

"但是……"

梅洛迪等待着，满眼含笑地看着他的眼睛，浅灰色的双眸，边缘发黑，真漂亮。她看起来一点儿也没有老，从来不老，也许永远都不会老。她永远是美丽的。

"可是我以为一切问题都解决了。"杰夫喃喃道。他应该说些什么呢？父亲在哪里？他扭头向家里望去，一个黑乎乎的身影站在厨房窗口。

悲伤的表情笼罩着梅洛迪的五官，她转过身，不让杰夫看见她的脸。她的声音变成了犹豫不决的小女孩的声音。“是他说的。你的父亲。他说你十六岁了，知道自己想要什么，但我想必须亲耳听一听。事关我的亲生儿子，我不能只相信别人告诉我的，是不是？”

“是的。”杰夫赞同道。他感觉到这让她多么难过，她表现得多么坚强，以及她在这么悲伤的时候，要做到通情达理有多么难。

她慢慢站起身来，掸了掸裙子，态度已经变得温和。她走回房子。他们推开那扇大门，进了厨房。教授背靠炉子站着，好像面对着要执行死刑的射击队。杰夫拿过梅洛迪的杯子，给她续上冰茶，梅洛迪对他露出忧伤的笑容，坐了下来。杰夫透过厨房门上的玻璃窗向外瞥了一眼，看见马克斯的车停在车道上，几乎被灌木丛和树木遮掩。他不明白她为什么不把车停在他们的车后面。

梅洛迪把胳膊肘放在桌上，说道：“好吧，你赢了，霍勒斯。”

“哦，梅洛迪，根本不是那么回事，你知道的。”

教授的语气很糟糕。杰夫看着父亲，他的脸上完全没有表情，但镜片后的眼睛盯着梅洛迪。

“我不知道是怎么回事。我只知道，只要律师一介入，人性就消失了。我甚至雇了一名男律师，我……我以为这样比较务实，总不能让男人跟女人斗吧，我以为我至少能有均等的机会。你是想让我恳求你，对吗？”

“哦，梅洛迪。”教授说。

“我可以跟他说话，对吗？我不需要获得许可，对吗？杰飞，坐下来，听我说，听听我的说法。霍勒斯，你知道你的局限，你知道你是什么样的人。”

教授抬起杯子，无奈地大口喝水，点了点头。

杰夫看看母亲，又看看父亲。父亲毫无表情的脸上像戴着面具，掩盖了一些东西，他看不清是什么。

“不过那本书，你一定很得意。那句献词，让我感动。杰飞告诉我，你正在写另一本书。”

教授又点点头。

“如果这本是献给我的，我倒不介意。”梅洛迪微笑地望着房间那头教授的眼睛，她亲切、自嘲，又恢复了自信，“女孩子想要一点儿永恒的东西。对吧，杰飞？”她隔着桌子把手伸过来，放在杰夫的手上。杰夫端详着那两枚绿松石戒指。

“你上次来过之后，”她突然改变了话题，“我认真考虑了一下。关于我自己——必须承认，我对自己并不太满意。也许是对马克斯不满意，我终于明白了，他是在嫉妒，嫉妒你，杰飞。我跟他分手了。”她又在撒谎，杰夫知道。“他对我产生了很坏的影响。”她继续说道，“对每个跟他接触的人都如此。我不知道他怎么能欺骗了我这么久。我可以告诉你，那年冬天，我做了真正深刻的反思。我曾经忽视了很多事情。还有甘博——我也是在为甘博考虑，杰飞，她需要你陪在身边，特别是现在，因为……是你让她知道家族在延续。她快要死了，她自己也知道，她希望自己的家人围在身边。你想过甘博吗？你想过吗？”

杰夫摇了摇头，不。他决心已定，不可更改。她现在做什么也无法改变了。

“那对他来说是稳定的生活，霍勒斯，他会很安全，而且文明，不仅因为那里漂亮，有品位，而且——”她大声笑了，站起来走到窗前。她转过身面对他们俩，他们仿佛被冻在了原地。“必须承认，我不明白你们为什么要搬到这里，你肯定已经赚到了不少钱。这根本不算一座像样的房子，跟甘博的家没法比，是不是，杰飞？还有这片海湾，你完全可以挑一个比这好得多的地方，这片海湾只是一潭死水，停着一些游船，还有北边那些工厂，它们把鬼知道的什么东西倾倒在海湾里，没有活水净化，这些你都知道，霍勒斯，十年了……”她声音低下去，透着威胁。“约翰·史密斯描写过这片富饶的海湾。你把剑插在水里，鱼就会往剑刃上跳。现在不是这样了，对吗？”

教授清了清嗓子。“约翰·史密斯是个无耻的骗子。”他说，但声音里没有一丝幽默。

“他是我的儿子。”她说。她的声音低沉而悲伤。“是我唯一的孩子。我不知道你怎么能这么冷漠自私。你以前不是这么冷漠自私的。霍勒斯，你过去不是蛮不讲理的，所以我一直很欣赏你，大概正因为此，我从来没有对其他男人动过真心。你说句良心话，你扣留我唯一的孩子的做法对吗？我唯一的孩子啊！”

教授没有回答。他紧紧抓住一个杯子的把手，仿佛那是一根救命稻草。他看着杰夫。

“我不要求所有，也不要求每时每刻，只是暑假，只是一个月，或者一个星期，只要求我能指望的那一点点。”

杰夫感到无法忍受了。他觉得心痛，觉得很对不起她。

梅洛迪一直看着教授，对他说话，身后的阳光映照她的头发，使她的脑袋周围闪着金光。“你能给他什么呢，霍勒斯，要说实话，你一向都很诚实。你不觉得他需要的是我能给他的东西吗？那是你无法给他，永远也无法给他的！”

杰夫必须想办法打破这种紧张气氛。他没法思考，甚至想不出自己要什么。他只知道，她说话的时间越长，他自己的心情就越差，教授也是一样，只是他的脸上没有表露出来。教授轮流地看着他们俩，脑袋以无助而困惑的姿势来回移动。父亲感到害怕、痛苦和恐惧。杰夫透过那张面具看到了。因为教授仍然爱她，即使他不愿意，即使他不喜欢她、不尊重她。他怎么还能爱她呢？教授很无奈，他知道。而且她也知道，杰夫看得出来。她在利用教授的弱点。必须有人保护教授，否则她真的会再次伤害到他。

“你是怎么找到我们的？”杰夫问道。他的语气很愤怒，他是真的愤怒了。必须有人站出来为教授说话，必须有人为他辩护，抗议她对他的所作所为，而且她是故意的。杰夫凭直觉知道这一点。

梅洛迪似乎忘记了杰夫的存在。“我给出版商打过电话——这本书写得很棒，霍勒斯，我很喜欢。我说了我是谁，你的编辑就把地址告诉了我。我本来想先打个电话的，但是，没错，我知道我必须勇敢一点儿，直接面对你们俩。我做对了，是不是，霍勒斯？”

“那你是怎么上这儿来的？”杰夫又一次打断她。他看得出她想干什么，他要让她把注意力集中在他的身上。

“我租了一辆车，开过来的。走跨海大桥高速公路，比坐飞机还快。我的天，杰飞，你为什么要盘问我？后来我还问了路。你在这里挺有名的呢，霍勒斯。”

她一点儿也没变，杰夫暗想。他对她的仇恨也丝毫没有减少。他以为已经把她抛在脑后，已经翻过了她那一页。其实他也没有变。他强迫自己说这些话，是她逼他的。是的，要怪只能怪她自己。

“这是我的选择。”他听出自己的声音有多冷。“由我决定，教授说的，他总是让我自己选择。我不愿意跟你一起生活。任何时候都不愿意，哪怕去过暑假，哪怕只有一星期。永远不愿意。这是我的决定，不是他的。这就是我的愿望。”

她把全部的注意力都转向他。他已经感觉像在不断击打自己了。不需要她再补刀。他看了一眼父亲，提醒自己这么做有多重要。

她那双美丽的眼睛望着他，既伤心又惊讶。“你怎么能对我说这样的话？我是你的妈妈呀，这对你不重要吗？我十月怀胎，在心口下面孕育了你。我忍着痛苦生下了你。我喂养你，照顾你。他根本不像我这样爱你。他做不到，他没有这份心。”

“我说的是真心话，梅洛迪。我不爱你。我是认真的。”杰夫让声音保持平稳。

她的眼睛大而美丽，吸引着他。“你是在要我的命。”她说，“这儿。”她把一个拳头放在心口上，把另一只手按在上面。

“对不起。”杰夫说。

“你欠我的不止一句‘对不起’。我是你的母亲。”她说，现在真生气了。

“对不起。”杰夫又说了一次。

她盯着他看。他也盯着她。他的肩膀因为挺得太直而隐隐作痛。过了很久，泪水从她的眼睛里涌了出来。“你让我感到很难过，你，杰飞。”他点点头，面无表情。“我希望你满意了，霍勒斯。”她说。

“这事跟他没关系。”杰夫告诉她。她径直走出了门。杰夫听到马达开动的声音。

杰夫没有看父亲，父亲一动不动。“对不起。”杰夫又说了一遍，但意思与之前完全不同。

“我也是。”教授说，此刻他的眼睛看着门。他根本没有听见自己的话，杰夫猜。

“我刚才还把黛西带来了。”

教授这才看着他，就像突然醒过来了似的，问道：“是吗？好啊。”杰夫认为，抑或是希望，他的眼神里又有了点儿幽默。“最周密的计划也会出现意外，不是吗？下次吧。”

“我挑的时候真不凑巧。唉，她不会再过来了。”

父亲明白他在说什么。“梅洛迪的所作所为无法预料。”他告诉杰夫。“我不知道她为什么要这样做。”他若有所思地说，“你还好吧，杰夫？”

“我很好。”杰夫撒了个谎，说，“我很高兴终于结束了。你呢，你还好吗？”

“我没事。”教授底气不足地说。

第十一章

杰夫心里很别扭，他自己知道，但教授不知道，这才是最重要的。

梅洛迪来过五天之后，学校开始上课了。在那些日子里，关于梅洛迪的话题没有被提起过。事实上，教授和杰夫都对此避而不谈。杰夫不知道还有什么可说的。他想的是他自己和他的行为，还有教授和他之前的猜测——他认为没有任何理由让教授背负这些负担。杰夫知道他做了自己真正想做的事，而且知道为什么，他甚至认为这是正确的事，然而他还是对自己不太满意，一直都如此。

开学的第一天，菲尔笑嘻嘻地走过来，脸晒得黑黑的，看上去像电视里牙膏广告里的人。“我见过你妈妈。我到现在还没缓过来呢。我的意思是，杰夫——”

“怎么回事？”杰夫问道。午休快结束了，他们坐在外面，那些穿着新校服、暑假里被晒黑的同学们在互相寒暄。杰夫猜想菲尔准是弄错了。

“上个星期三下午，我正在替我姐姐看摊子——想想吧，我差点儿没把摊子看好。那辆灰扑扑的老式车停了下来，就是那些发霉的中年人会坐的那种车子，明白吗？他们会把所有的西红柿都翻个遍，才决定要买哪一个，再跟你讨价还价。然后不多不少买两根玉米，因为他们只吃两根，超过两根就会消化不良。那辆车停了下来。我一开始没留神，只注意到它有南卡罗来纳州的车牌，因为这种车牌不常见。然后两条腿出现了，接着是她的全身。突然，我的注意力被吸引住了。那个嗓音，还有那双眼睛——跟你的眼睛很像，却又……不一样。她用她的眼睛直盯着我的眼睛。哇。”

杰夫不愿意谈论梅洛迪。

“她问起了你，我差点儿问她是不是你妈妈。结果，她问我是不是知道你的地址。我说你跟我同班。她说我看起来比你大。她忘记路怎么走了，我想这倒可以理解。我们这儿是乡下，她说她住在城里，我就给她画了一张地图。她还在吗？我倒很想再见见她。她知道杀虫剂和除草剂，她喜欢我们的西红柿。”

杰夫只是摇摇头。

“我想说的是，这是一个多么了不起的母亲啊。”菲尔继续说道，“她有没有说遇见过我？”

杰夫耸了耸肩。他猜想梅洛迪确实有她特别的地方。

“世界上就有这样的女人，让你庆幸自己是个男人，是不是？”

杰夫对此也无言以对，他判断自己在梅洛迪面前表现得不像个男人。他按自己的感觉行事：他害怕，而且因害怕而残忍。在他看来，任何人都不应该以他对梅洛迪那样的残忍对待别人。没有任何借口。菲尔见他没有什么反应，就走开了，杰夫继续想自己的心事。如果无法做得更好，他下次还会这么做的，以同样的方式，但他不会自欺欺人地说喜欢自己做的事。

他不后悔，只是无法释怀。无论他身在何处，心中的想法总是挥之不去。没有人知道。没有人能够知道。杰夫觉得周围似乎有一道看不见的墙，将他与其他人隔开了。他以梅洛迪对待他的方式对待了她：她以为他爱她，而他告诉她他不爱。这是实话，但并没有让情形变得更好，或让他感到好受一些。

现在学校已经开学，他们的螃蟹生意暂停了，他看不到蒂勒曼家的人，只是偶尔会在大厅里看见黛西。他对她仍然很友好，对明娜、菲尔和安迪也是一样。他还是会弹吉他，成绩也一直是A。他甚至去看足球赛，参加派对。但他没有把自己的想法告诉任何人，就连教授也没有告诉。那样没有意义，感觉像在寻求安慰一样。他不值得安慰，甚至不值得同情。

他要为自己做的事情负责，这种责任感萦绕在他的脑袋里——就像一群海鸥，在半空为一些食物而争斗，想从得到食物的那只鸟嘴里抢下一星半点儿，贪婪地互相攻击，结果使食物掉进了水里。那件事是他做的，只有他——这想法在他脑海里盘旋。他无法释怀。他甚至不愿意释怀。

因此他独来独往，关闭心扉。他半夜醒来，想起自己说过的话，想起她的样子，想起自己的回答，羞愧如潮水般涌上心头，他把头埋在枕头下面。那年秋天，他经常在夜里醒来，从卧室溜到厨房。坚持住，他对自己说，坚持住，慢慢就会轻松的。

他喝了一杯牛奶，注视着外面的茫茫夜色，告诉自己这正是他应得的。这很公平。他当时明知道自己在做什么，结果还是做了。他认为，并且希望，这段鲜明的记忆最终会消失。他还年轻，身体好，不需要每晚八小时睡眠。他能忍受，像教授那样忍受，直到情绪慢慢减轻。

他很遗憾教授没能见到黛西，教授甚至还提过一次，但后来没有再提。他也很想见到蒂勒曼一家，但这也是他必须忍受的一件事，是某种惩罚的一部分，是海鸥争吵声的一部分，让他知道他是不值得信任的——就像梅洛迪。不完全像她一样，但也足够了。菲尔和安迪都在谈论秋天上大学的事，杰夫听着他们的谈话，当被问到时，他就发表几句自己的意见。杰夫自己没有考虑上大学。

十一月的一天，天空中下着冰冷的雨，坐在有暖气的车里都冷飕飕的，杰夫看见萨米骑着自行车经过，肩上扛着一袋报纸。这孩子的黄头发被雨水淋得贴在耳朵上。杰夫把车停在路边，等着萨米骑过来。他叫萨米把自行车放到车后备厢，两人驱车走完了萨米剩下的送报路线。萨米开始蹿个子了。他那两条穿着潮湿牛仔裤的腿变长了，脚看起来也大了。他会成为一个肌肉发达的大块头男人，杰夫想。萨米坐在杰夫身边瑟瑟发抖，但看上去非常结实。

杰夫没有直接送萨米回家，而是把他带到了自己家里，叫他洗个热水澡，然后把萨米的衣服放进烘干机。看到萨米冷成这样他受不了，虽然只要多花十分钟就能把他送回他奶奶家。杰夫冲热可可时，萨米打电话解释自己在哪里。电话那头是梅贝斯，萨米说杰夫不久就送他回家。杰夫不用问就知道是梅贝斯，因为萨米的语速比平常慢。

“她向你问好。”萨米说。衣服在烘干时，他穿着杰夫的一件长袖 T 恤衫。“她真有意思。她问我你还好吧，大概因为我们最近没见到你吧。她却没有问问我好不好。”

“是啊。”杰夫说，“真有意思。”

萨米盯着他，好像他说了什么蠢话。“但她是对的，是不是？我的意思是，她知道我没事，所以不用问。他们过去常说她有点儿傻——脑子慢。黛西从来不信，但我相信。她在某些方面确实有点儿笨，表现得不大开窍——有时她迟钝的样子简直让我发狂。”

“我倒还好。”杰夫说。

“我曾经以为，”萨米坐在桌前，慢慢喝着热可可，继续说道，“她的结局会像妈妈一样。我曾经认为那很糟糕。因为妈妈是那副样子。但是妈妈不止有那一面，她同时有好几面。现在我长大了，仔细想一想，我比较能够理解她了。她死了。她已经死了。”

杰夫看得出来，萨米是在强迫自己说这番话。“我不了解她。”他说，因为他觉得自己应该说点儿什么，而蒂勒曼家的人不喜欢同情。

“她很像梅贝斯，我想。”萨米说，“我当时太小了，对她也不是特别了解。”

“如果她像梅贝斯，那我一定会喜欢她的。”杰夫说。

“是啊。”

“喜欢谁？”教授问。他从书房里出来了。“我听到了说话声。热可可还够我喝的吗？这天气真糟糕。”他陪他们坐下来，杰夫介绍了萨米，然后解释了为什么萨米的衣服在烘干机里。萨米对教授讲了他的送报路线，以及送报能挣多少钱。他有点儿吹牛。他淡褐色的眼睛里闪着调皮的光，说道：“詹姆斯会嫉妒我遇见你的，是不是？”他问杰夫。

“为什么？”教授疑惑地问。

“因为你的书呀。”

“詹姆斯多大了？”

“十一岁。”

“太小了，还看不懂我的书。”

“他很聪明的。”萨米申辩道。

“这和聪明没有任何关系。”教授说道，有点儿惊讶。

萨米把身子往后一靠，笑了笑。“好嘞。等我把你说的这话告诉詹姆斯，给他一个教训。”

“为什么要教训他？因为聪明？”

萨米在椅子里扭动了一下。他不想回答这个问题。

“就连杰夫，我都不让他在十五岁以前读，他也是很聪明的。”

“这是真的吗？”萨米问杰夫。杰夫点了点头。“为什么？”萨米问教授。

“因为除了脑子聪明，除了能认识字，还需要别的能力，还必须能读懂那些思想。”

萨米打量着教授。“能让詹姆斯见见你吗？他肯定愿意。”

“我也愿意。”教授说。他与杰夫对视，眼神里充满幽默。

杰夫开车送萨米回家，男孩问他：“当父亲的都是这样吗？”

“大概吧。你想说什么？”

“我从来没有父亲。”萨米说，“我出生前我父亲就离开了。我也从来不需要父亲，但是你父亲很有想法。他真的很有定力，对吗？我父亲不行——他不可能有定力，外祖母见过他，也这么说。我想，也许每个父亲都不一样吧。你认为呢？”

“也许吧。”杰夫说。他没有进屋去和任何人打招呼，只是让萨米在院子里下了车，等着他把自行车搬下来。

“非常感谢。”萨米说。

“有事随时吩咐。”杰夫对他说。他应该把詹姆斯带回来的，他想，因为教授愿意和他谈话。他很好奇蒂勒曼家的父亲是个什么样的人。男人竟然也能和女人一样动不动离家出走。他觉得很后悔遇见了萨米，因为他现在知道了，回忆是一回事，与他们在一起是另一回事。

梅洛迪没有跟杰夫联系。杰夫认为她也没有跟教授联系，不过他有点儿拿不准，因为父亲特别擅长保守秘密。但是通过观察父亲，杰夫认为教授一直在用自己的方式坚持着。他还以为教授这次会告诉他，而不是想要保密。有时杰夫为梅洛迪担心，几乎希望她能跟他联系，让他知道是否真的伤害了她。大多数时候，他只是因为不用跟她打交道，也不用去想她而感到庆幸——他自己的内疚感就已经让他不堪重负了。他有时候很不开心，鄙视自己，心里充满了愧疚；他也有一些不那么忧郁的日子，责任感像苍蝇一样在他脑海里嗡嗡叫。他在努力，他安慰自己，努力度过这些糟糕的日子，努力评估生活是不是正在变得轻松。

整个冬天，菲尔和安迪都在考虑未来：去哪里申请大学，学习什么专业，毕业后从事什么工作。连教授也开始谈论大学的事。杰夫觉得自己无法做任何决定，就对此闭口不谈。“你一点儿也没有考虑过吗？”教授问他。

“没有。”

“为什么？”

“我不知道自己想做什么、想学什么，我没有任何计划或雄心壮志。这似乎是在浪费时间。”

“什么浪费时间，上大学吗？”

“考虑这件事。提前考虑，大概吧。”

“为什么？”

杰夫耸耸肩。他不想回答。父亲猜不到，杰夫也不想告诉他自己要花多少精力和努力才能度过每一天。如果父亲真的猜到了，肯定会担心，会觉得自己有责任。

“杰夫，你知道我不喜欢对你啰唆或者唠叨，但是……”

杰夫等待着。

“但是我担心我正在和你渐渐疏远。”

“不，没有。”杰夫说，“没有。我不会让你这样的。”

“也许没有，但是我又有了那种感觉——就是我们搬来之前的那个秋天的感觉。我正在吸取经验教训——如果不这样做，我还当什么历史学家呢？我感觉到你有心事，我认为可能是上大学的事。”

“我并不担心上大学。”杰夫告诉父亲。父亲永远都不会猜到，因为他的思路完全不一样。“真的。如果你实在想谈这件事，也可以。”其实他不愿意与父亲谈及的只有一件事。在某种程度上说，他是为了教授才做了那件事，教授需要他那么做。如果教授能够忘记梅洛迪，对他来说是最好不过的。

“我其实一直在考虑大学的事，比如，我想研究生态学。”杰夫说，教授的脸上毫无表情，“不，不是拯救世界，或回归美好的史前时代，不是那方面，而是其中的职责管理。我考虑的是海洋生物——涉及一些化学和经济学知识，绝对不会是一个简单的问题，还有计算机，那是整理材料唯一有效的方法，所以我想必须学会编程。你觉得呢？”教授点了点头，注视着，等待着。“没有人了解海湾，没有人真正了解它是怎么运作的。这是一个非常复杂的系统，但是……我想保护海湾，我想致力于这件事，甚至想让它变得更富饶。”教授点了点头。“或者做一名船工也可以，那是一项艰苦的工作，但我能胜任。”

“原来你是在想这些。”

“当然了。你怎么看呢？”

教授没有回答。其实杰夫知道父亲在想什么，他希望自己已经让他放心了。

“你最近没有见到你的朋友蒂勒曼一家吧？”

杰夫耸了耸肩。他没有，他真的很想念他们——想念他们的歌声，想念他们总是为同一个目标而努力的劲头，想念他们互相鼓励、一起欢笑时的样子。他第一次有这种感受时，喉头哽咽了，只好假装要回家。“我知道。”他说，听出了自己声音里的忧伤。

“我不明白。”教授说。

杰夫看出教授不明白，他很高兴，因为这不是教授的责任，是他自己的责任。如果教授不明白，就说明杰夫至少在这一点上做对了。“教授，我想我不会有事的。”

“以前没听你说过这话。”

“反正我认为这是事实。”杰夫说。最困难的部分之一是关注事实，接受他对梅洛迪所做的一切。不管别人说她曾经对他怎么好，他都对她做了那样的事。

那一年，托马斯兄弟没有来过感恩节，圣诞节后没有过来小住，周末也没有来。圣诞节时他给杰夫寄了一张明信片：“《齐来崇拜歌》[①]（*Adeste fideles*）。你知道吗？fideles 的第一个意思是值得信任。向蒂勒曼一家致以节日的问候。想念你。托兄。”圣诞节期间，杰夫和菲尔、安迪一起看了两部电影，参加了几场派对，但没有去蒂勒曼家。他没有去的原因很简单：他没有去是因为打心眼儿里想去。

黛西从来没有说过这件事，但似乎并没有生他的气。当他们在学校里碰见时，她会以平常的方式跟他说话。她从不多说什么，只是认真地回答他的问题。他们的对话通常是“你好吗？”或者“有什么新鲜事吗？”之类的。

那年冬天没有下雪，只有长时间的寒冷天气，把泥泞里的车辙都冻得像化石一样。寒风凛冽，杰夫每天都坐公交车上下学。

二月份，天气有了变化，月底经历了长时间的冰雪融化。三月份微风和煦，十分宜人。三月中旬，教授告诉杰夫，托马斯兄弟想在复活节后过来，度过春假的最后一星期。

---

① 《齐来崇拜歌》：原是一首拉丁文赞美诗。

“太好了。”杰夫说，“但是为什么呢？”

“我不会问他这些。”教授回答，“按他的说法，他认为我们应该种植一些东西。他想搞一个菜园子。我认为他是受了你那位蒂勒曼老夫人的启发。”

这是个特别的词——启发。“他说那女人很有力气。”杰夫说，“他自己也很强壮，不是吗？我是说，作为一名修士必须身体强壮。”

“我想是的。”教授说，“也许这就像爱，爱上一个人太容易了——就像天热的时候掉进水里——但是在爱里生活就完全不同。”

“是吗？”杰夫说。

“嗯嗯。”教授说。

四月初的一天下午，教授的春假已经开始，但杰夫还没有放假，他回到家，发现教授正在厨房里吸尘。杰夫进来时，他关掉了吸尘器。他穿着法兰绒长裤、一件普通衬衫和一件毛衣背心。他的头发因为刚洗过而富有光泽。他已经把房间收拾干净，甚至把大玻璃门也洗刷一新。“教授，怎么回事？”杰夫问。他把课本拿进自己的房间，又匆匆返回来：“需要我现在做什么？”

“煮一壶咖啡吧。”教授说。他吸完地板，把电线盘在吸尘器上。“天气还不够暖和，不能坐在外面吧？”

“还太潮湿了。”杰夫说，“是谁要来？”托马斯兄弟还有十天才过来呢，再说，他们不会为了招待托马斯兄弟而这样大费周章地打扫卫生。他把水烧开，清空了洗碗机。教授显得非常紧张。

“一个叫博雷加德·雅各布斯的先生。”教授说，“杰夫，甘博上个星期去世了。这位先生告诉我，甘博死得很平静。”

杰夫不知道该说什么。“真遗憾。”他终于说。

“这位博雷加德·雅各布斯是甘博的律师。他说必须见见我们，因为我是你的监护人。”

“你不是我的监护人，你是我的父亲。”

“他早上打过电话，半个小时后到。怎么说呢，杰夫，家里看起来还过得去吧？”

“她搞不了什么鬼的。”杰夫告诉父亲，“她不会得逞，别担心。”他心里十分肯定。他去年夏天就把梅洛迪搞定了，完全、彻底地搞定了。她再也不能伤害教授了，再也不能了，而杰夫只能伤害自己。

“我只是想显示我把家里收拾得还不错。”教授说，眼睛在房间里扫视一圈，寻找有没有遗漏的地方，“以防万一。”

但事实证明，博雷加德·雅各布斯对教授和家务活儿根本不感兴趣。他是来看杰夫的。他穿着一件白西服，手里拿着一顶帽子，脚上的尖头皮鞋擦得锃亮。他个子很高，跟教授不相上下，体格非常健壮。他有一头夹杂着银丝的黑发，粗浓的眉毛下是一双棕色的小眼睛。他带着一个公文包。

他们在桌边坐下，杰夫和教授坐在桌子两端，雅各布斯先生坐在中间，这样他可以把文件摊开，同时还可以看到窗外的景色。他一进门就跟他们握了握手表示慰问。得到一杯咖啡时，他连声感谢。他说，从巴尔的摩机场开车到这里花了很长时间。他说，他从没见过这么僻静的地方，不过他猜想作家一般都渴望隐居。

“是这样吗，格林博士？”

“我不是作家。”教授手里也摆弄着一杯咖啡。

“但是梅洛迪小姐无疑告诉过我——”

“只是写了本历史书。”教授说，“但你不是说想跟杰夫谈话吗？”

“是的，是的，的确是的。”

杰夫认真地等待着。他想去拿一杯水，让自己手里也有东西可以摆弄，但想想还是作罢了。律师直视着他。他等待着，耐心听着。

“你的曾外祖母是个好女人，在许多方面都很守旧，我个人认为这是如今难得的美德，难得的美德。”

杰夫点了点头。

“她最初咨询的是我父亲。我继承了父亲的事业，接管了她的事务，可以这么说吧。”

杰夫点点头。

“我管理她的财产已经很多年了。我想你们可以说，我比任何人都了解那些财产的构成。说起来令人高兴，她信任我，绝对信任。是的，绝对。”

杰夫又点了点头，他看到教授在桌子另一端也不停地点头。

“这是我的自我介绍，也可以说是开场白。要知道，年轻人，你是她的继承人。”

“她的继承人？”杰夫问。与此同时，教授叹了口气：“哦，不。”

雅各布斯先生对他们的反应哑然失笑：“梅洛迪小姐确实对我说过，你们这两个人与众不同。我想我相信她了。”

“但是梅洛迪呢？”杰夫问，“我本来以为她会继承的。”

“梅尔维尔夫人留给她一枚祖传戒指，翡翠的，还有一幅肖像——一幅不是很值钱的肖像，但是对梅尔维尔夫人有情感价值。她决定让男性后代继承遗产。”

杰夫不知道该说什么：“可是梅洛迪以为……”

“可以说她那段时间过得很糟心。”雅各布斯先生表示赞同，“梅尔维尔夫人做了一个艰难的决定。但她认为，财产遗传给男性更有利于整个家族。这是梅尔维尔夫人的选择。梅洛迪小姐知道了这件事。她来得及慢慢接受这个想法。梅尔维尔夫人立完遗嘱后就告诉她了。”

可是这不公平，连甘博也不会喜欢这样。

“我们首先应该理清事实。”教授说，“你认为呢，杰夫？”

“我得说，格林博士，要理清事实是很难的。所以我才亲自跑到这里来，而不是试图通过信件与你们交流。”

“可是我连葬礼都没有参加。”杰夫说。

“梅洛迪小姐特别要求不告诉你的。”雅各布斯先生回答，但他说话时看着教授。“你这么多年来一直在拒绝离婚，可以这么说吧，格林博士，而且反对得很激烈，她觉得这种情感压力是她无力应对的。她说过，既然你终于同意离婚，事情就都过去了，她希望你的怨恨已经消失。”

教授什么也没说。

“他没有怨恨。”杰夫告诉律师。

“好吧。”雅各布斯先生说。他清了清嗓子，喝完了杯里的咖啡，俯身打开公文包，取出文件。他把文件在面前摊开：“遗产包括个人财产（珠宝首饰和家具）、一处不动产，以及一些股票。个人财产中的大部分可以在拍卖会上出售，估价师已经给我估算出了他们认为能带来的收益。不动产当然就是那座房子，按当前的市场价相当值钱。她的投资只有五万美元左右。棘手的是，这些遗产中还有许多尚未还清的贷款。根据市场情况，税后你应该能拿到两三万美元。”

“我还以为甘博很有钱呢。”

“她有许多花钱的地方。”

杰夫想起了查尔斯顿的那座大房子，想起了那个骄傲的女人，拿着黑色零钱包，戴着戒指，想起了她们吃早饭时洒满阳光的餐厅。“那几个姨妈呢？”他问道。

“幸运的是，甘博在几年前为她们买了年金保险，所以她们会一起搬进养老院。她把自己房间里的家具分给了她们。多多小姐和贝尔小姐可以安享晚年了。”

“她是按揭贷款买的房子吗？”教授说。

“恐怕是的，她贷了很多钱。她还以投资为抵押借了款。真正能称为遗产的，只能来自她的个人财产。她指定了一笔遗产留给你，是最有价值的一笔。我把它带来了。我已经对它做了评估，所以现在把它交给你没有什么问题。”他弯腰拿出一个黑色的小匣子，递给杰夫。杰夫知道那是什么：甘博的钻石戒指。

他把打开的盒子递给父亲。

“就是这个吗？”教授问他。

“就是这个。”

教授盯着那颗钻石，钻石在黑色天鹅绒垫子上闪闪发光。“确实很大。”他最后说。

“它的价值是——哦——你大概可以用它换到两万美元。她的银器也价值可观，还有一些瓷器和一些家具。”

教授把戒指递回给了杰夫。杰夫看着它。杰夫想，两万美元，够上两三年大学。这是他自己的。他想象不出适合戴这枚戒指的手，但可以想象那么多钱能给一些人的生活带来改变，比如对蒂勒曼家的人来说，这笔钱可以支付大学学费。“谢谢。”他对雅各布斯先生说。

“谢谢你的曾外祖母吧。说实在的，我很高兴能带来好消息。现在，我悉听你的吩咐。除非你愿意让自己的律师来处理你的收益？如果没有，那很好。我认为我很清楚需要做些什么，才能让你从遗产中获得尽可能多的利益。格林博士，我不是处理离婚案的律师，所以我们可以通力合作，不受过去发生的任何事情的干扰。”

“很好。”教授说。

雅各布斯先生端详了他很长时间，然后他把铅笔规规矩矩地放在黄色便笺的顶端，说道：“当然，我认识梅洛迪小姐很多年了，我现在也可以算是她的律师。但是你和她描述的样子一点儿也不一样。”

“但愿这个发现不会给你带来不愉快。”教授回答。

“不会，先生，不会。”

这个律师希望把一切都摆在明面儿上，杰夫很喜欢他。

“可是欧帕尔小姐呢？”杰夫插嘴问道。

“欧帕尔·卡特夫人，遗嘱里没有特别提到她。梅洛迪小姐告诉我，在房子卖掉之前，卡特夫人可以继续住在里面，但是在那之后，她自己没有能力支付卡特夫人的工钱，更没有能力赡养她。可以说，那房子在法律上是归你所有，你反对卡特夫人免费住在那里吗？”杰夫摇了摇头。“只有四项明确的遗赠，那枚戒指给你，翡翠戒指和一幅肖像给你母亲，梅尔维尔夫人房间里的家具给两位老人，其余的都归你，你是唯一继承人。”

“为什么甘博没有给欧帕尔小姐留下任何东西呢？”

“也许她觉得卡特夫人有可能找到工作。我估计她是这样考虑的。卡特夫人会有社会保险。”

杰夫从桌旁站了起来。整件事情都错了，他不应该继承。

甘博不是因为喜欢他或者别的什么，只因为他是个男孩。欧帕尔小姐工作了这么多年，不应该没有抚恤金。这应该是梅洛迪的财产，甚至是她母亲的财产，还有其他的孙辈，不是吗？他走到窗前，望着窗外，沉思着。

“杰夫？”过了一会儿，父亲问道。

“如果房屋有贷款没还，她还用投资做抵押借了款，那么这些钱都花在哪儿了呢？”

“正如我所说，她为几个亲戚购买了年金保险，为此她还卖出了大量股票。当时每年要给梅洛迪小姐一万美元的补助，她还要缴各种税。旧的贷款到期，她就再借钱去还。房子的维护费用也很高。”

“如果，”杰夫看着教授的脸问道，“如果她用股票做抵押去借款，银行不会按股票全价贷给她，是吗？我的意思是，就算是按揭贷款买的房子，购买它的时候也得先交部分钱，而股票还是值一些钱的？”

“是这个道理，但只是一小部分钱。”

“如果拍卖顺利，是不是能够偿还用股票抵押的债务呢？”

“我认为可以，只要把房子售出。”

“那就可以把股票给欧帕尔小姐。这虽然不能给她带来维持生活的收入，也能提供一些保障，是不是？”

教授赞成杰夫的想法，杰夫看得出来。他把注意力转向律师，走回到桌旁。

“你在拒绝这笔遗产吗？”雅各布斯问道。

“不，我没有那个意思。我是说，我会留下戒指，我很愿意接受它。”

“你考虑过梅尔维尔夫人的心愿吗？”律师问，“她的遗愿和她的打算是想让你收下这份遗产。”

“但是她已经把它留给了我，对吗？”杰夫争辩道，“所以我可以按我的心愿处置它，对吗？我真不明白她为什么把它留给我，但她这么做了，对吗？其实我明白是为什么，但我不同意。不过它现在归我了，对吗？”

他们争辩了两个小时，首先讨论杰夫想做什么，然后是怎么做。最后，他们请雅各布斯先生留下来吃晚饭，他拒绝了。大家握了握手。雅各布斯先生说，他会与他们保持联系，并寄来各种文件让杰夫签字。杰夫和教授谢过他，他就离开了。

晚餐吃的是三明治。他们俩都不想做饭，也不想说话。最后杰夫说：“这对梅洛迪来说确实不容易。”

“她不会开心。”教授表示同意。

“天哪，肯定。”杰夫说。

“我想，现在我们可能知道她去年夏天为什么来这里了。”教授说。

“是的。”杰夫咧嘴一笑，“你曾经说，你永远猜不到她会做什么。”

“不知道她现在会做什么。”教授说。

“这样不对。”杰夫说，“我的意思是，她真的认为甘博会把一切都留给她，她这样想一定是有原因的，而且她就住在那里，是和甘博住在一起的人。甘博怎么会这样对她呢？甘博倒确实把她珍爱的戒指留给了梅洛迪。第一年夏天，甘博告诉过我那枚戒指的事。它是翡翠的，教授，乳绿色，周围镶嵌着像星星一样的小钻石。戒指上刻着一个女人名字的首字母，戒指最初就是为那女人制作的。据说金匠爱上了她。那女人年纪轻轻就死了，死于分娩。后来甘博的母亲把戒指留给了甘博。这一枚——”他指了指桌上那个合上的匣子，“是甘博的订婚戒指，对她来说没有那么重要，所以她一定很爱梅洛迪。”

“哦，我想是的，但你是男性后裔。”

“甘博不可能想到，比起遗传来，梅洛迪更想要这枚戒指，对吗？”

“这取决于梅洛迪诱导甘博怎么想了。她一定以为梅洛迪会珍爱这枚戒指。”

“戒指是母亲传给女儿的，所以甘博一定已经把梅洛迪当作女儿了。”

“很可能。我相信梅洛迪会努力迎合她外祖母对她的希望，或至少努力表现成那样。你觉得呢？”

“哦，是的。”杰夫同意，“所以我想这是梅洛迪的报应。教授，这真有意思。甘博爱梅洛迪，她把梅洛迪不想要的东西给了她。甘博不爱我，却——”

“我觉得爱只是个开始。你仔细想想就会知道，杰夫。我认为，爱是不由自主的，重要的是我们因爱做了什么，我们如何对待爱，为爱做了什么，爱怎样改变了我们。”

杰夫明白父亲在说什么。他知道父亲在审视什么：教授在审视他自己对梅洛迪和杰夫的爱，教授坐在离他们很远的地方，揣摩着他们，努力读懂他们的心思。教授正在按他的一贯做法，运用他的知识和经验，理解事物的本来面目。

杰夫也可以做到这一点。他可以凝望自己做的事情。在他的想象中，他坐在教授的座位上，把事实摊开摆在面前。他故意狠心地对待梅洛迪，然而——他知道——是她逼他这么做的，因为她曾对教授那么狠心。而且，她还利用并摧毁了杰夫对她的爱。她使杰夫获得了自由，而杰夫作为一个自由的人，决定去伤害她，这样她就无法再对教授造成伤害。同时，杰夫对自己承认，这也是为了报复她对杰夫所做的一切。但这不是全部的原因，只是其中一部分，而且不是重要的部分。

杰夫仍然坐在教授的椅子上，环顾四周，审视自己：他必须做出那种选择，那对于自己，对于教授，都是正确的。只是说来遗憾，他在这个选择中放弃的或舍弃的，对梅洛迪来说比较残酷。不像甘博的遗产，欧帕尔小姐会很乐意接受。那同样是一个正确的选择，而且不会伤害任何人。

选择教授而不是梅洛迪的真正原因在梅洛迪身上。她说她爱他，而他清楚不是那么回事，但也许她自己是相信的。

不过那是她的问题，不是杰夫的。杰夫的问题是接受自己所做的事情，以及做这件事的原因。他发现他可以做到这一点：他可以坐在教授的椅子上，看自己怎样不得不那么做，怎样因为做了那件事而不得不厌恶自己。他因为厌恶自己而喜欢自己，他想——在教授的椅子里转来转去。他看着父亲，努力克制着自己，不要唱出那首在心中涌起的歌。

“我为你感到骄傲，杰夫。”教授说。

杰夫没有表示反对，其实他认为自己并没有做什么。做正确的选择，做正确的事，本身就是令人愉快的。

“这枚戒指对你有情感价值吗？”教授问他。

杰夫笑了起来，半是因为如释重负，半是因为这件事结束了，真的结束了。这份遗产，甘博的遗嘱，就像把整个问题带到了法律面前。像甘博一样，他——遵循的是雅各布斯先生不知道的另一种法律——也做出了对梅洛迪不利的决定。“没有。我只是想，你曾经问过我想买什么，我没有什么想买的，但是需要读几年大学。”

“这个你不用发愁。你不会是担心上大学的费用吧？”

“不是为我，我考虑的是蒂勒曼一家，尤其是黛西。只是以防万一。我不知道能不能说服他们，只是让他们去上大学，不过……”

“我想，过了这个下午，你大概就会想出办法。我以前不了解你这一点。”

“我总是给人惊喜。”杰夫说。

“我想是的。你遗传了你母亲的很多东西。”

杰夫看着父亲。

“这是一句赞许。”教授说。

杰夫明白父亲的意思。“我也遗传了父亲的很多东西。”他说，“这也是一句赞许。”

* * *

杰夫知道，黛西星期六上午从九点工作到十二点。雅各布斯先生来访后的那个星期六，杰夫在十二点之前去了一趟杂货店。黛西的自行车靠在前窗边。进了店里，他排队想买半加仑牛奶和一包英格兰松饼。两样都没有了，杰夫决定开车去一趟超市，再去镇上，一举两得。黛西出来了，穿着牛仔裤和一件男式衬衫，看到杰夫在等她，她很惊讶。“我想你可能愿意搭车回家。”杰夫说。

她打量了他一分钟才同意。她看上去对他感到好奇，似乎他表现得特别有趣。“好吧。”她说。他们把她的自行车搬到了车后备厢，然后默默地把车驶离路边。

“我想，”杰夫说，眼睛一直注视着道路，“不知道我今天下午能不能过来。”

“不行。”黛西立刻说道，“奶奶给我们派了一些活儿。”

“哦，好吧。”杰夫说。

“但晚饭后可以，我们欢迎你。”黛西说，“如果你愿意来。”

“我愿意。”杰夫说。他们离开镇上的道路，拐上那条长长的、弯弯曲曲的小路。他清了清嗓子，说：“说实在的，我真希望你现在去见见教授。我想我们可以买个三明治，拿把吉他，然后你就可以见到他。”

黛西没有立刻回答。他看着她。她转过身来，让自己能看到他的脸。她正准备拒绝，他从她的眼睛深处看出来了。

“是这样的，教授想见你。你奶奶打算让你们午饭之前就开始干活儿吗？我们一吃过午饭我就送你回家，真的。”

“我想还是算了吧，杰夫。”

“他不会给你的生活添麻烦的。他不是那种人，绝对不是。”

黛西笑了。“看来你又没事了。”她说。

“什么意思？”

“你懂我的意思。”

“是的，我想我懂。是的，我想我没事了。”

“梅贝斯会很高兴。你打算对我说说这些事吗？”黛西没有提问题的习惯，所以杰夫对她实话实说。

“也许以后吧。”

她也没有逼他。“我为什么要见你的父亲？”她问。

杰夫想了想，说：“如果我想认识你，也必须认识你的家人。我认为真正的家人就应该这样。这和幸福不幸福没关系。我一直在考虑这个问题。”

黛西的优点之一就是真的善于倾听。杰夫能看出她在听他说话。

“你对我的了解没错，如果我想认识什么人，我肯定希望对方见见我的家人。”

“教授是我的家人。”

过了一会儿，黛西问：“那你的母亲呢？”

“你已经见过我母亲了。”杰夫提醒她，“她不是我的家人。我知道这听起来很奇怪。”现在想来，他觉得并没有那么奇怪。

“我认为没有什么事是奇怪的。”黛西说。她又转身看着前方。“我愿意见见你父亲，我想。”

她的语气那么犹疑，杰夫笑了起来。

“奶奶也会叫我这么做的，她喜欢你。”

“真的吗？”这真让他感到吃惊。

第十二章

这是六月的第一个星期，离放假还有十天。杰夫背着吉他，推着自行车走在车道上。阳光明媚，阴影处闪着凉爽的光。五月和六月是他最喜欢的月份，炎热的夏季还没有开始。他还喜欢九月和十月。他对其他月份也不怎么反感。他边走边唱："哦，上帝，你知道，我没有像你这样的朋友，如果天堂不是我家，哦，上帝，我该何去何从？"他高兴地唱着这首歌，因为他感到很高兴。没有什么特别的理由，也许他脚下尖尖的贝壳算一个理由，还有洒在他肩头的温暖阳光，还有在两段歌词之间弹一个变调的想法。他想也许会抓几只螃蟹当晚餐。可他不会抓到的，在一年的这个时候没戏，但是他很想出海。那天晚上，他要和蒂勒曼家好几个想看电影的人，还有明娜·史密斯和她的两个兄弟，再加上教授——如果他能说服父亲的话——一起去看《星球大战》。

他先看到了那辆车，马克斯的车。来到家里，他看见了梅洛迪，她盘腿坐在草坪上。他站了一分钟，看着她的背影。

阳光照在她的周围，她的头发又变长了。她把它梳成一条辫子，垂在背后。他打开玻璃门，走出去看看她想做什么，他不能就这样骑车离开。他有过一秒钟那样的想法，但教授再过一小时左右就要回家了，而对付梅洛迪是杰夫的责任。

她听到他的声音，转过身，但并没有站起来。“杰飞？你生我的气了？我想见你。”

他在一张椅子上坐下：“你好，梅洛迪。你来了很久吗？”

“一会儿，就一会儿。这里很破旧，但很安静，是不是？”

“是的。”他清了清嗓子，“你来有什么事吗？”

她移动了一下，直视着他的眼睛。她像小女孩一样把双手紧握着放在膝头：“我们就不能把一切都忘记吗？”

“什么一切？”

“所有的一切。”

所有的一切，杰夫想知道从什么时候开始，包括多少内容。“我已经这么做了。”他告诉她。

美丽的眼睛里蒙上了一层泪水。“哦，杰飞，我不知道该怎么跟你说话，你的变化太大了。长大成人了，我猜他们会这么说，你又高又帅，还有你的声音，我敢说你也开始刮胡子了。”

“只是一星期刮一次。”她在奉承他，他不明白为什么。

“你以前是爱我的。你现在不承认了，但你以前确实爱过我。男人都是健忘的，可是我记得，我记得。我们到底是怎么了，杰飞？”

杰夫无法将目光从她的身上移开，他感觉到——内心升腾起——无比复杂的情绪，他不知道自己能否保持冷静，保持沉默。又是愤怒，还有内疚——他对她太残忍了。她看上去那么娇小，那么伤心，他为她感到难过。他想应该为甘博所做的事情向她道歉，而且必须在父亲回家之前摆脱她。“你想要什么呢，梅洛迪？”他问。

“哦，杰飞，瞧你说的。没有，我什么都不想要。我只是想在走之前看看你。”

“你要离开了？去哪儿？”她会在合适的时间，以合适的方式，让他知道她想要什么。他可以等。

“哥伦比亚，在南美洲。”

“为什么？”

她的两只手分开，无助地挥了挥，又紧紧地握在一起：“你不会理解在有些地方人们是怎么生活的，他们是多么无知。在一个山村里，百分之七十五的孩子活不到五岁就死了——因为白喉、伤寒、高烧。他们都是很小的孩子。那些活下来的女孩子十二岁就出嫁，她们可能死于难产，或二十五岁就成了老太婆。在如今这个时代，杰飞，他们不会读写，只知道干活儿，只是为了挣到当天的吃食，他们根本不懂得耕种方法，对卫生知识一无所知。我们需要做的事情太多了。没有人关心他们，年轻人跑到城里去，只剩下孤苦的老年人。他们都是一条条短暂、痛苦、不幸的生命——其实不一定非要这样。我们却像懒猫一样坐在这里，什么也不去做。”

她自有她的道理。从个人来说，杰夫可以凭感觉对她做出评判，她真的想帮助那些需要帮助的人，她真的同情他们，她真的很努力。“马克斯在哪儿？”他问她。

她的目光从他身上移开。“他已经去了。他想买一片农场——土地真便宜。我们要——要和他们一起生活，教育他们。”

杰夫开始明白了。他对此事的无动于衷令他感到惊讶，也令他感到高兴。他眺望着外面的小溪和沼泽。他猜测马克斯会种植大麻或罂粟——他这么猜测。但他猜想梅洛迪可能真的爱那个家伙。

她的声音从他身后传来：“我永远不会幸福了，明明知道却毫无办法。”

幸福，不幸福——杰夫开始认为这根本不是什么问题。蒂勒曼家的人从不为此发愁，他们担心的是大家能否在一起好好生活。他想那也可以说是幸福，但他认为不是，连一半也算不上。

“你曾经是爱我的，我知道。”她说，杰夫盯着辽阔的地平线。“但你选择了你父亲，因为他有钱，有名望。好吧，我不怪你。我想让你知道我不怪你。”

杰夫不需要分辩。

“你不再爱我了，哪怕一丝一毫。我不知道我为什么要来。”

听了这话，杰夫转回脸来对着她。因为他以前确实爱过她，至少觉得在某种程度上跟她紧密相连，那么密切，如同用一种爱的纽带把他们紧紧联系在一起。可怜的梅洛迪，她对爱一无所知。“你为什么来？”他温和地问她。

他看到她的脸上燃起了希望。可怜的梅洛迪，他又想，她把爱当成了满足欲望的手段。她根本就不明白。

“我需要钱。到那里去，开始工作，买东西，买书，然后我们才能在那里有所作为。”

“我没有钱，没有那种钱，”杰夫告诉她，“对不起，梅洛迪，我把遗产几乎都给了欧帕尔小姐，我现在只有一笔零用钱。”

“你不是有甘博的戒指嘛。”她生气地对他说。

他看了看她的手，果然，看到了绿色的翡翠。她顺着他的目光望去，说：“这个不值钱。”

“哦。好吧。”杰夫隐藏着笑容说。哦，梅洛迪，他想。他走进屋子，把藏在书架上的那个匣子拿出来。他回来时，发现梅洛迪站在那里等他。他把小匣子递给她，她打开了。她摘下手上的翡翠戒指，准备戴上那枚大钻戒。

“这个你留着吧。”她说，“真的，我希望你留着。”杰夫接过戒指。甘博本想让梅洛迪拥有它的，但梅洛迪不要。

梅洛迪把钻戒戴在手上，举起来让阳光映照。“卖掉真可惜。”她叹了口气。

“也许你不必卖掉它。”

这枚戒指，她在嫁给教授、怀上杰夫的时候就想得到，现在终于如愿以偿。杰夫不明白她为什么要卖掉，除非她一直想要的只是钱。她看重的不是东西，而是每样东西所值的价钱。除了马克斯，他想起来了，总是有例外的。就像拼图一样，梅洛迪的拼图并不是严丝合缝的，就像教授的也不是，杰夫的也不是——任何人、任何事物的拼图都不是严丝合缝的。包括那些成群栖息的蓝鹭，它们也全都不是。

“也许你可以留着它。”他明知道她不会。

她看着他的眼睛笑了起来：“你是一个小呆瓜，对吗？但现在我知道你是爱我的，不管你承认不承认，我不需要任何别的来让我感到幸福了。我最好赶紧跑，免得你父亲在这里看到我。如果你告诉他，他会生你的气的。”

“不，他不会。”杰夫说。

她没有听他说话，而是穿上单鞋，优雅地弯腰把鞋带系紧，长长的辫子从肩头垂下。杰夫把甘博的戒指握在手心里。他知道，靠它是无法把任何人送进大学的。但不管怎样，这枚戒指是他想要的。他以前不知道，此刻却惊讶地发现自己冲动地想用手指紧紧攥住它。

这枚戒指连接着过去，连接着作为查尔斯顿的布德劳家族一员的意义，那里有一排排的墓碑，静静地竖立在摇摇欲坠的砖墙边，高大的房屋下面是封闭的花园，曾经有无数的人在那里生活过。在海岛寂静的白色海滩上，海浪不断地冲刷，清洗，涤荡。可怜的梅洛迪，他最后一次想道，目送着她绕过房子离开。她从来不知道真正宝贵的是什么。